于青 著

上海绝唱

山东文艺出版社

图书在版编目（CIP）数据

上海绝唱／于青著．—济南：山东文艺出版社，
2004.9

ISBN 7-5329-2375-4

Ⅰ.上… Ⅱ.于… Ⅲ.长篇小说－中国－当代 Ⅳ.
I247.5

中国版本图书馆 CIP 数据核字（2004）第 048957 号

主管部门	山东出版集团
集团网址	www.sdpress.com.cn
出版发行	山东文艺出版社
电子邮箱	sdwy@sdpress.com.cn
地　　址	济南经九路胜利大街 39 号
印　　刷	山东新华印刷厂临沂厂
版　　次	2004 年 9 月第 1 版
	2004 年 9 月第 1 次印刷
规　　格	开本／787×1092毫米　1/16
	印张／18.75　插页／2　千字／207
印　　数	1-10000
定　　价	28.00元

上 海 绝 唱

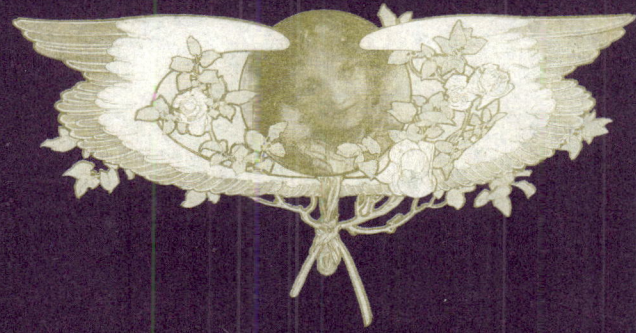

以

张爱玲姑母与姑父

的

爱情故事

为蓝本

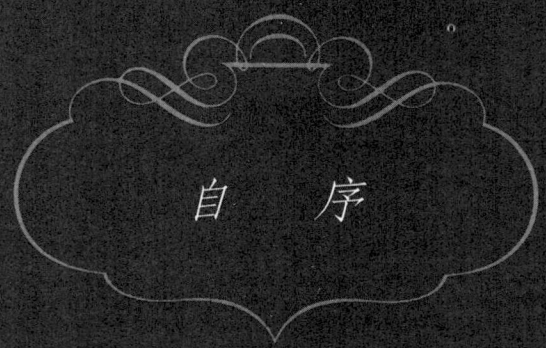

自　序

　　还是在上个世纪的九十年代初，我几乎每年都去一次上海。上海，是我心中的一个魅影，使我生活中的一切都围绕着它转，包括那里的男人和女人。其实，只是因为一个女人，一个真正的上海女人，才使我如中了魔怔一般的迷恋上海。

　　我在写张爱玲传。

　　我为此去采访了柯灵先生，采访了张爱玲的姑父李开弟先生。去走张爱玲走过的路，去张爱玲曾经住过的常德公寓和长江公寓，在这些张爱玲曾经驻足过的地方，我的想象力得到了空前的膨胀，完全被张爱玲和她生活的地方和年代所倾倒，简直就是一场张爱玲梦魇。就是在这样的心理状态下，我在长江公寓与张爱玲的姑父李开弟老先生进行了一次长谈，谈张爱玲年轻时的生活往事，谈在张爱铃生活中起很大作用的姑姑张茂缘。

那一年，李先生已经是90岁的高龄，但是他声音洪亮，记忆非常，约我来谈的时候，说好晚一点来，因为他每天早晨还要去打一场桥牌。我坐在李开弟老先生的房间里，也就是张爱玲的姑姑生前居住过的地方，我知道，张爱玲就是从这里走到了香港，走上了去国他乡的移民之路，从此没有再回来。我的注意力完全被周围的居所所吸引，我的目的是想发现在张爱玲姑姑的家里，有没有能够找到与张爱玲有着蛛丝马迹的东西。比如，我发现在张爱玲姑姑的家中，有一盏旧台灯就很有韵味，完全像是从大宅里传承下来的，有一种温柔的陈旧，让人不由得联想到，当年张爱玲坐在这盏台灯下，是读书呢，还是与热恋中的胡兰成谈古说今。可是渐渐的，我被李先生的故事吸引过去了，完全没有想到的是，当我听完了李开弟先生讲的关于张爱玲姑姑的故事时，我的脑子里除了这个更有传奇色彩的姑姑的形象外，几乎就把张爱玲给忘掉了，我几乎想要放弃掉手中已经快要完稿的张爱玲传，迫不及待地赶回北京，不吃不喝地坐下来，把刚刚听到的这个故事原汁原味地写下来，写下开弟老先生给我讲的关于张爱玲姑姑的传奇故事。这个故事让我想起了很多经典的电影和小说《魂断蓝桥》、《乱世佳人》、《安娜 · 卡列妮娜》等等等等。总之，这是个让人听了灵魂就会为之颤栗的动人的故事。

接下来的情节有了戏剧性的转变，我像一个朝秦暮楚的善变的女人一样，将在手中盘弄了几年的书稿匆匆煞尾，迫不及待地交走，就掉笔一转，写起了那个让我始终不能忘怀的感人的故事。我几乎是一气呵成地记录了脑子中的故事，甚至来不及修饰。我第一次对自己产生了极端的不自信，我怕我忘记了这个故事的主要情节，而着急着把它们记录下来。

自然，仅仅是记录下来了。一个中篇小说。完成后我很失望，觉得没有表达出我要表达的意思。很有气馁的意思，但似乎这个东西就是浑然天成的，改也改不好了，好像也没有办法改好，那本来就是一个情绪化的结果，尽管它有很好的蓝本。但小说发表后却很意外，有不少读者辗转给我写信，表达他们对这篇小说的喜欢。其中一个年长的教书的老先生给我来信，说，这是一个绝好的小说题材，但我没有写好。但他仍然给予高度的评价，他说他看到了文学的希望。这让我吃惊。也让我惭愧。还有一个浙江海城的年轻的女读者，她读小说感动到极点，居然要自己改编成电影剧本，我相信她的激动就是我当时听到故事时的激动。我自己也认为这是一个绝好的电影题材，是那种可以流传下去的经典的题材。她几次来北京，和我面谈，她只是一个小城市的文学爱好者。我吃过她几盒上好的龙井茶，对她改编我的小说也不持异议，当然也决不存在幻想，虽然女孩自己已经将它改过了几稿。我知道这只是一部中篇小说，我还没有积蓄力量来把它作大作好。我的积蓄几乎在上一本写作中耗尽了。于是，就放下了笔。

一放就是十年。十年过去了。这部小说的素材一直横在我的面前，我没有办法绕过它。虽然我还在断断续续地写，是没有激情的写作，实际上仅是一种机械的码字工作，出于职业习惯，出于写作惯性。没有激情的写作不会感动自己，更遑论读者。所以，写出来的东西，无声无息，自生自灭。

但是，这个发生在"繁华世代"的传奇故事却在我的内心深处汇自编织着，它们居然可以躲过我世俗的思维网络和生活模式而顽强地潜藏着，生存着，直到有一天，它成熟了，成型了，冲破了一切坚固而又平庸的思维阻障，鲜活地伫立在我的面前，我确认我在劫难逃。我可以躲过我自己平庸的生活哲学，可以躲过日渐忙碌的工作和社交，但我躲不过这个故事里闪烁着的人性的光泽。它穿透了平庸生活织成的厚厚的帷幕，照耀在我们苍白而又麻木的神经中枢上，成为我的精神领域中的一盏灯，虽不耀眼，但有足够的智慧和神灵，照在我们渐已模糊和世俗化的情感之路。

　　我想，是写它的时候了。

　　于是，坐下来，打开电脑，在十年前终笔之处，又续写下来。

第一章

曼彻斯特情结

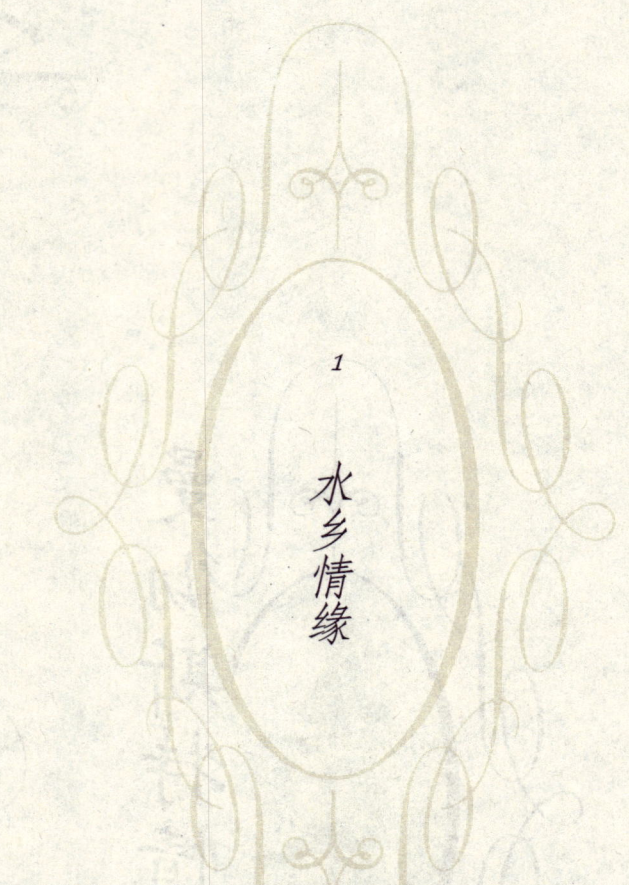

1

水乡情缘

　　二三十年代的中国留学生，多半是富豪子弟，尤其是到英国留学的。但也有例外，比如靠各种缘由的资助或者别的方式，浙江桐庐的林世恩即是一例。他到英国的爱丁堡大学学建筑，起因竟不是三言两语能说清楚的。

　　林世恩家居浙江的桐庐山区。

凡是到过桐庐山区的人，没有不被其山水的灵秀所感染的。那样一个山有黛色水有绿意的诗乡画地，真令人嫉妒仿佛那是一块上苍给予的特别的造化。桐庐之乡好像是天公最得意的一幅山水画，尤其是下过小雨后的清晨，那清淡的晨雾像一片薄薄的丝纱一样遮盖着远处连绵起伏的山脉，让人觉得真如到了仙山琼阁。光是远山的黛色，就用十多种文字也描写不出变化。自然，那个地方历代涌现的文人骚客也多不胜举，大概算是对这一方圣地的回报吧。

　　林世恩的家虽不是书香门第，但也许是受染于这方水土的灵气，林家人皆温文尔雅，书卷气浓，代代都能很体面地过活。其实，在这样的山清水秀之地，不说人人是秀才，就是普通的山乡居民的气质中也自有一种儒雅风尚，人人都知书达礼。林世恩的祖父做过秀才，父辈不如祖辈，却也顺当地读过私塾。到了林世恩这一代，已是林家的三代单传了。在桐庐的乡下，民间有个说法，凡是三代单传的家庭定有圣人出。林家目前看不出有出圣人的迹象和原由，但对第三代的独苗林世恩，却抱有无限希望。何况世恩出生时，祖父曾到普陀山进过香，在庙中小住时曾得一梦，梦中被一和尚追赶，说要请回被林家带走的师傅。第二天回家，就有一男婴诞生。祖父随起名世恩，意思是世代不要忘记佛祖大恩。世恩在林家自是倍受关爱，从小就被祖父收到身边以经书哺育，以棋画喂养，自然长得眉清目秀，聪明过人。

　　祖父过世的那一年，世恩年仅4岁，蒙蒙胧胧，不明世事。祖父把儿子与孙子叫至床榻前留言，嘱孙子世恩无论如何要读书到科举中第，以恢宏林家祖先曾经有过的光耀。不知何故，林老太爷因其自小由福建侯官(今福州)迁至浙江，却总以为自己是林则徐的后代。虽无从查考，但老太爷确实常有捻胡须沉思半晌的大家气象。

世恩年幼尚不懂事，但总觉得父亲好像比祖父更有主张。父亲当时已做了镇上最大宅户黄府的管家，实际上就是黄家的账房先生，专门为黄家打理进账出账。世恩自小就喜欢偎在父亲的膝头，听着噼里啪啦的算盘珠响。随着父亲的算盘珠响过，世恩就会知道黄家虽然非常阔气，但他们的支出也是很大的，用父亲的话来说，出出进进，只是忙活了这个算盘珠了。每逢算盘珠响过一阵，父亲便会抒发一阵他的人生感慨，也不管世恩是否能听得懂，诸如："千算万算不如天算"，"庄稼不收年年种"，"生年不满百，常怀千岁忧"等等，这些话比起祖父的"彩云易散月常亏"，"断送一生憔悴，只需几个黄昏"的诗文断句却要来得简单易懂些。

世恩八岁那年，母亲过世。第二年，父亲过世。上苍仿佛专与林家过不去，总是单单留下一根弱弱的独苗。剩下一个世恩在黄家，叫人好不怜惜。但没有想到，世恩自从留在黄家后，却从此交了好运。

开始，黄府是收留世恩做黄家子孙辈的伴读，虽说吃住皆在下人处，但世恩在东家的眼里却分明是另一种待遇。因为在黄家的这些小辈里面，还没有一个人能够像世恩一样聪慧，听话。与大清朝廷有着血脉关系的黄宅虽金山银山，儿孙满堂，却没有一个在读书上有长进的。听佣人们说，这是因为黄家的男人太贪色，妻妾成群，劳累过度，留不住精神，生养的后代都欠些造化。独独林世恩这个单传的孤儿，却像是造化独自点拨过的，能够过目不忘，出口成章。话语之间也朗朗顺畅，很有韵味，很得私塾先生的喜欢，每每要拿了世恩去和黄家的子孙们做比较。于是，喜好舞文弄墨的黄家老太爷早早将世恩收为义孙，并将最宠爱的黄宅最小的孙女冬儿许配给世恩，也不管其时冬儿年仅两岁，比世恩足足小了十岁。

以后的事便顺理成章了。既然这义孙最有才华，又堪造就，在神仙居地待久了的黄老夫子也很有些出格的念头，他想要让自己这个义孙更出息一些，便不顾他的皇亲国戚的反对，异想天开学城里大户人家的样子，也把世恩送上了去欧洲留学的轮船。自然，年仅二十五岁的林世恩与十五岁的黄渊冬的订婚也成为当时镇上最抢眼的话题。谁都说林家世代单传就说明是金贵命，几代的金贵应在了世恩身上。瞧人家自小金口玉言的沉稳劲，就不是凡夫俗胎能做到的。

林世恩却不像乡人们传说的那样攻于心计。他只是时常在心底感到好笑，对他来说，这一切都不足以惊奇。不知从何时起，他便很有一种宿命感。祖父和父亲的怀才不遇丝毫没被他承继下来，他很习惯安于本命，随遇而安。包括为黄府的少爷们做陪读也没引起过丝毫不适。他就没有过活泼的童年，对于一个少年时代就没有母亲的儿童来说，天大地大都是可以相倚相伴的，他对任何外界的悲喜都不能够被感动，就是那个将与他终生相伴的小姑娘冬儿也似与他无关，都还很遥远，他觉得他距离这个世界就很遥远。只是有一次冬儿在一个寒冽的隆冬清晨出现在他早起背书的竹林里时，他才略略注意到了这个典型的江南秀女，而且，他的心里也好像第一次有了对这个世界的亲切感。

那一天，世恩像往常一样早早起床，到后院的小竹林里背书应考。自从得知老太爷已应诺要他留洋深造后，他的晨读好像有了目的。这以前的读书日子，他都是貌似晨读而实则是在听鸟语草絮。在这个世界上，距离他最近的就只能是大自然了，他常常觉得做人还不如去做一叶小草，简单地感知四季的变换，又可以在自然中简单地轮回。而对于人来说，经过的一生，该是多么的漫长。他本来早就可以出门在外了，可是因为读书的缘故，就这样一直地待在黄家，虽然也去镇上读中学，去城里读高中，但最后的归宿还是要回到这里。当然，回到这里也没有什么不好，但如此这般，又有什么意义，不念书不也一样吗？

在学校里，常见一些富家子弟聚在一起，聊着一些无聊的话题。他觉得这样的人生，没有也罢。有时他觉得，他还不如镇上随便一个普通人家的孩子，到了成人的时候就闯荡在外。但是仔细一想，闯荡在外如果没有什么意义，不也是徒劳吗？周围的世界，到处都是战争，事变，每一个人的未来都是不确定的，他对自己的未来就更加茫然了。但当他知道还有一个机会到这些山脉之外，水乡之外去见见世面，就觉得眼下的一切又都是可亲可恋的了。他就是怀着这样的恬淡的心情来到了这个黄家的竹园。

这个黄家的小竹林只有他和父亲来过。说来奇怪，实际上这是一个从来没有人光顾过的花园，但黄家却听了私塾先生的主张，生生在偌大的庭院的一角又开辟出了一个竹园，意思是让读书的孩子们能在这个简朴的小竹园里认真体味古书意境。但不想这个竹园实际上就是给世恩一人建造的，因为除了父亲来过，其他人根本就不会来这里。佣人们嫌这里除了草木没有人气，黄宅里的幸运儿们更不愿到这个连碎石铺的小径都没有的荒园里了，只有几棵凌乱的竹子，一点没有其他庭院里的花香鸟语，简直是催人厌世。惟独世恩却最酷爱这个角落，除了没有他人的干扰，这里的简朴也最合他的性情。看惯了黄家的雕梁画栋大宅阔院，世恩最喜欢的就是简朴的环境，因为那些富丽的东西本来就与他无关，再被一些只有华服而没有性情的人使用，更让小小世恩从一开始就反感一切眩目的东西。小竹园的安静，简单，让他适得其所，常常在这里一念书就是一上午。其实，大部分时间也不是念书，只是在竹园里听听竹叶的声音，看看竹叶上面露出的天空。那竹叶上面露出的天空，才是世恩最感兴趣的地方。他知道，天外有天，在那些竹园之外的地方，一定有比这里有意思的东西存在。在这个小竹园里，世恩觉得自己才是真正的主人，可以自在地畅想，即使什么都不想，也是安静的，他是竹园的主人。

所以，那天在竹园里读书，虽然世恩的注意力全在书本上，他却仍旧觉出这个寂静的竹林里仿佛多出些什么声音。他几次警觉地抬头寻找，都没有发现什么。可冥冥中总觉得有一双眼睛在盯着他。直至他将那天的课目温习结束后要起身时，才发现身后一个埋在土里两尺深的大缸后面站着冬儿。

就是那个黄家老太爷许配给他的冬儿。

此时的冬儿正值豆蔻年华，却有着与她的年龄不相称的沉静。据佣人们讲，她极其伶俐，聪明可爱，深得祖父疼爱，但世恩在此时还真不明白她何以值得黄家老太爷的如此疼爱，疼爱到连婚事都要老太爷亲自确定。

冬儿并不怕世恩，每次在老太爷那里见到冬儿，世恩都觉得冬儿几乎目不转睛地打量他。那乌黑的大眼睛一点都不知道回避人，只是那样好奇地盯着世恩。又好气又好笑，她又不是没有见过世恩，所有黄家的孩子都要在私塾里念书的。当时他还有些窘迫，心想以后见到这个小姑娘一定要告诉她不要那样盯人看。但后来知道订婚的就是这个冬儿，心里还不知为什么竟有了些安慰。这个看上去并不特别漂亮的黄家小姐有一种富贵人家子弟少有的灵气，女孩子只要不是那么张扬，有些灵气总是好些。

世恩对女性从来就不注意，学校里也没有女学生，在黄家大宅里女眷也不随便出来玩，她们都有自己的事情要做，好像每天在这个竹园出出进进的只有世恩一个人。就连这个似乎有些灵气的冬儿也不大见得到。这个冬儿大清早出现在竹园里实在出乎世恩的意外。只见她衣着单薄，米黄色的丝绸衣裙外只是披了一块老绿的粗线披肩，一看就是佣人的披肩，而不是黄家女眷用的那种带皮毛的披肩。她显然只是偶然走到这里，因为冷而向佣人讨了一件。不过，在一个还有些寒冷的初春的早上，能在满目翠绿的竹园里碰到一个满脸盈笑的女孩，连不善言辞的世恩的语音也轻柔了许多，毕竟，这个女孩是与他有些关系。

世恩见冬儿的手理了理披肩，便不由得问冬儿："这么早起身，你不冷吗？"世恩自己都奇怪，他的话好像是与冬儿很熟悉的样子，竟然没有寒暄的意思。

冬儿笑笑，顺下眼帘，说："祖父要我看看您晨读的情况，我便来了——"

她略为迟疑了一下，又说："我也爱晨读，不过是在前花园。"

世恩不知冬儿与他讲这些是什么意思，只是感觉有些窘，他对冬儿从来就没有特别之想，连张妈兴奋地告诉他老太爷将冬儿许配给他时，他也仅仅是"喔"了一声，搞得张妈呆了半晌，才喃喃地说："这孩子了不得，心气这般大。"现在，冬儿就在他的面前，脸如百合般清隽，神态娇憨淳朴，话语自然流畅，全然没有其他女性的扭捏造作。如果没有定亲的事情，世恩倒是很愿意与这个没有任何杂质的黄家小姐聊聊天，谈谈地，在那个读书的学堂里，毕竟可以交谈的人实在是太少了。但世恩还是没有多说什么，他觉得他的身份也不好说什么，他不能说黄小姐不好，他根本就不了解她；但他也不觉得多么幸运，因为与黄家攀亲，他愿意走出乡下，走的更远一些。这个世界他所知的毕竟太少，能够出去，对他一个孤儿来说，已经是无法想象的好了，他不可能有更多的要求。好像，世恩也从来要求就不太多。世恩本来还想说些什么，但想了想，也没有什么可说的。就对冬儿点点头，说："那好，我看书了。"

冬儿也仍旧是笑一笑而已。她也垂手站在世恩的身后，看着世恩又埋头读着，有些满足，也有些惆怅。可最后，她还是笑着跑走了。

世恩觉得，在冬儿走后，这个竹园突然显得大了许多，空空荡荡的，而以前是没有这种感觉的。他也开始觉得，在他的世界里，似乎缺少了些什么。

世恩对于冬儿，就只限于这样一个初春的早晨的记忆。

他自己也没有想到，就是这个不起眼的小女孩，给他牵来了一生姻缘，半世情份。

这，已是后话了。

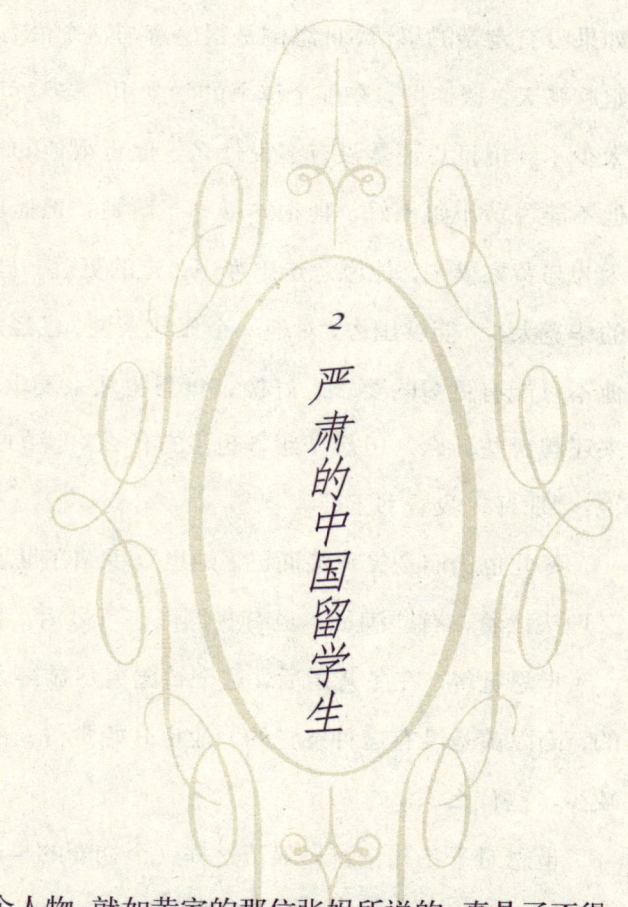

2 严肃的中国留学生

　　林世恩的确是个人物，就如黄家的那位张妈所说的，真是了不得。

　　从他一来到英国爱丁堡大学，林世恩也这样给自己下了结论。

　　他自己也不知道自己的性情里还会有这样多不安分的东西。在桐庐的乡下，他一直就是一个老实本分的读书青年，就是黄老太爷给他送行到上海，他也没有多说什么。倒是黄老太爷自己摇摇头，对世恩下着结论，这个孩子，不是太老实，就是太有主意了。冬儿交给他，应该是一生太平了。只有后面的一句话，让世恩无端眼红起来。他知道，在今后的世界上，不管他走到了哪里，那个叫冬儿的女孩是与他联系在一起了，这让人多少感到了一些欣慰，在他开始踏上未知的旅途的时候。

来到英国爱丁堡，这个古老而又新鲜的城市使他在最初的惊奇中一下惊醒了。他这才知道，他的世界真的和过去不一样了，是与那个幽静但是偏僻的秀丽山乡大大不一样了。那些书中才有的一切在他的眼前变成了真实，这让他一时有些晕眩。

他完全没有了自己，一切都与经验的东西相去太远，他好像到了《格列佛游记》中的大人国，所有眼前的东西都是做梦也梦不到的东西。他只有先稳定自己，认真想想看看自己的内心世界，那个他从来都没有关注的世界里究竟都装了些什么。

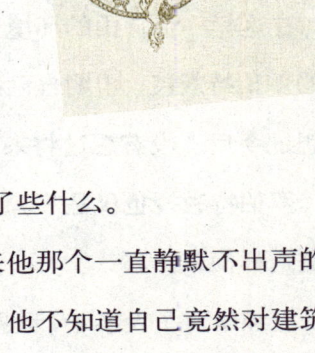

不看还好，一看真的吓了一跳，原来他那个一直静默不出声的内心世界里还真的藏匿了不少活跃的东西，他不知道自己竟然对建筑还有这样大的兴趣。看惯了桐庐的烟色、黛色、灰色，小桥、流水、老宅、旧院，一下子来到这个红瓦绿树、洋房花园的缤纷的色彩里，他才知道，他以前对色彩没有印象是因为他眼中的色彩太单一了，以前对建筑没有感觉是因为他见到的建筑太少了。在上海的时候，他因为上海滩的繁华，已经兀自惊诧了不小，但他只是想法让老太爷放心，并没有多注意上海滩的万国建筑，但他知道自己在心里还是吃了一惊，为了那样的车水马龙，那样的灯红酒绿。还谈不上是否喜欢，只是觉得惊了一下，还有这样热闹的场所。到了伦敦，再到爱丁堡，这一路飘洋过海，一路颠簸流离，他觉得他身上的一些东西慢慢惊醒了，苏醒了，他才知道，他的心里还埋藏着一些想法。

他想学建筑。

他想，能够在黛色的桐庐和富春江边给黄家盖一栋像他在爱丁堡住的公寓那样漂亮的洋房，黄家老太爷一定很是荣耀。他也要在上海的外滩那里造一栋洋房，这真是一件值得做的事情。英国的那些古堡式建筑实在给了他太多的神秘感。他觉得他才真的是乡下人进城，眼睛不够使了。他觉得他浑身都是手，正在那里兀自涂抹着，还没有学习，已经自己在画了。他完全是一种本能的驱使，根本就没有考虑太多，在这样一个自由的环境里，也无须考虑太多，他自己去找了建筑系的罗伯特教授，申明自己喜爱建筑的心愿。走这条路的时候，他没有想过今后，没有想过将来，只是凭着一种本能的喜欢。

罗伯特教授也仅是一耸肩，从鼻子里"哼"了一声便接受了世恩。就是这样简单。

已经学习了大半年，世恩才告知黄家委托照顾他的一位驻英国使馆的外交官。外交官也不过同罗伯特一样耸一下肩"哼"了一声而已，委托实际上只是一种名分，并没有实际的义务。何况外交官受委托的人太多了，他根本就不会在意这个从中国南方乡下来的青年人，只要不是做出格的事情，怎么办都好。不过从此以后，世恩再也没有同这位委托人打过任何交道。

从此以后，世恩就是身背画架，到处临摹英式建筑。

在学校聚会的场合，很少看到世恩的影子，但在一些风景区和著名建筑面前，又经常可以看到世恩的影子。

这个从浙江乡下来的留学生，一时间在同学中成为大家的话柄，因为没有一个留学生像世恩这样迫不及待地积极投入到自己的学业里。到欧洲留学的中国学生，大致可以分为两类，一类是一些富家子弟，一到欧洲便到处旅行，有的连科目也没有选好已经游完了好几个国家了。他们除了旅游就是聚集在一起享受西式生活，举办 Party，出入酒吧，充分享受西洋生活的新奇。还有一部分是勤工俭学的留学生，他们多是一些有抱负和追求的热血青年，参加聚会讲演，讨论时政新闻，更多的注意力也不在学业上。学校也是处在时局纷乱之中，对学生的要求自然是顺其自然。像世恩这样不参加任何社会活动而一心向学的人真是罕见。但世恩却心无旁骛地继续着自己的建筑梦想。

世恩的另一个了不得是学会了跳舞。

留学生的 Party 是大家聚会的场所，一般是由老留学生与几个俄国留学生一起举办，新来的学生在这种场合结识需要认识的新朋友。世恩也随同学一起参加这样的带有联谊性质的舞会。但在舞会上，再也见不到第二个像林世恩这般严肃的人。这反而使他更加引人注目，无论是国内的大家闺秀还是国外的交际女郎，都在私下议论，为什么林世恩跳舞总是这般不苟言笑，如同神父般沉默。而他的人长得真是斯文，体面，是典型的中国式的书生。就像中国传说中的梁山伯一样。可是，谁是他的祝英台呢？

只有世恩自己知道自己。

他太知道自己从精神到形式，都不需要任何外人的介入。他不需要朋友，他在本质上就认为自己与他们不是一路人。他是被人栽培的，他没有多少自己的选择，能够自由的选择建筑学科，对他来说已经是极大的自由了。所以，世恩除了对他所学的建筑绘画的专注外，他惟一痴迷的便是音乐。而在留学生中他是最赤贫的，除了黄家给的生活资助，他几乎没有余钱来充分享受这一乐趣。因为绘画用的油彩、画布等原料都是很贵的，在学校的艺术系和建筑系里，也都是有钱的人家才来学艺术。他几乎把自己的生活用费削减了一大半，也还是不够那些油彩和画布的钱。所以，他就更不能去歌剧院，不能去音乐会，也只有在留学生的Party上才能不用任何花费的听舞曲。那些施特劳斯的舞曲，那些奔放的伦巴和探戈，都是以前他没有听过而又让他着迷的音乐。所以，只有他自己知道自己是去"听舞"，而非"跳舞"。

至于在舞会上见到的淑女贵媛，他皆彬彬有礼，除彬彬有礼之外再也没有任何的东西。每次跳完舞，他便可以精神饱满的埋头搞他的建筑设计，他从舞会上吸取的是一种可以听到的建筑，声音的建筑。跳舞，是他对建筑的想象力的焕发。

每一次舞会，世恩都是表情严肃地站在一边，与其说是在那里听音乐，不如说是在那里做哲学思考，这种样子与舞会蜻蜓点水般的交际气氛十分不协调，带世恩去舞会的浙江老乡徐勖便十分不满。

徐勔的真名叫徐家生，他嫌这个名字太乡下气，便自己改名叫徐勔。从这一点就可以看出他的傲气和他的才气，他就是想要难倒一些人，这个字很少有人能读正确了，就会有人不停地问他。问他，他就会强调一遍，为了给人加强印象。他与世恩一样，是来到英国爱丁堡以后再选的学科。他出来时选的是生物，据说是很有前途的学科。但他却自己给自己选择了艺术，而实际上，他好像对交际更感兴趣，每每一有舞会，就要拉世恩一起来。而世恩的舞伴，也多半是由徐勔给分配的。

其实，徐勔愿意与世恩结伴，是因为他发现，在舞会上，那些看起来很高傲的女子的眼光对世恩最感兴趣，经常可以看到有女学生聚在一起，对世恩指指点点，因为他与世恩是同伴，也沾了不少注意的眼光。但世恩这位桐庐来的老兄可是一点都不开窍，只顾神情严肃地倾听着那本不该严肃听的舞曲，根本就不承接那些倾慕的眼光，这就更使他鹤立鸡群般的引人注目。因为世恩，徐勔也结识了许多女性，她们都是想要接近世恩而来接受徐勔的邀请。自然，徐勔跳完一曲，一定是要代世恩邀请下一曲的。徐勔提醒过世恩，不要浪费大好光阴。世恩却答非所问地一笑，不知他到底是在想些什么，不过，这位老兄的沉静倒真是舞场上的一景，即使他下了舞池，他也是沉静的。

这种局面一直到一个叫漪纹的上海姑娘出现后才有了改变。

那是一九二七年的春天，在曼彻斯特的一次留学生舞会上，林世恩初见上海姑娘黄漪纹，从此，跳舞便对林世恩有了非同寻常的特定含义。

3

白衣女神

那天是礼拜天。

林世恩和徐勖一起随一帮留学生到曼彻斯特做短期旅行。

那些留学生里的天主教徒们比英国本土的教徒还要遵守教规，即使短短的几日旅行，逢到礼拜天也一样到当地教堂做礼拜 。同行的留学生中，惟世恩没有皈依天主教。来到世上二十多年，在世恩淡泊的心地里还真没有过对谁的崇拜，包括对知识。他只是偶尔还会有一些对世界的好奇，就是这种好奇心，才使林世恩觉得出国留学也是一件可以尝试的事情。否则，他是无所谓的。但生性随和的他虽然没有什么宗教信仰，却也随着教徒们来到曼彻斯特最大的教堂做礼拜。

欧洲的教堂是一切文明的缩影，世恩对教堂的最大的兴趣就是发现教堂的门和窗是十分讲究的，它代表着上帝对宇宙的包容和接纳。所以，看欧洲的教堂，林世恩并不像别人，是看教堂的宗教艺术，而是观察教堂的门窗，包括教堂庭院的拱门。于是，等同学们都进入教堂后，世恩便独自留在教堂外竟广的长廊上，独自慢慢欣赏。

这些教堂的建筑大抵是一样的，它在整体的格局中一定会保留一些较为独立的空间，这是西方人的宗教文化，在上帝面前是没有隐私的，但在个人的内心里，仍旧留给你自己私自的空间。所以，教堂庭院的拱门，就是这种既整体又独立的代表，一个一个的拱门之间，仍旧可以保留个人沉思的空间。世恩便独自留在拱门前，他甚至连对教堂内的好奇都没有，倚靠着长廊上的大理石石柱，手插在裤兜里，兀自歪着头打量着面前依次排列的石柱。

来到英国快一年了，他对英国建筑非常喜欢。一幢幢巍峨、挺拔的石砌建筑竖在那里，你会感觉到这莫测的人世间也显得安全可靠得多。不像那些乡间的庙宇，总是于阴湿、神秘的气氛中透出些鬼谲之气。当然，他对建筑物的喜好也是平静的，眼前这幢教堂的建筑显然不同于英国的大多数教堂，以尖拔的哥特式建筑造成对上帝的距离感。这座教堂倒更像是法国某个贵族的别墅，以舒适的稳健为基调。这比较吻合世恩的建筑观。他觉得建筑应该是一件恒久的作品，稳健才是建筑的第一要素。可是他的这一观点教授们并不同意，认为他还是受东方封闭的文化传统影响太深。

世恩正这样闲散地欣赏着教堂的长廊，突然，从一个石柱后面闪出一个洁白的影子。恍惚间真像是从教堂圣歌中走出的圣母玛利亚，是那样的轻盈圣洁，栩栩飘过，没有一丝声响。世恩定睛一看，心底某个地方好像突然闪进了一道亮光，二十多年来连他自己都没有透视过的心灵一隅突然得到了曝光，他居然发现了自己是那样的欣喜，不，简直就是惊喜，他看见了一个如此娴静、如此圣洁、如此完美的女人，就像自己梦中的女人，如果他有过关于女人的梦的话。

严格地说，面前的女人只是一个姑娘。一个中国姑娘，她最突出的特征就是白。不仅是皮肤如凝脂般的乳白，也不仅是全身那一袭白色纱裙的洁白，而是通体透出的贯穿整个人体气韵的圣洁的白。林世恩对这个女性的第一印象就是这样，不是美丽，不是神秘，而是圣洁。

世恩目不转睛的注视使姑娘略有些吃惊，但她很快便安详地接受了世恩的眼光。那毕竟是一个中国青年的充满善意和欣赏的眼光，这能区别出来。人的眼光能毫无保留地表达出自己的内心世界。世恩的内心世界自然不缺内容。

姑娘微微一笑，长长的脖颈略向世恩一点，令人觉察不到地打了招呼。然后很自然地从世恩身边款款走过，走到了正聚集在教堂门口的一堆人群中。人群中有一个比她更漂亮也比她更洋气的中国姑娘拉过她，还向世恩这边指了指。世恩知道这个姑娘误会了，可不知为什么，他竟然为一个莫须有的误会还有些微的高兴和兴奋。世恩歪着头仔细想想为什么会有一种高兴和兴奋，却不得而知，只有自己笑话了

自己。

　　望着那个圣洁而又秀拔的身影，世恩发现这个女子有一根异常美丽的发辫。这在留学生中别具一格。一般到欧洲留学的女学生，时髦的都烫成一袭大波浪披散在肩头，有抱负的则学欧洲的新女性，索性剪的短一些，显示出知识女性的干练。但还像在浙江的乡下一样留着一根独辫的女性是绝无仅有的。但这个独辫不但没有给人土气的感觉，反而给人以异常美丽的独特之美。所以说它异常美丽，是因为它不仅粗，而且黑，并且柔顺，是那样柔顺地搭在那女子的肩后，在那一身洁白的纱裙的衬托中，更显得格外地诱人，令人浮想联翩。姑娘的个子高而且瘦，这根黑油油的独辫柔顺地挂在身后，简直给人以动态的雕像之感。世恩感到自己的腿已兀自随之动了几步，不知要向哪里去，想了想，便不由得摇摇头，重新靠在石柱上，将一瞬间的迷失收了回来。

　　世恩的心当下就有沉甸甸的惦记，说不清楚的惆怅，还有一些莫名其妙的伤感。是这个姑娘的身影扰乱了他的心绪。

直到随同学们从教堂回来的路上，在曼彻斯特的观光游玩中，世恩的脑海里一直游走着这个一身洁白素装女性的身影。飘来飘去，搞得他心烦意乱。

　　她是谁？从哪里来？在哪里读书？读什么专业？

　　从相貌上看，这位姑娘肯定是中国人，而且就是江南水乡人，因为她的肤色就像是来自西施的故乡褚界湖畔。但从身材上看，又比较欧化，江南女子是没有这样瘦高的模特一样的身材的。她的服装和气质也比较欧化，矜持中透出良好的教养和家世。真是一个迷人的女性。不，她就像一尊女神一样，让人神往。

　　来到英国后，世恩发现，许多英国人确实与他们江南的某些人的类型相似，他曾经从祖父那里听过其实欧洲人的祖先是亚洲人的一支的奇谈怪论。在教堂遇见的这个女子就混有亚洲人和欧洲人的双重气质。但不管是亚洲人还是欧洲人，这个女子显然出身高贵，从她那矜持的举止，安详的神态上便可以看出，她的气质真的像天鹅一样高贵。

　　晚上，留学生们在寄宿处开露天舞会。据说是因为白天在教堂里碰到了当地的留学生，受到他们的邀请。不知为什么，世恩自从碰上了那位转瞬即逝的白衣女郎后，心里总是若有所失。那样一种心底深处被触动了的感觉，使世恩开始觉得世上有了女性真

是上帝的造化。他甚至有所期待地向往参加这个舞会。

音乐响起来，又是施特劳斯的舞曲。世恩每逢听到施特劳斯的舞曲，总有一种微醺的醉意，他常想，施特劳斯写这些舞曲时准是在微醉的状态中谱写的，不是醉酒，而是醉景，醉人世间一切能让人醉的美物。如果是平常的舞会，世恩会找到机会邀请舞伴到舞池去追赶那些令人陶醉的音符，但今晚世恩却不想跳。他的心里在这样的音乐中，在这样的月色下，竟有一种淡淡的忧伤，他不知道这忧伤来自何处，但这忧伤所带来心绪的波动和情感的空虚让他有些不知所措，也有些吃惊。他从来没有像今晚这样想起大洋彼岸的那个小镇，小镇上的小河流水，小镇上老实平静的乡民，还有那个他每天都去读书的小小的竹园。他觉得他那颗心正随着音乐飞起，飘洋过海，不是去小镇，也不是去竹园，而是不知飞向何处，心，没有了去处，却又向往一个去处。

世恩就这样独自站在舞会的一边，没有去跳舞，平时，这样的露天舞会他更喜欢独自站在阴影中。可是，今天晚上，世恩却需要这身边的热闹，他在期待着，也在寻找着。突然，世恩觉得眼前银光一闪，那个熟悉的早已印在脑海中的影子居然又出现了。世恩定睛追随，果然是她，虽然她已经将她那根修长的独辫利落地盘在脑后，但她瘦长的个子，以白色调为主的长裙，特别是那安详、高贵的气质，都使她即使在群芳中也能独显奇彩。这个舞会已经没有别人，她就是这个舞会的无冕皇后。

自此后，世恩的眼光便追随着这皇后的影子，几乎不用眼睛，世恩也会凭感觉寻找到她时隐时现的身影。那样一个修长的身材，裹在镶有银色光片的鱼尾式紧身白色礼裙中，真像一条在夜色中出没的美人鱼。只是，世恩想，周围的人太多了，不知他有没有机会与这个令他心仪的美人鱼在夜色中共舞。

机会来了。

舞曲结束时，恰好皇后就停驻在世恩的身边。从她与舞伴客气的应酬中，他首先确认他是一位中国女子，而且是上海人，因为她能讲一口流利又带上海口音的国语；其次，她的这个舞伴并不是她的至友，她几乎在对方问到两三句时才肯回答一句，完全是应酬的口气。其他时间则是若有所思地向远方看。世恩随着她的目光也向远方望去，远处是曼彻斯特夜晚黑蓝的夜空，是那种因蓝到深处方显黑的宝石样的夜空。这样的夜晚，这样的音乐，这样的美丽女性，世恩觉得胸腔有一股诗意要喷发出来。

他几乎是自言自语地说："夜色如梦。"

上海白衣姑娘转过脸来，平静地看着世恩，几乎察觉不到地微笑了一下，嘴唇微微一动，世恩听出那是在说："谢谢。"

世恩在刹那间涌上了一股激情，他真想走上前拉住姑娘，和她一起走向如梦的夜色。

又一首舞曲响了。是"罗米欧与朱丽叶"，是那首能让人的思绪起舞的音乐。

世恩笑了，他毫不犹豫地向白衣女郎伸出了手，与此同时，站在女郎身边的舞伴也向她伸手做出了邀请。只见白衣姑娘微微向那舞伴欠一下身，竟大方地走向世恩。世恩揽过姑娘的腰际，在她耳边也轻轻说了声："谢谢。"

世恩觉得世间的一切都在他面前消失了，他的眼前，只剩下了音乐和怀中的这位公主般的姑娘。

在夜光时隐时现中，世恩只看见舞伴那沉静如宝石般的眼睛。那双眼睛是那样的沉静，仿佛里面蕴藏着一个偌大的世界。在那个世界里，一定有许多生动的故事。世恩觉得他与这位姑娘之间似有一种天然的默契，甚至，他毫无来由地想，他到英国来，到曼彻斯特来，就是为了在这样一个醉人的夜晚，碰上这样一个女神一样的姑娘。

姑娘一直微笑着看着世恩，她是不说话也能让人感觉到魅力的女人。虽然从年龄上看她还很年轻，光滑的脸如丝帛般滑嫩，没有一丝岁月的痕迹，但那一双眼睛，那一双眼睛真深啊，深到不知掩藏着多少个世纪。在这个时刻，世恩不想说什么，也不知该说些什么，他只是想就这样拥着手中的姑娘，一直跳下去，跳到地老天荒，跳到天涯海角，跳到黑沉沉的宇宙中云。

舞曲结束了，世恩和姑娘却站在原地没有分开。他们连手都没有分开，还是像跳舞那样牵连着。等到他们发现舞曲早已完了时，两人才都不好意思地笑了笑。他们之间只说了简单的几句话，就彼此知道了对方来自何处。世恩兴奋的是，上海姑娘对他也很有好感，如果不是舞会不合适宜地结束了，他相信他们还会谈得更多。是那个在白天教堂和她一起来的姑娘寻找来了："漪纹，碰上老乡了？！"

世恩知道了，面前的姑娘叫漪纹，一个很有韵味的名字。女伴比漪纹健谈，世恩很快就知道了她的名字，紫薇，比漪纹的名字要绚丽，就像她的人一样，也是异常绚丽的一个人。

紫薇的主要特点就是洋气，如果不是她说中国话，人们也许会把她看成是来自西域的留学生，她虽然没有很高的鼻梁，但她深深凹陷的眼睛，浓黑的眉毛，还有象牙般白皙的皮肤，极像一个有欧洲血缘的女子。事实也是如此，紫薇的身上就有二分之一的欧洲血统。这当然是以后他们知道的。比较起来，紫薇要健谈多了。世恩于是知道了，这两个来自上海的姑娘是曼彻斯特大学的艺术专业学生，她们已经来到英国一年多了，是姑嫂两人。两人本来是出来旅游的，但喜欢英国曼彻斯特的幽静，便在这里的大学注册读书。读书只是一个形式，内容却是旅游，学艺术。

正谈着，世恩的老乡徐勖走过来。这一次出来，因为有新的女性加入，徐勖已经乐不思蜀，早把世恩给忘了，巧的是他一直在和漪纹的女伴也就是漪纹的嫂子紫薇一起跳舞。所以，见到紫薇和世恩在一起，自然是喜出望外了。舞会散后他们又来到城里的咖啡馆里，继续叙叙乡情。

这是世恩最难忘记的夜晚。气候宜人，环境幽雅，给人的感觉就像在琼楼玉阁。整个晚上漪纹什么都不说，只是静静地坐在一边含笑看着世恩。世恩本来话就不多，在漪纹面前就更是不想说什么。他也是静静地坐在一边，看着漪纹，这个让他从此乱了心情的女神。他的心情还是忧郁的，即使漪纹就坐在面前，他也觉得有一种心底深处的感动，多么好，这样的女性，像春天的百合，像传说中的女神，让世恩心动，情迷，意乱。世恩甚至希望时间就此停住，他愿意就这样一直与漪纹待在一起，什么也不需要说，什么也无须说，他们在精神上是汇合的，世恩想。

倒是徐勖和紫薇，两个几乎是一拍即合，谈得热火朝天，十分投机。

　　徐勔在女性面前永远话多，他就有这个本事，几分钟就会像老朋友一样，把人家的底细全部摸清楚了。他在一边了解人家两位小姐的身世，一边感叹着，真是时髦啊，嫂子和小姑子一起出来留学，那夫君在家能放心吗？

　　见徐勔吃惊和感叹的模样，大家都笑起来。尤其是紫薇，她是一个十分时髦的姑娘，一头大波浪的卷发，自然地披在肩上，铭黄色的套裙外面，是黑色的披风。她虽然浓妆艳抹，却不给人轻浮之感，因为她的人长得实在是漂亮出色。深凹的大眼，挺拔的鼻梁，还有左眼眉上的一颗很显眼的黑痣，就是人称美人痣的那种。如果不是她的肤色有着亚洲人独特的象牙白，真的很像欧洲的时髦女郎。她给人最深刻的印象就是做派落落大方，时常表现出许多女留学生中少见的女性的妩媚，这种妩媚既不是轻浮，却又给人风情万种的吸引，是被西方人称做"尤物"的那种女性。

　　紫薇的说话也是快言快语，毫无遮拦。她听了徐勔的担心，便笑睨着徐勔说："有什么不放心的，我们碰到的不都是良人吗？"

　　漪纹和世恩听了也忍不住笑起来。世恩发现，漪纹就是笑起来，也仅是抿嘴微微一笑，从不放纵，真是笑不露齿，她的家庭一定是书香门第，受过良好的教育。

　　那一晚，他们在不知不觉当中就聊了一夜。

　　可是事后细想起来，世恩和漪纹并没有说几句话，他们只是偶尔交谈几句对英国的观感，以及对建筑的一点看法。倒是徐勔和紫薇两个谈了很多专业上的事情，他们都对西洋艺术比较有兴趣。徐勔是想到意大利的佛罗伦萨去学习雕塑，紫薇兴奋地刚说也要去，又沮丧地垂下头。她连连摇着她一头的大波浪，遗憾地说，不行了，她们姑嫂两人的游学生涯就要结束了。

原来，她们的父亲，应该是漪纹的父亲紫薇的公公已报病危，家里已来电报让她们尽快赶回去。他们才知道，黄漪纹，是清朝政府一位外交大员的女儿。而吴紫薇，却是原上海丝绸大王的女儿。她们的童年都是由金山银山堆出来的。但她们两人身上都没有一般显赫家庭出身的小姐们身上所常有的傲气，反而给人一种平民的亲切。

说实话，听到她们的身世后，世恩刚刚有些温暖的心马上又收敛起来，他的直觉告诉他，他们不是一路人，他们是走不到一起去的。但听说她们不日就要乘船绕道回国，大家又更加感到相聚时间的宝贵。紫薇当下就和徐勰约定好，要在回国之前到爱丁堡大学去找徐勰和世恩。

到天亮的时候，曼彻斯特的晨雾也刚刚升起。他们在大雾中暂时告别的时候，世恩听到了让他终生难忘的一句话，是漪纹说的。告别的时候显得很慌乱，很近的乡情因为告别一下牵出了更多的离愁别绪，在漪纹不多的几句话里，竟说了这样一句：

"好像到曼彻斯特就是为了遇到你。"

这话让世恩的心跳一下加剧了。他看着漪纹，一时不知说什么好。漪纹也好像被自己的话吓坏了一样，象牙白的脸面上飞过了一抹红晕，使她平添了一种与她的矜持不相称的妩媚，她显得很局促不安。但恰好是这样一种不安，反而给世恩增加了一些勇气。一个男人在这样的女性面前没有勇气也实在是说不过去了。世恩笨拙地替漪纹理了理并不乱的头发，他发现他的手竟然是抖的。从世恩认识这个世界开始，还没有一个女性带给他这样大的喜悦和激动。这喜悦是这样的巨大，压迫着他的胸腔，他觉得他都不敢说话，只怕话一出口，连身体里那颗越来越沉的心就要蹦出来。他没有说什么，只有看着漪纹和紫薇就那样轻轻地向他们摆摆手，消失在雾中。消失的那样快，就像把世恩的心也带走了一样，世恩被瞬间的失重搞糊涂了，他怔怔地站在那里，不知身处何地。

徐勣拍了拍世恩的肩膀，说："世恩，不对了，怎么魂都跟去了。"

世恩才发现，她们已经告辞了。世恩只是摇摇头，还是不说什么。他也不想说什么，他的思维还留在刚才他给漪纹轻轻拂发的回忆中。这样一个美好的瞬间，他一辈子都难以忘记，他也将一辈子都为有这样的瞬间而感恩生活。他觉得，他的世界整个都亮了起来，为了这样的一个瞬间。

徐勣早已经习惯了世恩的这副神态，倒是他自己有些稳不住了。他连连感叹着，真是太优秀了，怎么这样优秀的女性现在才出现。他尤其对紫薇赞不绝口，认为这是中国最有代表性的新女性。结了婚，都可以和自己的小姑子一起飘洋过海游学，增长见识，能有这样的女性做伴侣，真是三生有幸。

世恩倒是恢复了理性，他看着徐勣陶醉的样子，忍不住对他打趣："怎么，后悔了。"

徐勣只有连连叹气的分了。

徐勣与世恩还不一样。他不仅已经与家在宁波的太太完了婚，据说出来的时候，夫人已经有喜了。徐勣的丈人是宁波有名的家具商人，他经营的红木家具，在整个上海滩都很有名气。凡是从宁波出来的在上海做生意的人，一般都是在宁波的老家订做红木家具。徐勖出来留学，就是老丈人出的钱。所以，虽然徐勖人很活跃，但在男女的交往上，还是很注意保持距离的。但不想在这里遇到了紫薇，让他有全线崩溃的感觉。

一周后，两位上海小姐如约来到爱丁堡大学找徐勖和世恩。

徐勖为迎接两人的到来已经花费了几天时间，他到大学附近寻找最好的饭店，向学校的老同学了解爱丁堡最好玩的地方。他们甚至还借来了两辆自行车，准备带着紫薇和漪纹到大学附近的树林里去郊游。

再见漪纹和紫薇，他们都像老朋友一样的兴奋和高兴。是徐勖带头先拥抱了紫薇，又拥抱了漪纹。但到了世恩这里，世恩却显得笨拙极了，他几乎是被紫薇强行拥抱的。到了漪纹面前，两个人就都不好意思地笑了，竟然没有拥抱。

紫薇当然很不高兴，连忙拉起他们的手，说："真没有见到这么迂腐的人，他能吃了你。"她是对漪纹说的，也是对世恩说的。俩人在紫薇和徐勖的起哄下才不得不像小孩子一样拎了拎手。

那一天，是世恩和徐勖在英国度过的最快活的一天。

世恩和漪纹都不太喜欢运动，他们骑车骑到一块铺满了草坪的山坡上便停了下来。与徐勖和紫薇相比，他们更愿意坐下来讲讲话，尽管他们讲的都不多，但也不少，比起他们平常的时候。

世恩没有徐勖那样层出不穷的话题，只得老老实实地问漪纹："你好像也不太爱说话？"漪纹笑笑，很自然地看着世恩，说因为她平时很少有朋友，在英国也很少有朋友，便习惯由着紫薇说了。

"不过，"漪纹笑着补充说，"也没什么好说的。"

坐在草地上的漪纹仍旧身着白色的衣裙，那根油亮的辫子垂到胸前，手里拿着一顶米色的缀满了蕾丝花边的遮阳帽，就像是雷诺阿笔下的油画，看得世恩一时忘了说什么。

世恩觉得这位叫漪纹的上海小姐身上洋溢着一种别致的情调，这是一种独特的惟漪纹才有的情调——"漪纹情调"。正是因为这种情调，才使世恩这样的着迷，着迷到他根本就不需要听漪纹说什么，她只要就这样坐在他的面前，让他欣赏着这股情调就足够了。有了这情调就足够了。

世恩很满足，他能这样近距离地在春日的阳光下看着漪纹，看着她微卷但乌黑的头发，看着她洁白而又秀雅的容貌，看着她不说话也充满着内容的双唇，世恩觉得这就足够了，他的心里充满了感动。他从来没有想到，看见一个人，看见一个素不相识的女性，竟会让他的心里产生这样大的激荡和变化。他变得很想滔滔不绝地说话，说周围的世界，说自己的内心，哪怕就是说一说身边的小草。可是，他习惯只是与自己说话，在一个女性身边，尤其是一个自己非常心仪的女性面前，他已经失去了说话的能力。就在离他们不远处的地方，却可以听到徐勖和紫薇不时传来的爽朗的笑声。

漪纹也不多说，她好像不用说话，就能够使人了解到她的善意，她并没有因为世恩的寡言而感到局促不安，她就是那样充满善意地微笑着，看着世恩，看着周围的草坪，仿佛与大自然已经连为一体。

徐勖与紫薇的嬉笑声此起彼伏，逗的连世恩和漪纹也跟着笑起来，真是想不通，那么大的人了，有什么事情可以值得他们这样不断地笑。应该说，他们彼此非常相像，爱玩，爱笑，爱热闹。其实，紫薇比漪纹还要大一岁，但她看起来却显得比漪纹要小好几岁。漪纹对世恩介绍，说她的哥哥与紫薇的性格正相反，从来就不多说一句话，就是因为嫌哥哥太沉闷，这个嫂子才嚷着要同小姑子一起出来游学。漪纹的哥哥管不了紫薇，但知道紫薇是和漪纹在一起，就很放心。

世恩也向漪纹解释了自己之所以转学科的原因。其实，漪纹并没有问什么，漪纹最大的特点是没有好奇心，她总是那样安静地看着你，让人忍不住想对她倾诉些什么。当时，世恩与漪纹再见面的时候，世恩对未来也没有任何的奢念，他以为，这不过是异国的萍水相逢，一次值得回忆的邂逅。当徐勋和紫薇在远处向他们呼唤时，漪纹却递给了世恩的一张名片，这让世恩的内心涌上了一阵惊喜，惊喜他与这个别致的女性还会有继续的联系。漪纹的名片也很简单，只写了她的名字，上海的寓所地址和电话。漪纹指着名片上的地址说："以后回上海有什么事，就打这个电话。"

世恩很奇怪地看了她一眼，她怎么会知道他回国后一定回上海呢？漪纹也仅是一笑，像是明白世恩的疑问，向世恩挥了挥手。这时，徐勋和紫薇已经是手牵着手地出现在她们面前，世恩好像收藏了一个秘密一样只来得及向漪纹点了点头。

徐勋与紫薇却已经达到了难舍难分的程度，既让人感到滑稽却又不感到奇怪，这两个都是属于多血质的人，而且又都是有艺术气质的人，自然是一拍即合。

如果不考虑其他的因素，徐勋实际上也是一个很有才情的人。他读书很多，又很健谈，天下大事，艺术逸闻，无所不知。最主要的是，凡事他都有自己的独特的见解，这些见解很容易让人感受到他的才情和聪明。他的聪明不是小聪明，而是一种具有包容性的聪明，就是任何事情他能够以他自己独特的角度给予解释，给予理解。正因为他的聪明和才情，又使他对世间万物有着自己的独断性的解说，这使他又显得很傲慢，不合群。这些都使徐勘在人群中显得突兀，出众。这本来对他的社交有一定的帮助，但事情却恰好相反，他反而不受众人的欢迎，因为他太爱表达了。他在说话中能够找到自己的快感，在讲话中他给人这样的印象，眉宇开阔，声调洪亮，精力充沛，学识渊博。他每到一个人群众多的地方，一旦有机会给予他讲演的可能，他一定是滔滔不绝，夸夸其谈，马上就会成为人群中说话的中心。他边说话，边用手势。他的手比他的人更能引人注意，那一双长而大的手，修长而有气韵，光看他的手，你会以为这是一双钢琴家的手，这双手与他的大脸高身材比例协调，再加上那灵活的动作，生动的语言，显得格外富有灵性。所以，当徐勘高谈阔论的时候，便使他远远看上去就更具有了艺术家的气质了。这种气质不见容于男性，所以在爱丁堡大学留学期间，他很少有男性的朋友，除了世恩一个人。世恩有时候就笑他，他在他面前讲得口干舌燥，实在是对徐勘才情的极大的浪费，他应该像那本在留学生中传的很盛的一本名著《战争与和平》里的彼埃尔一样，像一个贵族那样生活，每天出入沙龙，和绅士淑女们彻夜长谈，让他的艺术生命在聊天里有滋有味地一点一点消磨，免得在这些寡淡的人面前浪费掉他的才华和口才。

徐勘的口才和才华在漪纹和紫薇面前得到了充分的发挥和展示。

也许，就是因为这分才华和口才，才把那位看上去也很傲慢的紫薇小姐彻底征服了。她经常是在徐勘讲演的时候频频点头，还不时地去看一看漪纹，眼光里是要寻找赞同的支持。这些举动世恩都看在眼里，他并不感到奇怪，在某种程度上还替徐勘觉得宽慰，他终于有了展示才华的机会，有了崇拜者，否则这对徐勘实在是一种极大的浪费。

但让世恩感到最奇怪的还是漪纹。徐勘和紫薇的眉来眼去已经很明显了，按说，无论如何，漪纹都要替她的哥哥维护一下尊严，她毕竟是自己的嫂子。但漪纹的反应看上去却是很平静。她就像一个局外人一样平静地看着这两位显然已经有了家室却仍然沉浸在情感旋涡中的人。

倒是紫薇有些控制不住感情，她大概想到了告别，在他们就要分别的时候竟然趴在徐勘的肩头哭起来。徐勘也是满面肃穆，他的才华和口才有了这样隆重的收获大概是他没有想到的。世恩和漪纹都不知应该说什么好。两个人又都是一样不爱表达的人，却让他们来收拾残局，真是生活的玩笑。实际上，也确实没有什么话好讲，他们两个，都是已婚的人，最不应该再有感情的波动，但事情偏偏就发生在他们身上。什么话对他们来说都是乏味和无用的。而世恩和漪纹这两个未婚的人，讲什么也只能是虚弱的，没有效果的，这一点，他们四个人倒是都明白，一时间的静默倒也能够让人忍受。

漪纹很沉着，她走到紫薇的身边，拍着她的肩膀，轻轻地说："好了，别像个小孩子。以后还会有机会再见的。"

紫薇不好意思地抬起头，朝徐勘笑了笑，她的那种还带着眼泪的笑容让她极像一个天真的孩子，成熟和幼稚是那样矛盾地集中在紫薇身上，使她确实有一种独特的魅力。

"以后还会再见的"。

这话不仅让徐勋和紫薇平静了下来，也给了世恩一个莫大的安慰。虽然在表面上世恩和漪纹很平静，但两人比另外两个已经表现出来的依恋却要更深，其实，真正舍不得的是他们还没有说什么话的人。是啊，如果以后不能再见了，他们才真是最舍不得的，因为在他们面前，什么都还没有开始。

紫薇的情绪在漪纹的安慰下平缓了很多，听了漪纹的话，居然破涕一笑，瞬间变成了漪纹的妹妹。这一切世恩都看在了眼里。他的内心里已经风生水起。在他经验的世界里，在他所有知道的女性中，他都不能够把漪纹和紫薇给予归类。漪纹的大家气象，紫薇的绝代风貌，都是他的经验世界里之最。世恩从浙江桐庐走出来的时候，确实没有见过什么世面，但他毕竟已经在最文明的欧洲中心留学了数年，就是在他们的大学中，也不乏一些达官贵人的子女，但他都没有见过像漪纹和紫薇这样的别具风采，又令人神往的现代女性。他对女性所知甚少，更不像徐勋那样还有一些心得，但这一次他知道，漪纹，这个充满了女性的旖旎之美的名字，他是忘不了了。

以后，在漪纹紫薇走后的两年里，世恩就一直埋头在自己的学科里，他像陀螺一样不停地在学校、图书馆、建筑公司之间旋转着。为了节约时间和经费，他一般是白天在建筑设计公司实习兼职，晚上到学校补课，到图书馆读书，他再也没有时间去参加舞会。其实，有一个事实在世恩心底深处已经形成，那就是，如果没有了那个女神一样的漪纹在舞会上，再好的乐曲也不能吸引她。他的心里很清楚，没有了漪纹，舞会对世恩已失去了意义。

漪纹走后的前几个月，徐勘倒是经常来找世恩，他似乎已经深深陷入了对紫薇的思念中。他已经与紫薇建立了通信联系，经常有些关于紫薇和漪纹的消息来告诉世恩。

世恩就是从徐勘那里，知道了关于漪纹和她的家庭的传奇般的故事。

漪纹的父亲，也就是那个前清遗老已经去世，但他给他的后代留下了许多房产，而因为漪纹是子女中惟一一个还没有成家的，老太爷对她最为关照，便给漪纹留下了一座带花园的洋房，给漪纹的哥哥也就是紫薇的丈夫留下了一条石库门的房产。这让紫薇有些不平衡，认为老太爷比较偏心。不过，这位上海丝绸大王的千金不是在乎那些钱财，实际上，紫薇的父亲给她留下来的陪嫁足够她和她的丈夫富足地生活一辈子了。自然，徐勘讲的最详细的就是紫薇的家世了。紫薇的家世比起漪纹的父亲来就更有传奇性了。

原来，这位丝绸大王的女儿，是丝绸大王姨太太的女儿。当初，紫薇的母亲是西班牙一个贵族的后裔，紫薇的父亲在创业之初，就把丝绸之路铺到了西班牙。在一次酒会上，见到了这位天生丽质的公主。

紫薇的母亲特丽莎是当时社交圈里的名媛，追求者在舞会上能排起长队来。但公主却偏偏对那个看上去更像一个绅士的东方青年感兴趣。那时，紫薇的父亲虽然已经是一个小有名气的丝绸商，但他的年龄并不大，而且财产也很有限，如果不是为了赚更多的钱，他也不会成为第一个到西班牙的生意人。这样的背景比起西班牙公主的家世，真是天壤之别。而且，丝绸商在中国老家已经有了一位比他长几岁的夫人，但遇到了热情的西班牙女郎，还是经受不住诱惑。

当然，西班牙公主坚持下嫁给中国商人，在家族中遭到了激烈的反对。这中间，公主的父亲曾经下禁闭命令不让特丽莎与中国商人再见。但世界上的规律大抵都是一样的，越是被禁止的东西越具有吸引力，如果特丽莎的父亲当初知道这个道理而对特丽莎不闻不问的话，也许这个世界上就没有紫薇这个人了。可惜的是天下的父母大都是事与愿违。紫薇的母亲采取了绝食的激烈行为反抗伯爵父亲，最终使伯爵父亲在女儿的任性下屈服了。

紫薇的母亲特丽莎带上老伯爵父亲送给的丰厚嫁妆，也带着对神秘东方的无限憧憬，便跟随着丝绸商千里迢迢来到了上海。

有了西班牙公主的丰厚的赔嫁，丝绸商便把生意翻了几倍，几乎把上海丝绸厂的生意都揽了过来。就像一个传奇故事中的情节一样，经过几年的盘升，丝绸商变成了丝绸大王。

随着紫薇父亲丝绸商贸的发达，紫薇的母亲特丽莎的美貌也在当时的上海滩越来越出名。她的疑脂一样的肤色和灰蓝色的眼睛，成为上海滩社交界的奇谈。每当在上海社交界开舞会的时候，就有很多人要想方设法邀请丝绸大王的西班牙太太跳舞，就是邀请不到也要借故

35

白
衣
女
神

到美人跟前转一转，不为别的，只是为了能够欣赏一下这位传说中的西班牙公主。

有的时候，紫薇的母亲想要自己到外滩和霞飞路去逛一逛，可是没有走几步，身后就跟上了不少慕名前来瞻仰的人。人们对西班牙公主的美貌传得神乎其神，谁都想要见识一下丝绸大王的西班牙太太。西班牙公主最终没有经受住这样公开的毫不见外的观赏，每次受到观

赏就会来家大吵一通。丝绸大王便给太太买回来当时上海的第一辆劳斯莱斯轿车。于是，观赏的队伍就更多了，因为又增加了一批观赏轿车的人。

但世纪初的上海滩对一个过惯了社交沙龙生活的贵族后裔来说还是太多乏味。其实，不满从登上东方之路时就发生了。那样一种没完没了的路途，让特丽莎心里对故土西班牙产生了永别一样的眷恋。但毕竟还有着冒险的刺激在支撑着这个性格刚烈的公主，尽管茫茫路途看不到终点，但还是被明天的东方丽景吸引着，西班牙公主并没有产生悔意。但后来，她从那个很有东方魅力的丝绸大王身上看到了封建中国男人们最常见的大男子主义，为了生意可以不顾太太。于是，争吵就在紫薇的父亲和母亲中间不断发生。每次争吵过后，紫薇父亲就会给特丽莎买上一件上好的首饰，后来这些首饰就都成了紫薇的陪嫁。

　　紫薇出生后，紫薇的母亲身患思乡病，并一病不起。而丝绸大王也渐渐厌烦了这种争吵，走上了一切有钱人的老路，在上海又找了个新的洋学生。特丽莎就是把家里所有的东西砸烂了也没有用，吴老太爷就干脆不回来了。那时时局混乱，紫薇的母亲也不能回到西班牙，只有守着年龄还小的紫薇。最后，在郁郁寡欢中，紫薇的母亲身体越来越差，差到她连回家的想法也没有了。去世前，特丽莎要紫薇的父亲答应，给紫薇找一个富裕的家庭，并请律师来签定了给紫薇留下来的遗产，便怀着对故土的思念，在上海去世。

　　母亲去世时，紫薇只有五六岁。所以，紫薇对母亲的记忆并不很多，她最清楚的记忆就是每次母亲从外面回来，总是到她的房间里来看紫薇，并在紫薇的手里塞上一块巧克力。以后紫薇也就知道了，凡是能吃巧克力的时候，就是母亲去参加什么宴会的时候。小小的年纪她能理解，母亲是用巧克力来向她表示她的出去活动的歉意。但母亲的具体面容她已经记不清了，说实话，倒是母亲拿来的巧克力给她的印象很深，那种包装纸漂亮极了，有金的，有银的，常让紫薇想象着，若是有这样颜色的连衣裙该有多么漂亮。可以说，给紫薇最初的颜色的启蒙，应该是来自这些包巧克力的糖纸吧。对母亲的容貌记忆，紫薇只能从家里的照片上看到更为清晰的母亲的相貌，从自己与家中人的相貌差距之中找到母亲西班牙血缘的影子。

当然，紫薇的相貌在她上中学时也开始在圈子里有名了。据说当时在英国教会办的玛利亚中学读书时，经常有其他年级的女生来紫薇的寝室看望紫薇。大家对这位西班牙公主的女儿十分好奇，都说她的眼睛在太阳底下会变，像波斯猫一样，一只是绿的，一只是灰色的。经常有女同学在阳光底下叫住紫薇，说，紫薇，让我们看看你的眼睛是像波斯猫吗？紫薇就会一转身，把连衣裙转成喇叭花的形状，离开这些毫无教养的同学。其实，不仔细看，紫薇的眼睛除了大而深，是没有什么奇特的。但仔细一看，确实是有一种水晶一样的灰蓝在里面。

等紫薇到了少女时期，紫薇的异国情调就明显了起来，女同学都说，她的眼睛很像那位《乱世佳人》里面的郝思嘉。紫薇也并不知道郝思嘉是谁，只是有时觉得那些人太过夸张了，只要紫薇随家里人上大马路逛街时，就有好戏在后面拉开。经常是紫薇的黄包车在前面走，后面便跟着跑着一些慕名前来欣赏的男青年。紫薇的管家说，比当年紫薇的母亲遇到的还要过分。

其实，主要是紫薇的性格已经远远超过了母亲的性格。紫薇的母亲多少还受到一些贵族式的教育，除了西班牙的异国风情味之外，还有一种公主般的矜持。而且，除了自己的丈夫，特丽莎是不与任何男性打交道的。但到了紫薇这里，就比母亲开放多了。本来，她一生下亲就处在一个自由自在的生活状态中，除了在学校能够接受一些英式的淑女教育外，在家里几乎没有人能够管她。她的父亲在另外的公馆与洋学生住着，大太太在乡下老宅里住着，替吴老太爷收着地租，而住在上海丝绸公馆的只剩下了紫薇和一群曾经服侍过紫薇母亲的佣人们。这样，紫薇在家里就像一匹没有人管教的小马驹，性格暴烈又任性。同时，因为平时见大人太少，又十分渴望与人交往，渴望过一种最平常的家庭生活。

所以，当紫薇按照父亲的定约与漪纹的哥哥黄溟绚结了婚后，她基本就把黄家当成了自己的家，而自己的家几乎就再也没有回去过。自然，漪纹就成了没有兄弟姐妹的紫薇的最好的姊妹了。

紫薇的公公去世前，紫薇就基本上与漪纹住在一起。紫薇的丈夫溟绚本来性情还比较温厚，能够娶回全上海都闻名的西班牙裔小姐更感到很有压力，也乐得紫薇自己去游玩去，对紫薇的行径从来就不去过问，反正她是与自己最文静的妹子在一起，总比这个生性就有些活跃的女子自己去社交场合好多了。而溟绚自己本来就生性慵懒，除了吸点鸦片，就没有什么嗜好。紫薇有地方去，正好让他的惰性得到了满足。

本来，紫薇对公公的遗产分配并不是很满意，但她也并没有多放在心上。她从小就没有金钱的概念，却有亲属归宿的强烈愿望。她实际上是很愿意嫁人的，那个富丽堂皇的吴公馆，除了有一些与她没有丝毫关系的佣人们外，都是与她并不相干的人。嫁到黄家，至少她是一个有家长的人家的媳妇了。紫薇实际上很是中意原来漪纹住过的房子，但听说房子是给了漪纹后也还是很开通，说把房子给了漪纹就像给了他们一样，他们照样可以住在漪纹那里，因为漪纹也没有其他的朋友。

紫薇对自己的丈夫溟绚还比较满意，只是觉得他太懦弱，性格内向，只关心怎么把长辈的钱拿出去花掉。要不是紫薇喜欢打扮，才会经常打点自己的首饰，否则，她的首饰也会被丈夫拿走了。她准备过完年，再到欧洲旅行。她要约徐勐，一起到意大利的佛罗伦萨去学雕塑。

徐勐讲这些关于漪纹和紫薇的故事时，就是他和世恩两个人的节日。两人到爱丁堡城里的咖啡馆去一坐就是半夜，世恩喝咖啡，徐勐就喝酒。在这样的时候，徐勐讲的就多半是心里的语言了。

当然，他同时也还有别的消息会告诉世恩。比如，他的太太给他生了一对龙凤胎，家里来信让他起名，他来征求世恩的意见。世恩便对他开玩笑说："干脆就叫徐哥徐妹"。结果徐勐还真的给自己的儿子起名叫徐歌，女儿起名叫徐美，倒也有一种简单的别致。但世恩看得出，徐勐讲这些自己的故事时，徐勐实际上并不快乐。他当然知道徐勐不快乐的根源在哪里，但他也想不出更多的理由来安慰他，只得劝他耐心等待，紫薇会如约而来的。

漪纹却并没有给世恩任何消息。世恩觉得这样很好，在他的心里，已经有了一个时间和记忆都不能抹掉的身影，这就足够了。那个在曼彻斯特教堂长廊上出现的圣洁的身影，那个有月亮的晚上在施特劳斯的舞曲里翩翩起舞的身影，将是跟随他一生的身影。即使此生不再见到漪纹，他相信他也能记得这个身影。

没有什么，对世恩来说，在这个世界上，一切都是上帝的恩赐。他知道，他应该对已有的一切懂得感恩，这是世恩的父辈教给他的做人准则。他对这个世界的要求并不多，他甚至还感谢命运之神的安排，毕竟，让他知道了，在这个世界上，还有一个叫漪纹的如此神圣的女性存在着，他与她在同一个世界存在着，他感到了心中的温暖，他也感到了他内心的安静。

4

上海建筑师

林世恩学成回国后果然是在上海谋职。

上海，三十年代正是殖民文化最集中的地方。资本原始积累的所有能量都在这个"东方冒险家的乐园"里充分施放。各个国家的探险家们也都愿意在这里发展他们的产业。像美孚石油公司、汇丰银行、怡和洋行、英美烟草公司等等，都是外国资本家在上海创办的大公司。

这些公司的老板、董事长多是洋人，但主管和办事员却大半是懂外文的中国雇员。这就给了许多留学生就职的机会。

林世恩从爱丁堡大学获建筑学士后，由学校几位教授的介绍，很自然地进入了当时上海滩较大的设计机构公和洋行。

回国后的林世恩，好像一艘远洋客轮新换了舵盘。以前他只是想象着在由水组成的世界中漫无目的地游走一番，并无明确的方向和目的。而今从国外学成归来后，却在心底里悄悄埋下了一个宏愿：要将自己在国外学到的建筑知识，应用到中国的土地上。

他还在学校的时候，就记得罗伯特教授的一番高论：建筑师一辈子都是在与重力奋斗，企图在重力之下盖出一栋栋有着自己的呼吸、

自己的内容、自己的故事的建筑，建筑师就是用自己盖出的建筑来阐

明自己心中对这个世界的语言的。不同的建筑，讲述的就是不同的故事。没有故事可讲的建筑，就是一个没有生命力的建筑。

教授的这番话，让他对建筑这个行业有了重新的认识，这也与他平时所思索的基本一致。没有形式便没有内容，他这样想。他一直认为就是英国建筑的奇特、挺拔，才生成了英国人优雅而又严肃的文化气质。当然，世恩的性格决定了他不会一毕业便独树一帜地开办自己的事业，中国文化的熏陶使他从骨子里便通晓了养晦韬略的道理。在当时，上海基本是外国人的势力范围，中国建筑师要在上海租界开设设计事务所，不知要遭到租界当局和外国洋行中西方建筑师的多少压制、刁难和歧视。他只想先借公和洋行养好自己的羽毛。

公和洋行是一九一六年由原公共洋行的威尔逊和洛根组合的，以专做银行建筑设计起家。先后设计了横滨正金银行、麦加利银行、有利银行以及汇丰银行等较大的建筑，在上海滩很有声望。世恩在公司里虽然只能承接设计方案中的附设部分，但整体设计的构图和框架他也都能参加。以他的博闻强记，几乎该公司的所有设计档案中的图表他都能记在脑子里。

当然，还有一个重要的原因使他愿意在公和洋行供职，那就是在曼彻斯特碰到的上海姑娘黄漪纹小姐。

漪纹的寓所与公和洋行相距不远，都在法租界。但漪纹住的洋楼却要比世恩供职的洋行大许多。那是一幢带花园的德国小洋楼。楼房全部用花岗岩石砌成，愈往楼顶愈尖，在第四层的阁楼上，还顺着尖顶立起一块十字架，楼里的玻璃全是用有凸凹花纹镶成的彩色玻璃。世恩第一次来这里就不喜欢这幢楼房。这是典型的哥特式建筑，世恩

告诉漪纹，哥特式建筑的特点就是神秘、古怪，充满着古堡的鬼魅气氛。这与漪纹的气质不吻合。但漪纹却告诉他，这是父亲特意为她建造的，有许多其他建筑里所没有的独特的匠心在里面。但她没有告诉世恩是哪些匠心，而是让世恩今后自己去发现。

说起世恩和漪纹的重逢，还真充满了偶然性。

刚到上海时，世恩并不着急去找工作，他是想在上海的租界、外滩先把万国建筑慢慢欣赏一下，包括对漪纹他也不着急联系。以他的性格，等职业安定下来，一切都还不晚。他还没有决定是不是真的去联系那个已经在他心里扎根的漪纹小姐。

那一天，他正在法国租界的常德路上拍照几个公寓楼房，就在他的德国造的海鸥照相机的取景框里，意外地发现一个身着白色衣裙的姑娘正在对他笑，他的心一动，手不由得颤抖了一下。但他仍旧沉稳地继续低头对好焦距，就对着那个正朝他微笑的姑娘的面容，一个天天在世恩的心头微笑着的面容，那个有着特殊的气韵的面容，一按快门，把她永久地固定在自己的镜头里，他觉得他已经不可能再失去这个微笑的面容了。他在心里赞叹了一句，哦，我的蒙娜丽莎。

是漪纹，不用抬头，世恩就知道那个白衣姑娘是谁了。他甚至都不敢抬起头来，怕一抬头就会发现这不过是一场海市蜃楼。他还是抬起头来，真的就是那个他心中的姑娘，漪纹正在那里对他微笑呢。原来，她的公主楼就在公寓楼的不远处。她正要到霞飞路去看电影，一眼就看见了世恩在那里认真的取景。于是，便对世恩开了一个玩笑，主动走到世恩的镜头里去。

已经是两年的时间了，两年时间里他们并没有联系，但感觉却像是昨天刚刚分手。见面的第一句话竟然就是简单地一问：

"回来了？"

"回来了。"

世恩看着漪纹，这个从第一面就难以忘怀的圣洁的女性，还是如两年前分手时候一样，温婉地微笑着。她的柳叶一样的眉毛，她的秀美的鼻梁，还有虽然紧抿却也有笑意的嘴唇，还是他心目中的那个女神。她依然穿着白色的衣裙，不同的只是她的发辫已经高高地盘在头上，像是一个皇冠，更给她增加一种高贵的气质。世恩在心里惊叹着，时间流逝，但漪纹的气质却更成熟了。这种成熟的气质使漪纹清丽的外表更加迷人了。

漪纹邀请世恩到她的公主楼里小坐，世恩本来想解释一下，是想事情安定下来再来拜访。但他一张口，又停了下来。对漪纹，什么都不要解释，任何世俗的解释都是多余的。世恩这样想。

到了公主楼，世恩才发现，漪纹的洋房就在他将要就职的公和洋行附近。他轻轻地对漪纹说:"想不到我们离这样近,以后就可以多来看你了。" 漪纹回过身对着他,相距是这样的近,世恩甚至发现,漪纹的眼睛实际上是深褐色的,配上她象牙一般乳白的肤色,与这栋公主楼相配极了。世恩有一种想要抚摩这个美丽的公主的冲动。

世恩真的抚摩了漪纹,他只是把手轻轻地掠过漪纹的头发,她的发笈上有一小片樱花花瓣,他替她拿下来。只是轻轻的接触,世恩却感到有巨大的电流通向他的心室,他已经完全陶醉了。

公主楼里已经出来了一个白俄佣人替他们打开铁门,引世恩走进小楼。进了小楼,马上又有女佣人替漪纹端来刚刚煮出的咖啡,这一切衔接得非常流利,好像他们一直就等着女主人进屋,一切早已准备好了。

一进小楼,世恩便进入了设计师的角色,他几乎是本能地开始研究这座洋房的建筑结构和特色。他不喜欢。于是,世恩与漪纹见面的第一天,就是讨论这座公主楼的建筑,漪纹就这样坐在楼下有壁炉的客厅里,接待刚刚回国的世恩,面含微笑地听着世恩对这幢洋楼的评价。紫薇听到这个消息时乐了半天,说世恩是个书呆子,也就有同样是呆子的漪纹纵容他这样无力,换了紫薇,她就要把世恩赶出去,刚见面就评论人家公主的洋楼,整个就是两个呆子,但世恩和漪纹都没有感到有什么不妥,也许就是紫薇说的,两个人都有同样的呆气。

初回国时的世恩,与一般学成归国的留学生一样,怀着满腔的要振兴中华、成就大业的豪情。世恩不是夸夸其谈者,但在一见如故的漪纹面前,仍是忍不住吐露出要做中国一流建筑师的宏图大愿。当然,有宏图必是对现实的不满,尤其对自己心仪很久的女子住在并不典雅的小洋楼里面，便自然对小楼略有非议，尽管这小楼即使在三十年代也仍属上流阶层所居。

漪纹静听着世恩的评论，并不反驳。到世恩说完了，她才解释说："这是父亲指定设计师为我设计的。对这栋楼，我没有选择；我若有选择，宁愿住在父亲北平的老宅里。那个老宅里面全是红木打造的古老家具，有着许多安全感，我很喜欢。只是母亲喜欢住上海，我只能跟母亲住，所以从小就在这里生活，也习惯了。"

世恩很奇怪，他眼中的黄家大小姐，虽不是最时髦的上海小姐，却也是受过西式教育的新女性，生活习惯十分欧化。他简直无法理解，也无法想象，连佣人都要雇白俄的曾留学英国、法国的新女性，怎会留恋那样一种老宅生活，许是与她一生都待在清官府里的父亲有关吧。后来，漪纹还告诉他，这栋小楼有一些小小的机关，是父亲专门为她设计的，使她使用起来确实很方便。但这些小秘密只能靠懂建筑的世恩自己来发现，等到他能发现这栋小楼的秘密，就说明他是真的懂得德国建筑了。

世恩便笑着开玩笑说："那我必须住在这里，才能发现这里的秘密，光是这样坐着看，是看不出什么秘密的。"

漪纹也接话说："那你就搬来住吗？"

话一出口，两个人都感觉到一种窘迫，连忙用别的话题岔开，便再也没有提关于房子秘密的事情。

当然，世恩从徐勘陆陆续续的叙述中也知道，漪纹与紫薇的身世有相同的地方，她的母亲并不是正房出身，她从一出生就与母亲住在上海。而父亲与大家庭住在北平，只是父亲很喜欢天资聪明的漪纹，每逢暑期，都要接漪纹去北平避暑。因为母亲很早就得肺炎去世，漪纹和她的哥哥一直是由佣人带大的，因而父亲也格外疼爱他们。

看到漪纹舒适的生活，不知为什么世恩却并不开心。他觉得这还不够，他觉得漪纹的生活还应该更明亮一些。他下决心要让漪纹的生活明亮起来。虽然怎样明亮他的心里并没有具体的主意，但他私下认为漪纹对老宅生活的向往是不太正常的。他将要供职的公和洋行是当时上海建筑界最有影响的建筑设计行，多设计欧洲近代式建筑。他对漪纹说要带她去一一参观公和洋行设计制造的那些宫殿式的银行大厦和饭店舞厅。

应该说，因为有了漪纹，世恩刚回国的那段时间，度过了他年轻时代最为轻松和愉快的时光。

白天，世恩在洋行里设计图纸，与外国建筑师讨论设计方案。晚上，便到漪纹家里聊天，听音乐，打桥牌。连晚饭都是在漪纹家里吃，反正紫薇一直住在漪纹家里，只要有紫薇在，漪纹家里是从来都不缺

江西路二三二號　電話〇九〇四九

上海電話公司

客人的，这些客人当然多半不是漪纹的，而是漪纹的嫂子紫薇的。

世恩回上海的第二年，紫薇终于与他的丈夫溟绚也就是漪纹的哥哥分手了。他们的分手很是奇特，从紫薇的表情里并没有看出有多少伤感，如果不是有律师到漪纹的家里找紫薇，与她签离婚协议书，不会有人知道她实际上已经离婚了。就连什么事情都知道的漪纹，也并不知道她的哥哥要与紫薇离婚。但漪纹知道后也并不奇怪，她知道紫薇和溟绚的事情，知道他们结婚和离婚差不多，离婚也与结婚没有什么区别。紫薇与漪纹都没有那些世俗观念，她们在一起只知道要互相尊重别人的生活。所以，紫薇离婚后就像没有离婚时一样，仍旧借住在漪纹的洋房里。她时而英国，时而法国的不停地旅游，回来就住在漪纹这里。她出去旅游的时候，洋房里就很安静。她一回来，就会带来许多她新结识的朋友。漪纹对紫薇的态度与其说是亲友，不如说是姐妹。虽然她实际上要比紫薇小，但她却扮演了紫薇的姊姊的角色。

但紫薇也有她的好处，那就是她的做人原则，她宁可不要家庭，也不能不要自由。其实，她的吴公馆比漪纹这里更舒服，但她因为与漪纹的哥哥离婚而不被父亲所接受，再加上她喜欢漪纹这里的自由，所以，才一直借住在漪纹家里。

说起来也怪，在外人们都在为漪纹的哥哥溟绚不平时，溟绚却并没有因为离婚和紫薇闹翻。实际上并不是紫薇要求离婚，而是溟绚要求离婚的。溟绚要求离婚也不是不能容忍紫薇，他还是感到太有压力，觉得像紫薇这样风情万种的混血女性，他最终还是驾驭不了。别看她现在是为了自由而出去游学，早晚有一天她会为了爱情而离家出走。与其让以后的紫薇甩掉他，还不如他早早就与紫薇解除婚约算了。以前他就有此种想法，但碍于老太爷在世他不敢做主，毕竟这婚姻是老太爷给他们定下的。现在老太爷已经远驾了，他得趁早把自己解救出来。而紫薇一开始还有点生气，觉得自己并没有什么对不起溟绚的，但后来不知怎么就想明白了，很高兴地与溟绚登报解除了婚姻关系，在上海的圈子里还很是被大家议论了一阵。

　　紫薇和溟绚虽然已经离婚了，可两人见面却仍旧是和和气气的。而漪纹在此事上的态度就更奇怪了，她这里几乎就是紫薇和溟绚重新约会的地点。漪纹对此也很有幽默感，她对紫薇解释说，我收留你可还是为了哥哥溟绚的。紫薇倒也痛快，回答说，我会努力向好的方面发展。好的方面究竟是什么方面，只有天晓得了。不过，紫薇住在这里也很让漪纹省心，她与那些白俄佣人们的关系居然比漪纹还好。那些佣人们对漪纹反而比较客气，而对紫薇就像对自己家的大小姐一样的亲切。世恩就亲眼见到过，家里设宴，佣人们不去征求漪纹的意见反而征求紫薇的意见。紫薇对此的解释是，主要我是恶人，做的不好就会嚷叫。而漪纹太好脾气了，什么都是好好好。人家当然是要问我而不去问她了。

　　逢到紫薇的客人太多的时候，漪纹就会一个人到花园里去坐坐。她总是在享受一个人时的独处。以后世恩来的次数多了，如果发现客厅里有紫薇的朋友，他就会自然地走向客厅后面的花园，去找漪纹。他看见的花园里的漪纹，永远是手拿着一本书坐在摇椅上。她实际上并没有在看书，而是在闭目养神。

　　漪纹家的花园却是世恩最欣赏的地方，安静，别致，像他在爱丁堡见过的英国乡村别墅式的精雅。花园里的椅子都是深色核桃木打造

的，很笨，却很古朴。不像这个洋房的建筑，有一些画蛇添足的铁艺构造，而是简简单单的，随意地点缀在院落里。花园的围墙都是由冬青树围成的，修剪的很齐整的冬青树沿着洋房一周，形成了一个自然的景观，如果你从冬青树旁边走过，会以为这是一个小小的街心花园。漪纹坐在这个充满了绿色生机的花园里，配上她永远是白色的衣裙，总是给人一个错觉，好像这里是欧洲的一个乡村别墅。

世恩倒是给漪纹提过建议，建议她在花园的中间可以搭一个凉棚。漪纹只是淡淡的一笑，没有同意。后来是紫薇给世恩解释，漪纹有个习惯，对父亲给她留下来的东西一定要保持原汁原味，不做任何改动。紫薇一边解释一边自嘲道，这是不可能的，等到五十年后，还不知自己能不能在这个人世间了，怎么会保证什么都不变呢。

说这话时的紫薇很有些宿命的意思，想不到她的直觉是准确的。十年后的一切果然就有了巨大的变化，但这已是后话了。

应该说，多亏有了漪纹的后花园，让世恩在回上海的最初一年的时间里，几乎没有离开英国的感觉。经常是在周末的下午，漪纹洋房的客厅里笑语一片，还有留声机里幽雅的施特劳斯的舞曲。而在花园里，世恩和漪纹则品尝着英式红茶，漫谈着这一周发生的时世情况，很让人留恋。置身在这样平和静谧的世界中，常使世恩觉得自己仿佛还在英国爱丁堡，还在那样一座花园般的城市里。还是没有任何负担的学生时期，还是一个充满了幻想的做梦的时期。

当然，世恩在他自己的日记里也写道，这里还是比爱丁堡要可爱得多，因为，这里有他心中的女神，有那个在曼彻斯特可望而不可及的可现在就在身边的漪纹小姐。

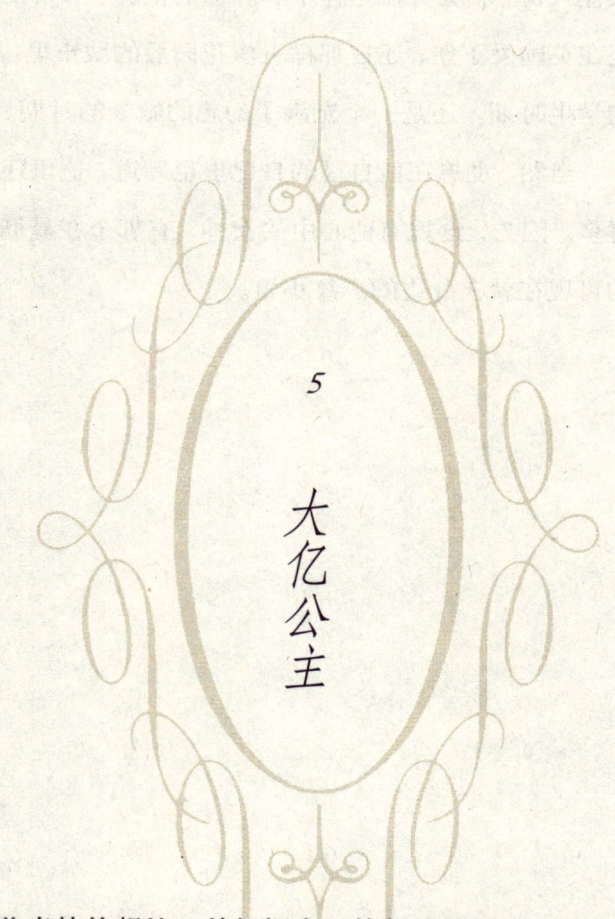

5

大亿公主

　　紫薇总是有一些奇特的想法，并根据自己的想法随便送人绰号。
比如，她称漪纹为大亿公主，这个绰号让世恩怎么想都不得其要领。

　　紫薇说，看到漪纹的忙碌，漪纹的仪态万方，她就这样灵感一来，
想起了这个称呼。后来，她总是这样称呼着漪纹，倒好像在她们的社
交圈里也被接受了。

漪纹的确很忙。

这个前清朝大臣的公主有一套独特的生活习惯。妣的父亲曾随从李鸿章与八国联军谈判，后任职清朝政府外务部。此公是一心一意搞洋务，朝廷里搞不通便搞到家里，先是送两个儿子到国外留学，学什么不问，只要能在国外某个学校呆它两三年；他的意思是，只要能够接受一些西洋的生活方式，将眼界打开些，就比总是呆在落后的中国要强很多。他的这种教子方式在当时已经很是新潮了。但两个儿子溟颐和溟绚不管是己出还是庶出，都是只把洋派的生活方式学到了，西的是穿洋服，玩汽车；中的是抽鸦片，逛勾栏，土洋结合，一样都没有少，比起京城的八旗子弟还要全乎，还要会玩。黄大臣的这套教子方法一时引得他的同僚们好一通嘲笑。

在儿子身上的理想破灭后，黄大臣又在上海投资高地产。他在上海苏州河附近的石库门买下了一条里弄，这条里弄里居住的多是青楼妓女。黄大臣是不过问此地的，却将自己的儿子从国外叫回来，一个掌管他投资的上海轮船招商局、江南制造总局，一个看上去文弱一些的就帮着管这片里弄。结果两个儿子都帮着他往破产里管，到了他想收回时，已经是一堆烂摊子了。黄大臣听闻此事却并不恼，还连连对自家的儿子赞叹："佩服，佩服，能够这样迅速的消化钱财也是一种本事"。但大臣惟独对女儿漪纹十分娇宠，除了在她尚未成年时就断断续续给她建造了上海的这幢带花园的洋楼外，还给了她足够过一生富贵生活的财产。并下了命令不准漪纹的两个哥哥染指妹妹的财产，这是黄大臣对他宠爱的姨太太子女的最好的安排。

至于他老人家自己，则随着另外两房姨太太住在北平东皇城根的一片老宅里。到了退出朝廷的晚年，他大部分时间都是住在乡下——桐庐他的堂叔家里，那里的严子陵钓台几乎成了他晚年的寄托。而他的堂叔黄源弟一直是他能顺利在朝廷供职的幕僚。不仅给予了他财富的支持，也给了他一些只有在严子陵钓台生活过的人才能品味出的入世哲学。这个哲学让他积极入世，在朝廷上下驰骋了一番，又能让他欣然解甲归田，回味往事并不怆然。他对这个幕僚堂叔的最大回报就是把自己的余生放在了桐庐乡下。

这个幕僚不是别人，正是林世恩的东家——他未来的太爷爷，当然，此时林世恩还并不知道这样复杂却又密切相连的关系。

回头来看漪纹的两个哥哥。真是事与愿违，虽然经过了黄大臣的刻意栽培，但漪纹的两个哥哥却扶不上台面来。出任制造局董事长的哥哥滇颐跑到香港做金融债券生意，他买什么就赔什么。而另一个也就是紫薇的丈夫滇绚则不知为何在上海吸上了大烟。玩债券的玩没了一个招商局，吸大烟的也吸没了一个制造局，只剩下苏州河那条里弄还没有玩完，还是因为吸大烟的滇绚为人还算厚道，对待房客略有仁义，才算破破烂烂地保存下来石门库的房产。

漪纹本来是三个孩子中最听话的，也是最聪明的。从小就跟着搞外交的父亲学英语，她之所以能够成为黄家第一个去欧洲留学的女性，也全得力于她跟父亲学的那一口标准伦敦口音的英语。但漪纹也没有完成学业。从根本上说，她也没有什么学业，用滇绚的话说，也不过是用爹爹的钱养成了纯纯粹粹的贵族。三年中去了三个国家留学。先后进修了音乐、绘画、文学等等不能谋生的学科，愈发出脱成上海滩上绝无仅有的有钱又有知识还有教养有背景的黄家大亿公主。

其实，这位公主黄潆纹并非生长在真空里。她的爹爹早已解甲归田，其他的姨太太们不来瓜分她的财产已是幸事，而两位哥哥的不长进却直接影响到她目前的生活。

那一年，她从英国留学回来时途经香港，正逢大哥溟颐在金融市场中触霉头，几乎破产。让她吃惊的不是一向以精明强干自傲的大哥何以惨遭失败，而是吃惊大哥在破产后仍旧亢奋异常，连连搓手要背水一战的疯狂。大哥的疯狂让她想起那个整天沉醉在奇香烟雾中的二哥的颓靡。她替她的父亲感到寒心，黄家的气数在他们这一代身上是彻底了尽了。疯狂的只能继续自己的疯狂，颓靡的也是不可救药。她之所以愿意陪同紫薇到处游学，也是从心里心疼紫薇，那样一个鲜活水灵的上海娇小姐，那样一个风情万种充满了异国韵味的摩登女郎，却被二哥溟绚扔在一边。难怪紫薇会不安于室。

说起来，紫薇的心眼儿也算是善良的。关于溟绚抽大烟的事情，紫薇从来就没有瞧不起他，也没有对外人说过。当然，作为两家的世交，她是知道溟绚抽大烟原是为了治哮喘病的。但是，后来居然就此变成他的一个生活依靠，这真是让她失望到极点。这本身就可以看出溟绚的不可救药，他是黄家儿女中性情最懦弱的一个，也是最颓靡的一个。就像他明明很喜欢紫薇，却也以一种放任的态度对待紫薇，所以才造成了紫薇现在我行我素的生活方式。他和紫薇互为因果，因而也能平安相处，原则就是互不干涉，他抽他的大烟，紫薇在外面留自己的学。

表面上看，潆纹从小就是和哥哥在一起生活。但与其说是与哥哥在一起生活，毋宁说是奶妈把她带大的，她对奶妈的感情超过对自己哥哥的感情。父亲在她的心目中，是一个家事国事天下事，事事放在心上的心事重重的慈祥的老人。漪纹对这个老人更多的是同情，而非感情。因为从她记事的时候起就看见父亲在不停地为他们的未来设计。有时漪纹也想，如果当初父亲不是这样把他们的未来都设计好了，要他们自己在外面闯，也许她的哥哥们比现在还有些个性和血性。面对这样的两位哥哥，漪纹真是替自己想的很周到的父亲感到心疼。还是奶妈何妈说的对，儿孙自有儿孙福，父亲全是白操心。要是躺在病床上的父亲知道这两个他日益操心的儿子是这个样子，他一定会气背过去。

她在香港的时候就对那个疯狂的大哥失去了信心。她在心里想，全中邪了。

大哥住在轩尼诗道上的一座洋房里，里面除了凌乱的麻将就是空的洋酒瓶子，漪纹在大哥的储藏室里就发现了还有两箱没有喝完的法国XO酒。即使他挣的钱再多，也不及他这样的挥霍。大哥是独身的，但他用来送女人的香水、首饰放置在房间的各个角落。紫薇和漪纹一起去时，就大惊小怪地对大哥说，早知道大哥是这样的疼女人，当初还不如让她父亲改为与大哥溟颐算了。紫薇对自己的大哥也毫不客气，随手就捡了几件首饰，后来还是这几件首饰救了漪纹的命，这已是后话了。大哥只是沉迷在一塌糊涂的债券交易中，见了紫薇和漪纹先问有没有金条。她们原是绕道香港准备和大哥一起去北京，却不想大哥已经焦头烂额，自顾不暇，早把垂危的父亲放在脑后了。他说让她们先走，老爷子实在不行了时再给他拍电报。漪纹见此状况，只得把身上剩下的所有的钱，都留给了大哥。就连回上海的船票也是紫薇垫付的。

漪纹走的时候，中了邪的大哥送也不送这位多年不见的小妹，兀自迷醉在电话的摇来响去中。

漪纹和紫薇只能两人做伴登上一艘开往上海的客船。这一路心事重重，几夜都未能合眼。

站在邮船的甲板上，漪纹望着眼前一望无际的海水不断地想着，未来的人生就像眼前的海水一样深不可测。

想想自己的两个哥哥，黄家到他们这里是没有指望了。兴许真正能够有指望的就是她们这姑嫂俩了。她想，她的留学生涯从此就算结束了。想到此，漪纹没有觉得多么悲哀，从小她就习惯了自己担当自己的事情。当然，她的心里不是没有担忧，毕竟，她从小养尊处优惯了，母亲又早早去世了，她已习惯了自己做自己的主子。父亲本来就完全属于另一个家庭，那个家庭并非不欢迎她，而是她自己不喜欢住。那个家完全没有母亲在世时的大家气象，里里外外透着暴发户一样的金光银亮。她本来很喜欢老宅里原先那股上下有别却又和和睦睦的气氛，尤其喜欢父亲花巨资搜集起来的明式红木家具。那些家具最迷人的是在桌面和椅面上，都镶有上好的大理石面，每一个石面又都是一幅写意的中国画，有山有水，有风有雨。父亲喜欢把漪纹揽在怀里，让她猜石面上的国画是什么。漪纹的猜测总是很中父亲的意。而今，剩下的只有大妈二妈们的威严，她偏偏又看出这股威严是纸糊的，不堪一击的，用手指一戳便会破。为了不去戳破它，她便几年不回去一次。这一回，两位哥哥可是没有救了，一个中了证券邪，一个中了鸦片邪，而他们的保护神父亲又患了绝症。现在，只有她了，也只有她才能救他们。救这个被父亲操心又被哥哥们败坏的家。想来想去，漪纹决定回到上海后，就要学习一门生意，既然哥哥们不能持家，就让她这个黄家的女儿来理家吧。

紫薇却不一样，她对回上海的未来充满了幻想。那天，在回上海的邮船上，紫薇和漪纹在甲板上畅谈回上海的计划。

紫薇是一个享乐主义和乐观主义者，她对自己的处境丝毫不担心，她的脑海里全是对上海生活的无限憧憬。她说她要在上海办一个家庭Party，就像在英国的上流社会里所看到的那样。她准备把母亲留给她的首饰重新改造一下，为每一件首饰配上一身旗袍。

这一次在英国留学，让她最出风头的并不是那些原来她很中意的洋裙，反而是她和溟约结婚时穿的旗袍使她在Party上大出风头。有不少绅士走过来向她攀谈，还有一些外交官夫人还特意前来打听她的旗袍是从哪里买来的。没有人知道，这个丝绸大王的女儿，从母亲那里已经承继下来了上百批的丝绸，她的游学费用几乎都是变卖这些丝绸的结果。这次在英国的大出风头，使她对自己还拥有的财产有了无限的想象和寄托，她期望她还剩下的几十批丝绸能够在上海给她带来一个崭新的生活方式。她甚至对漪纹描述，她要把她和漪纹居住的房间全部用丝绸来装饰。她父亲给她这些丝绸的时候曾经告诉过她，女人是需要丝绸来养护的，尤其是对皮肤，如果女人的周围都是丝绸来呵护的话，女人就可以保证永不衰老。如果说紫薇从母亲那里继承下来叛逆的性格的话，她从父亲那里继承下来的就只剩下了对丝绸的认识。她就是在留学的时候，也没有忘记父亲的话，带上了质量上好的绸缎，每天晚上睡觉的时候，不管住在哪里，她都要把她带来的这块绸缎铺在床上，在绸缎的包裹下柔软地入睡。也许这就是她的皮肤始终像绸缎一样光滑的原因吧。她说她要把最后剩下的绸缎除了做旗袍外，其他的全部用来做成床上的用品，做成窗帘，做成枕套，就连扶手椅最好也都是用绸缎来包装。她完全沉浸在对未来上海的摩登生活的向往之中。

听着紫薇的畅想，漪纹没有说什么。

她能理解紫薇，她知道，虽然紫薇的天赋完全可以让她成就一番事业，但眼前她却像一个少女一样热衷于游玩。这不仅仅是因为她的身上还有二分之一的西班牙公主的热情的血缘，在某种程度上，那也是她对自己命运的一种抗争。只有漪纹才知道，紫薇并不是像她的表面那样除了游玩什么都不关心。她表面上是一个外向的人，实际上她也是一个感情很丰富也很善良的人。从她知道溟绚不是一个坏人这件事情就大致可以看出紫薇的为人。她当然知道她的父亲把她从娃娃时就交给了黄家完全是一种政治婚姻的交易，但为了大家庭，她都能承受。

就说这一次在曼彻斯特遇到了徐勖，是对紫薇的一种莫大的诱惑，紫薇就喜欢一个生性幽默的人。告别徐勖的那一天晚上，紫薇把自己锁在房间里痛哭了一场，漪纹并没有去劝她，她自己又何尝不理解这种失之交臂的绝望。可是，人生就是要学会适应各种失望甚至绝望的。在这一点上，她比紫薇要看透的早，早在她的父亲被北京的家庭缠住而不能给她和母亲关爱的时候她就已经体验出了。她和紫薇在一起的好处是，两个人能彼此理解，并彼此尊重。为此，就连溟绚也不得不说，她们是天生的一对，虽然表现的形式不一样。

所以，世恩刚回上海的那段时间，正是漪纹忙着救哥哥们的时候。

她和紫薇都很忙，紫薇忙着在家里召开 Party，联络商界、金融界各种人物，而漪纹则天天往交易所跑，晚上很累了，却还要与紫薇一起应酬。那幢外交大臣为公主般的女儿建造的小洋楼便成了一个交际场所。加上紫薇与溟绚离婚后就居住在这里，她的朋友又多是当下上海滩的时髦人物，漪纹就是再想清净，也要保持住家里的这种人为的热闹气氛。

世恩最初并不知道漪纹在做金融债券，他看到漪纹的时候，多是漪纹自己在花园里静坐的时候，所以，他一直以为漪纹是上海滩难得的保持淑女风范的大家闺秀。他在有空的时候就来找漪纹，他看出来，漪纹也是满心欢喜的样子。漪纹是这样，她越是生疏的人，她就越客气。世恩见过她对一个对她非常缠磨的一个上海小 K 的态度。那人几乎每个周末都要来漪纹这里参加舞会，他请漪纹跳完舞手还不放下来，而是一幅自家人样的牵着漪纹的手，把漪纹带向座位。漪纹却是一幅处乱不惊的姿态，她客气地对小 K 做了请的姿势，挑不出任何礼节上的毛病，但却让人明显得感到了冷淡。倒是对世恩，漪纹从一开始就没有客气过，她对世恩的态度就像是对待一位老大哥一样，随意的一笑，任世恩自己照顾自己，也照顾他人。

世恩最喜欢的还是偶尔在花园门口碰见漪纹的情景，那样的情景，会让人留下永久的回忆，每逢回想的时候，就会从记忆中发散出一种丁香一样的隽永味道。

那是世恩周末下班的时候。世恩从公和洋行下班出来走上不几分钟，就来到法国租界，而漪纹的洋房就在租界里面一条种满了法国梧桐的小路上。如果碰上一辆黑色的劳斯汀小轿车正停在镂花铁门正中间，那就是漪纹小姐刚刚从外面回来。那位司机兼佣人的白俄老人身着雪白的制服，手戴雪白手套，及时地走下车打开车门。这时，世恩就会看到像电影慢镜头里一样的场面：身穿一袭闪着银光晚礼服的漪纹会缓缓从车里走出来。此时的漪纹，发髻高高地挽在头顶，从从容容，款款而行，好似女王。有时，漪纹公主也会穿一身白色开司米外衣，一条黑油油的大辫子柔顺地伏在身后，又好似一位祭祀女神。碰上漪纹去外面办她的那些金融业务时，她就会穿一身男式的米色灯心绒西装，长发梳成两条辫子对角盘在头上，英姿勃勃，一派帅气。碰到这种时候，世恩倒宁愿站在马路的一端，让漪纹在他前面慢慢行走，好让他有时间静静地欣赏一下他心中的女神形象。奇怪的是，常常是走到铁门门口的时候，漪纹总是准确地回过头来，嫣然一笑，完全是有准备地对着世恩，让世恩疑惑她的眼睛后面还有眼睛。

后来，漪纹听了世恩的疑惑便很少见地开怀笑起来，她边笑边羞涩地用手背掩了一下嘴，说："我哪里有那么厉害，只是我在车上早就看见你罢了。"

世恩听了，也觉得自己好笑，好笑的是自己犯了一个常识性的错误，把漪纹的一切都神奇化了。

不过，世恩还是很佩服，无论漪纹家里的Party排场多么盛大，她的外面活动多么频繁，但在漪纹身上，却丝毫没有十里洋场的铜臭气，虽然她天天呼吸着这些气息。这使世恩更觉漪纹的神秘——一个解不开的谜，这就是那个永具魅力的的"漪纹情调"。

6

风云聚变

　　世恩与漪纹的交往始终没有超出曼彻斯特的基调。

　　有时，漪纹也会在花园里的那片草地上开露天的 Party。在这种场合时，世恩总是她的舞伴。在时隐时现的灯光下，那如歌的行板伴随着他们的舞步，常使世恩恍若仍在曼彻斯特，还是那个有月光的晚上，那个第一次与漪纹跳舞的晚上。在曼彻斯特的那个晚上，他们虽

然是初次相识，却如老朋友般距离很近。

　　真的，漪纹情调是吸引世恩的主要原因，因为这种情调让世恩有一种他乡遇知己的认同之感。如今，几年已经过去了，他已熟知漪纹的身世，包括她爱喝牛奶却不爱吃西点，爱把香烟放在鼻尖闻一闻却不愿吸一口的生活小细节。漪纹在他面前展示的越多，世恩却觉得他们的距离越远。他总觉得他们之间似有一重厚厚的山门，他看不见也推不动。世恩有时会认真地想一下，这种距离感到底在哪里，为什么会始终有一种压抑感，一日不见漪纹如隔三秋，但一旦见了面又常觉得离得更远。想来想去，他觉得主要的原因还是在他自己。也许，在他的内心深处，他其实也并不想推开他们面前的那座无形的山门。他愿意与漪纹就这样保持着一种知己的距离。世恩本能地认为，只有这种距离才能使他们的友谊保持到永久。对了，是这样的，是为了永久地和漪纹在一起，世恩才不愿意把与漪纹之间的距离拉近。

世恩也很喜欢漪纹在家里召开这种露天Party。因为只有在这种露天舞会上，漪纹才能流露出她对他的毫不隐瞒的亲切和友情。也只有在此时，世恩才会忘记漪纹身后那些表情肃穆的白俄佣人、劳斯莱斯小轿车以及漪纹显赫的官宦世家所带来的一切华贵。毕竟，他们是来自不同的两个成长的世界。

　　碰上漪纹有空闲时，她也会主动邀请世恩到家中小坐，边喝茶边聊天，主要内容大都是听世恩讲他的设计蓝图。

　　已届而立之年的世恩，正积极地参加上海建筑营造界的一场革命。

　　二三十年代的上海，是中国建筑史上的奇盛时代。随着当时上海半殖民地化的日益加重，一幢幢外国冒险家的住宅、银行、码头、娱乐场所拔地而起。南京路上，摩天大楼，煌煌巨厦随处可见。而这些建筑又多半出自外国建筑师之手。于是，建筑营造界的一些有识之士起意要组织自己的团体以壮大中国建筑师的势力。

　　世恩所在的公司公和洋行虽是由洋人起家的，但还比较注重真才实学。世恩进

公司不久便让他独立设计图纸。即使如此，世恩也还是在留学归来的中国建筑师面前有些汗颜。他也有自己的道理。他不像其他留学生，身后有着巨大的财富和深厚的家庭背景，他没有任何背景。他只有爱丁堡大学建筑系学士的毕业证书。所以，他在公司里的姿态永远是低调的，当然，这与他本人的生活哲学同样是低调的有关。也许是出身的关系，他从来都习惯于将自己安置在一个不为人注意的位置，只有在这样的位置上，他才能自由自在地观察他并不特别感兴趣的外部世界。这个外部世界也许对他来说是公平的，但整个世界却是不公平的。正因为此，才有了一部分人的努力和一部分人的坐享其成。而他，一个来自浙江桐庐山区的小乡民，只有通过自己的默默的努力，才能在这个世界上找到一个落脚地。也仅仅是一块落脚地而已，他对这个世界没有任何野心。如果他对这个世界还有野心的话，这个野心也只能是对漪纹的。

　　但即使没有野心他也必须丰满自己的羽毛。否则，大上海这样大，充满了野心家和冒险家的美梦，绝不会多情地为他一个普通的学生留下一块生存的地方。何况，在建筑上，他还有一些自己的想法。他认为，建筑本应丰富多彩，才能造成立体的美。外国建筑师在上海建屋造房，形成特色，也有一利。但从中的经济盘剥当然是明显的。他不是一个容易激动的热血青年，但却是诚恳的务实者。因此，在那帮兴社建团的建筑前辈们面前，他有宏愿也无法开口。只有漪纹才知，他的宏愿是科学救国，要兴办建筑学校。

　　世恩讲起他的设计蓝图时，漪纹常常是笑着听。静静地，一声不响地笑着听。让世恩常在讲述激动的时候兀自怀疑起来，是不是自己说错了什么？

答案当然是否定的。

常常就是这样一坐一个下午。有时，世恩简直有些不太相信，面前这位凝神聆听的温柔姑娘，就是那位身后仆人如云、劳斯莱斯小车不离其左右的公主吗？这位公主出入上海豪华场所，所到之处前呼后拥。但在世恩面前，尤其是在她刚刚出席过一次宴请，一次舞会后，她会异常朴素地洗尽全身铅华。不，她实际上也从来没有过铅华，即使是盛装，也总能从中透出一股清涓。而在家中，她最常穿的就是白色系列便装，或是一身白色针织的网球套装，或是一袭白丝缎的宽身长裙，显得单纯、质朴、柔弱可人。

世恩只知他喜欢漪纹，这种喜欢也是从来没有过的。贫寒的出身使世恩有着一种生来就有的自敛的本能，他对世界的想法不多，要求和喜欢的东西也很少，要求和喜欢的也都是一些正常范围中的事情。他喜欢过桐庐山区那抹变幻不定的山色，喜欢过英国爱丁堡庄园里的绿茵与安静。但那种喜欢仅仅是一种心情的喜悦，喜悦中的心情会沉浸于此，周遭的一切便因此而安静。而喜欢漪纹则不同了，这种喜欢却会产生一种博大的感动心潮，这心潮会潮涌得他坐立不安，不知现在，不知未来，好像一个巨大的磁场，让人身不由己地给带了进去。而且明明知道这是一个不可以进入的天地，但还是要进去，要深入，哪怕是没有任何结果也想就这样不考虑一切地陷进去。这种情绪的波动是世恩成人以来的第一次，他有些不安，也有些兴奋，甚至也有期待。可是，每当想起了可是后面的无解，世恩的失落又使他觉得这样似乎有些太无望了。

漪纹并没有为他做过什么，他也没为漪纹做过什么，但他觉着他好像生来就是要守护着漪纹的，是注定要成为她的保护者。虽然他知道，无论是经济还是事业，包括处世之道，他都不能替漪纹做些什么，但他仍是喜欢在周末的时候，在某一天突然想见漪纹的时候，能到这幢小楼里坐一坐，久而久之便成了习惯。

也许是世恩在有意识地逃避什么，他从来不想以后的日子，以后的发展。他也从来没有对漪纹提起自己的身世和家庭。漪纹也不问。也许就是因为漪纹对世恩家庭背景的不好奇，才使世恩在她面前觉得格外自在。他想，有漪纹在身边，有漪纹的花园可以休息，有漪纹在身边听他的一些不成熟的想法，这一切就足够了。

当然，这肯定是不够的。

因为，世恩是有契约在身的人。世恩回国后曾经回过桐庐乡下。他知道他应该按照已经规定好了的程序走。

那个与他有着姻缘关系的小姑娘冬儿也长成了一个江南秀女。

冬儿的爷爷黄老太爷虽然很不高兴世恩改学了建筑，老人认为那不过是鲁班子孙的营生，黄家子弟应是驰骋于翰林里的文将。但他看到世恩比出国前更加沉稳而有学养，还是满心高兴。他得意地认为自己的眼光不错，这个孩子从小就能看出踏实、牢靠。于是，很自然的，也是天经地义的，在世恩回家的第二天，黄老太爷便在病榻前将世恩和冬儿的手拉在了一起。

世恩在老人面前对冬儿笑了笑。他是真心的，他发现，那年冬天藏在大缸后面的小姑娘已经出落成大家闺秀了，而且很美丽。这种美丽是与漪纹和紫薇的美不一样的。冬儿的美丽有一种静态的标致，是

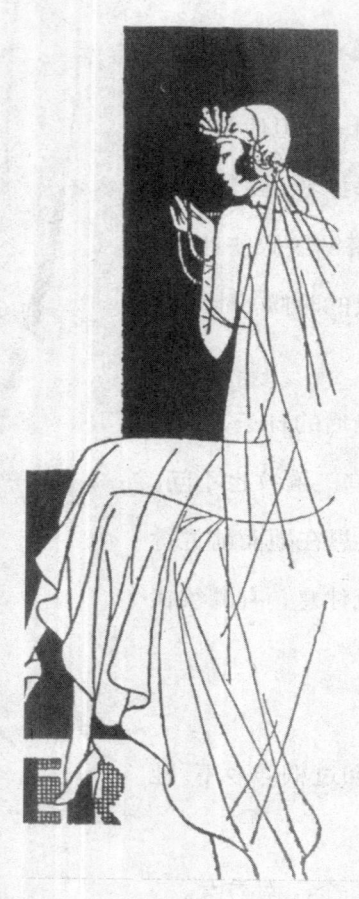

天生丽质；而漪纹和紫薇的美是有一种后天的培育在里面，是有内涵的漂亮，好比是一种灵动的彩蝶，是千姿百态，千变万化的。因了这种参照，世恩也觉得面前的冬儿确实有她的可爱的地方。面前的冬儿，乌黑的刘海底下是一双清秀的眼睛，双眼皮深深地凹下去，更衬托出鼻梁的秀挺，她脸上的肤色是一种粉团般的透明，就像没有见到空气一样的娇嫩，毫无疑问，冬儿是典型的江南女子模样。她看到世恩正盯着她看，也没有丝毫惊慌，略有一点羞涩，连忙又低下头，只是低低地用江南口音叫了一声："世恩哥。"

黄老太爷很高兴，拉着两个孩子的手笑着："这就对了。"冬儿马上就给世恩沏茶去了，按说这应该是佣人们做的事情，但冬儿坚持自己去沏，可以看出冬儿对世恩的心情。世恩没有慌乱，仍旧坐在黄老太爷身边聆听老爷子的教诲。老爷子倒很开通，要世恩在上海稳定下来后，再接冬儿去上海住一段，要两人在一起适应适应。说到这里，老爷子意味深长地说："冬儿是很听话的，我放心。但世恩毕竟留过洋了，不知能不能与妹妹谈得来。"

世恩不做声，仍旧是笑笑。可心里却响起了一句话："谈什么呢？"

但到了晚上，世恩和冬儿真的谈了一次。世恩简单地讲了在爱丁堡留学的生活，淡淡的，没有什么不快，却也没有太多的愉快。冬儿只是低头听着，有时会抬头看一眼世恩，眼神飞快地掠过，她还是有一些紧张，她毕竟才二十岁，没有出过家门，除了世恩，几乎就没有与其他的男性接触过。能够在没有过门前与未来的夫君坐在一起聊一聊，也就是在老太爷的干涉下才能做的。世恩倒是一副兄长的样子，他看冬儿有些紧张，还对冬儿开了句玩笑："女大十八变，你真的变成了大姑娘了"。冬儿只是低着头笑，并不扭捏，也不随便，还是一副女学生的清纯模样，让世恩心中生了些疼爱。冬儿没有错，世恩也没有错，黄老太爷更没有错。既然没有什么，为什么要自己找不快乐呢？世恩在心里长叹一声，自己都不清楚是为了什么，但神态上，在冬儿面前，还是像一个兄长一样的平静。

那天晚上，为了弥补几年没有与冬儿有过联系的隔膜，世恩还特意与冬儿一起下了一盘棋。冬儿的棋艺非同小可，一点不像她的外表。虽然世恩知道她可是从小就陪祖父下棋的，但冬儿的棋艺竟没有一点破绽之处，还是让世恩吃惊不小。世恩本来想陪冬儿玩，不想却被冬儿杀得片甲不留。每每把世恩逼到绝路上的时候，冬儿总是抬起头，很抱歉地一笑，世恩便知道，他已经没有退路了。棋品如人品，世恩知道，冬儿是有教养和涵养的。她虽然比世恩年轻了十岁，但在人情世故上，她是早熟的，也是温厚的。她对世恩的态度是不亢不卑，落落大方，世恩几乎就挑不出冬儿的任何不是，如果世恩成心想挑的话。这样，倒是让世恩有些犯难了。

世恩没有想过退婚，就像他从来就没有想过自己的未来有什么样的婚姻一样。他是随性的，天性中更多的就是随和，可以按照他人的意愿生活。对冬儿的温文尔雅，世恩不会没有温情。但他清楚，仅仅就是温情而已，这是一个年长的兄长对自家的小妹一样的疼爱。何况，冬儿确实令人疼爱，她是那样的柔弱，却又是那样的聪慧。最重要的，她是懂事的。世恩就没有见过冬儿有脾气，尤其对大宅院里的那些佣人，冬儿对待他们的态度世恩都看在眼里。在这个大宅院里，几乎所有的人对下人们是不抬眼正看的，说事情的时候都是主人们自己说着，下人们低头听着。但冬儿对几个年长的女佣的态度，都是含着笑容，那些背后里嘴巴很厉害的女佣人也都是满眼里的疼爱。世恩都看在眼里，心中却越发的沉重。

他觉得气馁，因为心中有事。什么事情，也理不清楚。

回到上海，有了漪纹和公司里的事情的吸引，世恩居然很长时间没有想起过冬儿。其实，在内心深处，他知道自己不过是一种鸵鸟的态度而已。他是以不去过问就不存在的自欺欺人的态度来对待他和冬儿的事情。

直到有一天，漪纹告诉他，说她在桐庐的乡下有个远房的堂妹要来上海小住，世恩才猛然觉得心中有事是怎么一回事了。他也明白了，为什么一见漪纹就觉得面熟是怎么一回事了。他更知道，有的时候，你越是害怕什么，可能来到你面前的就是什么。

毫无疑问，黄漪纹的堂妹一定是黄渊冬，也就是冬儿。她们的面部轮廓是那么相像，怪不得在曼彻斯特的教堂长廊上第一次见到漪纹时就觉得面熟，她们同样沉凹的大眼，秀挺的鼻梁以及棱角分明的嘴唇，只能是出自同一血脉。连气质都一样。

果然，不久，世恩也接到了桐庐的来信，说冬儿大约在七月末到上海的远房堂姐家住几个月。如果世恩愿意，黄老爷子要他们在腊月里完婚，是世恩整三十岁的生日那天。

　　世恩的第一个反应是感动。

　　多少年来，他从未记得自己的生日。以前在桐庐黄家，都是黄家的一个老奶妈给他单独下一碗鳝丝面。在世恩的记忆里，那是他印象中最好吃的家乡饭了。面条切得细细的，鳝鱼糊做得又香又辣，白的白，红的红，一碗面吃下来，满脸都是大汗，把积攒了一冬天的凉气都挥发了出来。而那位始终给他吃鳝丝面的奶妈边看着他吃边在一旁唠叨着："吃了这碗面，一年到头就顺顺溜溜的了。"去英国后，他只记得他在国外是第几个年头，却从未想起过自己的生日。想不到在遥远的乡村老家，还有人惦记着他的生日，并把生日与"洞房花烛夜"并在一起，世恩在感动之后又加了一丝凄然。

　　世恩并没告诉漪纹将要去她家小住的堂妹实际上是他未来的太太。他觉得无法张口。

　　以前没有说过，现在就更不知道从何说起了。他还是以他的不变应万变，到时候再说。再说，漪纹就是知道了相信她也不会有什么不妥的。世恩这样安慰着自己。但他已经明显地感到自己的变化。他一改往日一周才去一两次的习惯，几乎天天往漪纹家跑，漪纹问他怎么来得这么勤，他也仅是笑笑，最多双手一摊，耸耸肩膀，也算做一种回答。跑得太勤了，紫薇就会开世恩的玩笑，她每次见到世恩就会说，设计师先生，你这样太累了，还不如就住在这里，又没有人在后面拴着你。漪纹听到这话，便偏袒着世恩，说紫薇，你以为人家都像你，处处为家。紫薇便会夸张地大叫起来,说,漪纹小姑,是不是要跟我收房租了。

不过,来习惯以后,世恩也发现,只要他到客厅去,茶几上准是放着两杯不加糖的红茶。所有去过英国的人,回国后都带回一种英国习惯,喜欢喝红茶。也只有世恩与漪纹两个,只喝不加糖的红茶。这样的红茶喝上去,有一种只有红茶自己的轻微的苦涩,让人实实在在地品尝着英国来的红茶的地道。

正是春天的时候,世恩和漪纹的生活也有了春天的生机。他们一起到国泰大戏院去看电影,看完电影出来,还可以在电影院的对角老大昌食品店去喝咖啡,有时也来点小西点。有时,也一起去老城隍庙、龙华寺、静安寺赶庙会。漪纹对一些传统的东西很有兴致,庙会里的广货摊、玩具摊、水果摊、糕饼摊等等都是她最爱流连的地方,每次去都要买上一堆,但回来后,又一古脑儿的都给了何妈。有几次,漪纹还带了世恩去了跑马厅,看外国人赛马。由于中国人不能参加,只能在一边看热闹,漪纹和世恩又都没有多少兴趣,也就看了两次,就再也没有去。世恩觉得,他和漪纹都有些紧张,在紧张地度过每一个在一起的机会,他们好像都在共同努力,努力度过一个节日般的春天。有一种有今天没有明天的堕落般的快乐。而且,世恩在自己的身上也发现了很多的变化。

他从来都没有发现,在他身上还残留着那样多的童心,只要是与漪纹在一起,他就有说不完的话,还学会了开玩笑。他喜欢看漪纹抿着嘴笑,她的笑与紫薇的笑绝对形成了鲜明的对比。紫薇从来都是开怀大笑,笑得乐不可支,笑得连肢体也要受影响地晃动,带给人很强的感染力，使所有听到她的笑声的人也不由自主地笑起来。但漪纹就不一样了，漪纹的笑有一种镇静的作用，有一种抚慰的效果。不管是在什么情况下，你只要看到漪纹就是那样安静地微笑着，你就会感到，在这个世界上，有了漪纹和她的微笑，你就没有什么可以担心的。什么都不值得你担心。世恩也发现，就是在这短短的一段时间里，自己变得如此爱笑，也如此好动。他觉得他几乎就不能一个人独处，如果这一天没有能见到漪纹，他就会坐立不安，非常失落，会一天都不踏实。

当然，世恩的心里还是清楚，他自己到底有了什么变化。除了每天魂不守舍地往漪纹家跑之外，就是拼命地往记了三年也没有记满的日记本上写日记。这两件事情都令他着迷而又互相关联。没有第一件就不能做第二件；有了第一件，便必须去做第二件，否则便夜不能寐，食不甘味。到漪纹家是为了聊天，而聊天又是为了回来记日记，世恩也觉得自己在快要变成一个文艺分子了，但是他已经没有办法让自己停下来，理智下来，他只有遵循自己的本能走。

那一天，世恩和漪纹送走紫薇后回到漪纹家闲坐。紫薇又去新加坡旅游去了，这一次，她是与徐勘一起去的。徐勘回到上海后便与朋友一起办了一所雕塑学校。在这所学校里，第一次雇佣了人体模特，结果在社会上惹起轩然大波。就是这次轩然大波，又把徐勘和紫薇连到了一起。因为紫薇是到学校做雕塑科的人体模特的。其实，当时紫薇完全是一种自我解闷。她的性格决定了她永远是旋涡的中心。

与丈夫溟绚离婚后，紫薇就和徐勘成为公开的情人，给徐勘做人体模特，在紫薇看来简直就是天经地义一样，没有什么大惊小怪的。

但在上海的公众舆论里引起这样的轩然大波她还真的没有想到。紫薇觉得无法想象，在这样的摩登时代里怎么还有这样顽强的封建观念。既然社会上不能接受这一事物，紫薇说，那就到国外去吧。

他们之所以选择去新加坡是因为当年紫薇的母亲也是从新加坡到的上海。

从记事的时候紫薇就听母亲不断地提起新加坡，因为母亲走到新加坡后，就对未来的中国之行充满了困惑。她很喜欢新加坡的气候，曾经想在新加坡住下来，是丝绸大王坚持回到上海，紫薇母亲的定居新加坡的愿望便没有实现。紫薇和徐勋在走前，分别征求过漪纹和世恩的意见。

漪纹还和世恩商量过，漪纹的态度居然是让他们去吧，她的理由是他们都有童心，你越不让他们在一起，他们就越会在一起，虽然他们终归是不适合的。世恩倒是很奇怪，问，为什么。在世恩看来，紫薇和徐勋的性格很相似，两个人都是拿着罗曼帝克当日子过的人。但漪纹清楚。她说，紫薇是独身主义者，她说过，她今生是不会再结婚的。再说，他们的性格太相似了，都对现实比较理想化。世恩本来想说，我们的性格也太相似，但我觉得能够在一起。但他还是没有把话说出口，他从来没有在漪纹面前把话说得很直接，而且，最重要的是，他觉得他也已经没有资格这样说了。

但他们还是支持紫薇和徐勋到新加坡。社会上的舆论也确实不利于他们两个，毕竟都是社交圈里的人，而徐勋又是有家室的人，尽管这在上海已经算不了什么了，但让圈子里的人拿着他们的事情做聊天的话柄，也是不妥的。紫薇是带上了她剩下的最后两匹丝绸走的。漪纹劝说紫薇最好能够留下来做为纪念,不要再去乱糟蹋这些母亲的遗物。但紫薇却说,我要把每一天都当成最后一天来过,为什么还要把我最喜欢的这些丝绸放在家里呢。我带上它们,就等于带上了我的家。漪纹见劝说不听,只得让何妈把紫薇房间里的所有丝绸都撤换下来,放在通风的地方凉了好几天,又把自己的樟木箱子腾出来,把紫薇的丝绸专门放在一起,替她保存好。

紫薇带上了她的那些首饰们,带上了她最后的两匹丝绸,就像当年她的父亲走丝绸之路一样,与她心爱的人乘坐豪华的邮轮,走上了她自己的丝绸之路。后来,果然是这两匹丝绸给紫薇帮了大忙,使得紫薇的命运从新加坡开始,有了大大不同的转变。

世恩和漪纹回到家里,没有了紫薇的客厅便显得有些冷清,世恩的情绪也有些低落,他还在为漪纹说过的关于性格太相近不容易长久的那些话发闷。 漪纹却在一边慢慢说:"世恩,我俩虽然同岁,但前途各异。我是前途如归途,你却如日中天。你还是应该多仔细着你的事业,我这里多坐会儿和少坐会儿都是无妨的。"

世恩听了很诧异,说:"怎么你就是归途了呢,我们应该换过来才是。再说,多坐一天就少一天。你难道不晓得这世界上最常见的是减法吗?"

漪纹听了只是微微一笑,说:"加和减应该是同等的,去掉什么自然会有补充,就像日月交替,生命轮回一样。"

世恩听了以后神情上突然一楞,一时不知从何说起,没有吭气。他的心里其实有千言万语,但他突然一句也不想说了。刚刚送紫薇和徐勖的时候,他突然觉得人生实在是太短暂的,本来以为时间会没有任何迹象地就这样过下去，却突然就面临着一种别离。这种别离有多长都说不定。而他和漪纹之间，不也正面临着别离吗。半晌，他才用一种突然变得苍老了的声音说："这种道理谁都会明白，就像今天我在这里与你谈天，明天也许我想来也来不了了。即使没有盛宴，也没有不散的相聚。"

漪纹更加不解了。她盯着世恩看了良久，世恩也并不躲避她的眼睛。他们就这样静静地相互看着，都不想再说什么。房间里只是呼呼地响着电风扇匆忙的旋转声，仿佛欲在他们面前急切地翻过一张张的日历，去赶着寻找一个良辰美景。

世恩也不知道此刻他究竟在想些什么，她在想些什么。他只是一门心思地在心里反复重复着这样一句话："我与她不能再坐下去了。我与她不能再坐下去了。"

漪纹慢慢定下神来，把目光投向了世恩的身后。那里是一扇拱型窗框中的夏日的夜，夜空是蓝盈盈的，幽深处还透着朦胧的光，使夜变得有了质感，好像可以触摸到。就像那轮玉钩似的下弦月一般，虽然遥不可及地挂在夜幕上，但总给人一个错觉，以为那玉钩似的弯月握在手里一定是冰冷的，刚硬的。

世恩动了动身，最终没有起来，只是默默地看着正在静静地望着窗外下弦月的漪纹。

"当、当"，客厅里那只老式的自鸣钟敲了两下，已是夜半两点了。世恩在漪纹处还从来没坐到过这么晚。这么晚了却还像刚坐下一样，觉得心底深处有那么多的话都没有说出来，没来得及说出来。太多了，也太晚了，就干脆不说了，因为屋子的空气里仿佛也流动着语言。

还是漪纹打破了寂静。她站起身，微笑着向世恩看着，就像以前世恩表示要走时一样。她是送客的意思。世恩也只得站起身，双手交叉抱着臂膀，仍是定定地望着漪纹。

　　漪纹却款款走向前，极温柔又极迅速地拥抱了一下世恩，马上就要转身向楼上走。世恩急忙拥住漪纹，把她整个拥在怀里，他的下巴轻轻地厮磨着漪纹乌黑弯曲的头发。漪纹一动也不动地埋在世恩的怀里，任凭世恩就这样没有任何欲念地拥着她，一面不停地用自己的脸颊磨擦着漪纹的头发。世恩轻轻晃着身体，任时间在自鸣钟的伴奏下缓缓流下去。

　　窗外挂在夜幕中的下弦月似乎弯得更厉害了，它那样冰清玉洁地静静地挂在那里，好似要印证一个梦，一个不真实却令人感动的梦。这个梦太干净，也太安静了，像初生婴孩般脆弱而易受打击。它必须好好地看护着他们，让他们安静无忧地做完一个梦。仅仅是一个梦。

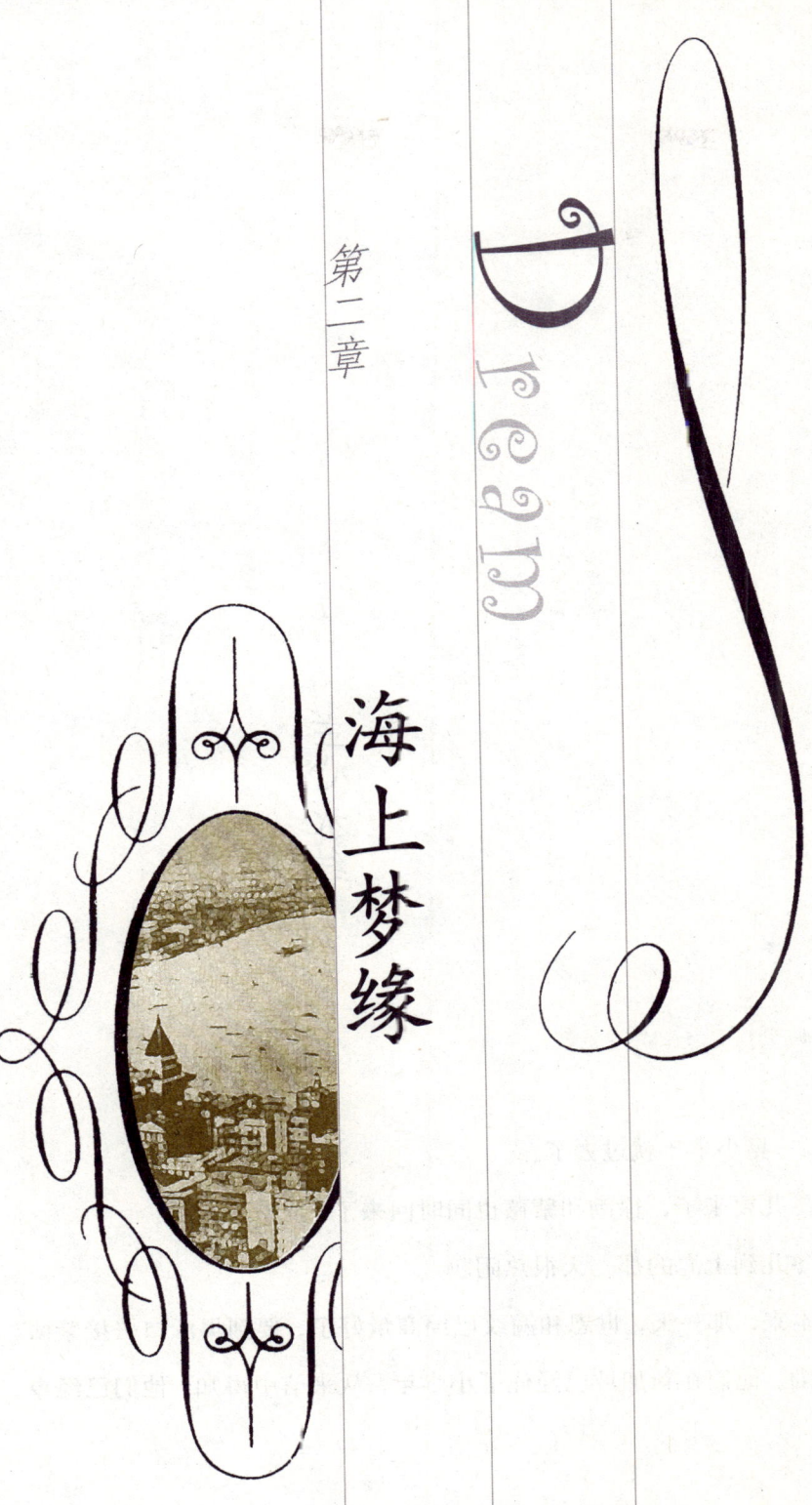

第二章

海上梦缘

Dream

1

兰心永结

　　一晃小半年就过去了。

　　冬儿要来了，徐勖和紫薇也同时回来了。

　　冬儿到上海的那一天很热闹。

　　本来，那一天，世恩和漪纹已经商量好了，要到吴淞口去接紫薇和徐勖。他们在新加坡已经住了小半年，从来信中得知，他们已经今非昔比了，徐勖成了一个小有名气的皮货商。

　　读到紫薇的这封来信时，漪纹和世恩着实笑了半天。这两个最浪漫最不实际的人，居然变成了与樟脑球打交道的皮货商，根本就不搭界。可是，紫薇接着来的电报，却让他们带三部车去接，因为他们把在南洋囤积的皮货都运回来了。这就让人不得不刮目相看了。也有些半信半疑，漪纹和世恩只得认真地商量了去接他们的安排。

　　漪纹自己就有两辆车，一辆是父亲留给她的劳斯莱斯，另一辆雪佛莱是她从英国回来后买的。紫薇从丈夫溟绚那里走出来时，溟绚把自己的一辆老福特也交给了紫薇，说是借给她用，实际上也是送给了紫薇。溟绚还是怕自己家里的亲戚笑话他把个离婚的妻子还当小姐供着。这样，三辆车就都派上了用场。

　　巧的是，接紫薇的头一天，世恩也接到了冬儿的电报，说是第二天到上海。虽然冬儿说也通知了表姐，但她还是希望世恩去接。就是冬儿不说，世恩也一定会去的。冬儿是因为他而来的，他怎么能逃脱。

　　晚上，世恩一直坐在漪纹的花园里不知从哪里开口。漪纹却递给了世恩一份电报，原来冬儿也给表姐漪纹打了电报。漪纹说："咱们分一下工，我去接紫薇，你去接冬儿。毕竟，我和冬儿有好几年没有见面了。怕有闪失。"

　　世恩接过电报，想对漪纹说些什么。漪纹摆了摆手，说："我早就知道了。也没有要你先说的意思。我替表妹高兴。小时候，奶妈就给我们俩算过命，表妹一生是有贵人遮荫的。我才知道，原来贵人就是你。"

　　世恩一个晚上都没有说什么，他的心里空洞洞的，没有了一点主意。但他知道，他对漪纹也不能解释什么。这样的时候，任何话都是多余的。只是，他听到漪纹说他是冬儿的贵人时，心里竟一阵酸痛，为漪纹，也为自己，还为那个什么都不知道的单纯的冬儿。他想说，漪纹，你才是我一生中的贵人。但当他看见月光下漪纹那微笑的脸庞，他觉得心又软了。

漪纹其实什么都安排好了，她带世恩去看给冬儿安置的房间，为了怕紫薇的热闹会影响刚从乡下出来不习惯热闹的冬儿，漪纹特意把自己的房间腾出来给冬儿，自己和紫薇同住二楼。她还交代女佣，要把窗帘都换成粉色的，这样适合一个少女的眼光，而以前她自己用的都是本白色的。

漪纹的房间清洁，简单，不知道的话，会让人以为是来到了一间家庭病房。她睡的红木大床的帐帷，全是用白色绸缎做成的。就是靠在窗前的一个睡榻，也是由原白色丝绸做的。惟一让人觉得有闺房气息的，是漪纹的一幅足有真人样大小的肖像油画。这幅肖像的背景是漪纹在英国的农场，背后是一片茂盛的草地，风吹起漪纹的衣裙，像一个走在路上的远征者。画面上最引人注意的是漪纹的神情，是漪纹最有特点的带些忧郁的凝思，就像一个贵族小姐，又像是千娇百态的公主，让人不觉得就被吸引住。

世恩站在这张肖像画前看了半天，心里百感交集。他一看就知道这样的手笔是出自谁的手中，正因为这样他觉得自己就像一个不懂事的傻瓜，就从来没有想过为漪纹做点什么事情。漪纹见世恩对这幅油画很感兴趣，便说："这是徐勋给我画的，是模仿的莫奈的那幅画。画得比我本人好太多，所以我一直不愿意挂在外面。"世恩却说："我看没有本人好。但我真不知道，徐勖的油画可以画得这样好，这样传神。是什么时候画的？"

漪纹听了笑了笑，说："你真是一个老夫子，就是在与你们野餐的第二天画的，他给我和紫薇一人画了一张。我原以为你能去才跟着紫薇去了，结果只是徐勖一个人去的。"她还想说什么，但想了想，又止住。这倒让世恩的脑海翻腾起来。他才知道，他其实早就可以和漪纹开始。可是，开始了又能如何呢？

这时，漪纹走到窗旁，窗外正对着花园，花园里的白玉兰已经开放了，在做围墙用的冬青树旁，还有黄色的迎春花也怒放着。一棵樱花树的枝头，也已经布满了桃红色的花蕾。在漪纹的世界里，永远都与诗意相伴。世恩一直站在门口，他没有在漪纹的房间里走动，在这样充满了漪纹格调的房间里，他觉得任何人进来都是对漪纹格调的破坏。

世恩说："既然你已经知道我和冬儿的事情，为什么不告诉我。"

漪纹一笑："你也没有说更多的事，这就很让人钦佩。我是学你啊。"

世恩一听，也没有话说。的确是这样，他是一门心思都用在欣赏着漪纹的格调和情调，却忘了，他们都是来自一个有着各种关系背景的社会。在这个社会里，一切都有它自己的安排，按部就班的，基本都已经安排好了。任何出轨和逃逸都是很难做到的，就连紫薇和徐勖这两个世俗社会的叛逆，也要被安排到新加坡去发展他们的感情和事业。所有的事情从一出生就被安排好了。想到这一点，世恩就觉得没有什么可以说的了。

世恩从漪纹处回家时，已经是子夜时分。

这几日，一直都是泡在漪纹家里，从明天开始，他就再也不能一人面对漪纹了。他将与他的冬儿一起和表姐漪纹相处，这样的变化，给了世恩强烈的不安。

他没有像往常那样，一从漪纹处回来就奔回自己的公寓去写日记。而是叫了一辆黄包车，让车夫把他拉到外滩上，他在外滩附近的小铺里买了一盒烟，靠在外滩公园的石栏上，抽着烟，眺望着子夜时的上海滩。

繁华的上海滩并没有沉睡，尤其是外滩这一带。没有风，沉静的午夜的天际上，只有一弯月亮挂在空中，好像也在思考一个无法解决的难题。不远处，和平饭店的霓虹灯一闪一亮的；再往远处，国际饭店上的广告招牌也把天边烧得通红，还时隐时现爵士乐的声响，整个南京路还是灯红酒绿的。

到上海已经几年了，世恩还很少独自来外滩冷静地打量上海，打量自己的未来。今天晚上特别想要来这里，是因为他知道，在这个繁华的大都市里，他的繁华旧梦已经醒了。接下来的事情是，他将要和在这个繁华都市里的人一样，每天就在这个灯红酒绿的城市里奔波，奔自己的前程，奔自己小家的前程。

可是，想到此，世恩深深地吐出一口烟，他对自己摇摇头，他发现他对这种个人的奋斗丝毫没有兴趣。他对他面前的这个都市也没有任何信心。城市的尽头是什么？他不知道，也不想知道。他只知道，在任何人面前，所有的未来都是没有尽头的，包括人的感情。在这个世界上，他只对设计图纸有把握，在线与点之间，他能够勾勒出无限的蓝图。但在这个无尽的城市里，他却觉得十分没有把握。甚至，在内心深处，他还有一丝惧怕。上海，这个连外国人说起来都会眼睛放光，很有吸引力的国际大都市，他却怎么也看不出它的希望来。他对上海是没有希望的，这里只是一张国际化的大图纸，任何人都可以在这里划上几笔。在这个城市的泛乱的建筑中，充满了一种奢靡的格调。一样物质到了奢靡，就意味着它的终结。一座城市，到了人人都可以涂抹的时候，也就是它的末日。就说眼前的外滩吧，是上海建筑最繁华的地方，被称为是"万国建筑"。可是，上海自己的呢？有时，拿着手中的笔，他都觉得没有力气。他不是在给一个城市画美景，而是在给这个城市制造烦乱。城市的发展是无边的，无边到什么程度，想起来就觉得心中烦乱。他对自己的这种心态很不满意，但他也没有更好的打算。他只知道，在他的生活中，惟一对他有希望的，就是那个在曼彻斯特遇到的漪纹。漪纹是他生活中的一盏灯，这盏灯照耀着他桌前的图纸，使他的笔触有了活力，也使他的设计有了方向。他只有在漪纹面前，才感到自己是有生气的。也只有在漪纹面前，他才对自己有信心。可是，如果没有了漪纹，他的生活将是苍白的。他觉得，他的未来，就像眼前的这座城市一样，是不可知的。

他决定要做一件事情。

世恩匆匆赶回了住处，拿了一样东西，又匆匆来到漪纹家。他觉得，如果不办完这件事情，他的心今后是不会安宁的。

第二天，去接冬儿的的时候，火车晚点了很长时间。后来才知道，是火车在半路上遇到了劫匪，好在冬儿也没有带什么东西，只是受了一点惊吓。所以当在站台口见到冬儿时，冬儿竟是眼泪汪汪的，一问，才知道是碰上了劫匪。等到接上冬儿的时候，已经是晚上很晚了。

到了漪纹的住处，显然紫薇和徐勖已经回来了，老远就已听见紫薇的开怀大笑。她一见冬儿，就吃惊地说："早就听说乡下有个漂亮的妹子，怎么竟然可以和我漪纹小姑一样啊，瞧，多秀气，快来叫我嫂子。"

冬儿刚从乡下出来，哪里见过这样张牙舞爪的美丽佳人，早已羞得满脸通红，低声叫了声"嫂子"，就被漪纹揽了过去。

紫薇看来已经知道了世恩和冬儿的情况，她对世恩的第一句话居然是说："我给我们的王子准备了一只小牛皮手提箱，可以让你带着冬儿妹妹旅行一辈子。"

漪纹批评她说："你还没有旅行够啊，人家也不是都像你一样愿意一辈子都在路上。"这是紫薇的原话，她早在英国留学的时候就说过，愿意一辈子都在路上，她不喜欢停下来。这是她和黄溟绚分手的主要原因。溟绚是最好一辈子都不要离开他的那个烟床。

这一天晚上，是前所未有的热闹。因为有紫薇和徐勖的归来。

徐勖和紫薇居然在新加坡做皮革生意赚了不少的钱，成为新加坡小有名气的皮货商。

起因很简单，只是他们碰到了一个南洋皮货商，囤积了很多张上好的小牛皮，但苦于没有好的设计样品出来。徐勖本身就是学艺术的，当然有很好的艺术眼光。真是非常偶然的一个机遇。那一天，在新加坡的圣淘沙公园游玩时，徐勖就对南洋老板的提包样式提出了批评。而紫薇更是大上海的名牌都在她的使用范围中，尤其是她对法国的箱包更是了如指掌。他们在频频点评中就把南洋老板给说动了，当下就把紫薇和徐勖邀到店中，收买他们的设计。他们只是简单地画了提包的图样，伙计便照着剪裁出来。结果，他们给南洋皮货商设计出的女用手提箱包和旅行箱包的最新式样，很快就在新加坡销售一罄，继而风靡整个南洋。本来，他们是想借道新加坡，去印尼，接着到澳洲去探险，因为箱包生意的火爆，他们干脆就地做了皮货商。

还是紫薇的功劳，当初南洋皮货商提出合作时，紫薇就说不要利润，只要原材料。皮货商一开始并不答应，但紫薇拿出了两匹绸缎，那是紫薇家传的最后两匹绸缎了，因为颜色比较陈旧，所以一直没有使用。但徐勖在给皮货商设计手提包时，紫薇建议提包的衬里用这种颜色沉稳的绸缎，一下子就把手提包的档次提上去了。皮货商当然同意用手中的小牛皮来换这两匹高档的绸缎。便给了紫薇和世恩一个车皮的小牛皮。紫薇和徐勖马上在马来西亚雇佣了廉价的手工制作者，设计制作除了具有南洋和西洋风格的挎肩式女士背包，还有旅行用的箱包。在这样一个动荡的岁月，箱包对商人很有吸引力，尤其是用料讲究的小牛皮箱包，很受一些富商的欢迎，结果一下就把南洋一带的百货商都召集过来。似乎是在一夜间，他们成了富有的皮货商。甚至在南洋还盛传，他们是上海老字号的皮货商。这个传闻倒是提醒了两个人，上海是中国最追求时髦的国际大都市，用不了多久，那些他们在南洋产销的提包就会返销到上海了。如此这样倒还不如他们直接把小牛皮运到上海来，中国的手工更便宜，而且，在中国滚动财产不是更安全吗？他们便果断地卖掉马来西亚的店铺，又收购了一些小牛皮，带着在马来西亚挣下的第一桶金，回到上海。

这个故事听上去有些天方夜谭的味道。所以，世恩听到最后，怎么也想不明白，他问徐勖："你是搞艺术的，怎么会有兴趣做这些生意，是不是因为需要钱？"

徐勖笑起来，走过来拍拍世恩的肩膀说："怪不得紫薇说你是一个贵人，跟漪纹正好是一双。"刚说到这里，他觉得有些失言，大家的眼光不约而同地看看冬儿，冬儿正娴静地坐在漪纹的旁边，她的手还在表姐的手里握着呢。

漪纹的脸色有些变，徐勖连忙改口说："你们都是不食人间烟火的君子。不像我和紫薇，天生就是喜欢折腾，不光是为了钱，在搞工艺美术的同时又有钱赚有什么不可。我们有计划，等把这个皮货的钱赚到一定数目，就洗手不干了。我们要周游世界。"

世恩知道，徐勖与浙江的夫人还有契约关系，但仅仅只剩下了契约关系，他按时往浙江家里寄钱，因为钱寄得很多，好像与家人也处理的很好。在上海的归国留学生中，这样的例子不在少数，也算是一种时髦。而且，紫薇与他说好是不结婚的。紫薇说过，如果选择结婚的话，她还是要回去选择溟绚。她离开他，也有让他重新振作的意思。

因为她知道，最爱她的还是溟绚。

紫薇把她和徐勘设计的提包拿出来一看，果然十分漂亮。尤其是徐勘设计的那款手提箱，是把欧洲一个名牌的提箱给缩小了，在一个手提的范围内把提箱设计的非常周到，连扣襻，锁把都有，提起来既像一个小药箱般实惠，又有轻巧精美的艺术感，加上小牛皮那种很厚重的深褐色，配上里面浅褐色绸缎的衬里，既有一种可以拿起提箱就上路的潇洒，又有一种不张扬的富贵感，很适合上海动荡不安的社会现实。紫薇将这款手包送给了漪纹，给冬儿的却是同样款式的大提箱。紫薇拎到冬儿的面前，对冬儿说："算是嫂子的见面礼。以后啊，把你最宝贝的东西都收在这里面，提着它，可以走一辈子。"

紫薇的话把大家都逗乐了。她是三句话不离本行，总是走啊走的，她到家还没到二十四小时，又在走啊走的。徐勘干脆把他们带来的小牛皮也拿出来给大家展览。由于马来西亚地处热带，气候温湿，水牛的皮质很好。尤其是小水牛皮，皮色还没有长乱，颜色很纯正，一张一张的，很有质感。紫薇很兴奋，说是要去找已经许久没有联系的父亲，再跟父亲要上一些绸缎，这样，说不定又把父亲的家业重新振兴了。

漪纹用手挥了挥弥漫在屋中的牛皮臭味，终于忍不住说话了："你们是打算把这里当成你们的皮货仓库啊，明天赶紧把它们都运到苏州桥二哥那里。这里还要为冬儿准备喜事呢。"

于是，紫薇和徐

兰心永结

勘当下就决定要租用溟绚苏州桥石门库的房子，用来做生产皮箱的车间和仓库。看到他们正在兴头上，众人们虽然索然无味，但也只得陪着他们，毕竟他们刚回来，还给每个人都带了一份厚礼。

徐勘给世恩带了一打漂亮的领带。

对穿衣这方面，世恩并不懂。回到上海，在洋行公干，都得穿洋装。于是，替世恩买衣服的事情自然就交给了漪纹。也没有看见漪纹费什么心，但每次买回的衣服都很合体。他表示过惊奇的意思，漪纹却说，你们桐庐人都有天生的书卷气，不是你穿衣服，而是衣服穿你们。衣服到了你们的身上，才能看出它的好来。其实，世恩不是说漪纹会买，而是惊奇像漪纹这样高贵的上海小姐，也懂得替人收拾，他感到惊奇。但最终他还是没有说出来。他觉得，就连这种惊奇也不要对漪纹说，说出来就不是味道了。

也好，有了徐勘的领带，至少在很长时间不用为领带操心了。他知道，恐怕冬儿跟他一样，要适应上海的生活，还得需要一些时间。不过，他在冬儿要来的前一天晚上，已经决定就是结了婚，也要冬儿回乡下住。反正在上海也没有地方，他估计冬儿肯定是听他的。

没有几天，漪纹的洋房里又重新响起了舞曲声。紫薇很快就又过起了上海少奶奶的生活。徐勘倒是全心全意地投入在手工箱包的创业中，成立了"薇薇箱包"商号。在很短的时间里，"薇薇"牌箱包就在上海打响了，尤其是那款小型手提箱包一夜之间风靡了整个上海，几乎每一个上海小姐和太太们，出门的时候都要拎着由徐勘设计的这款小牛皮手提包。徐勘真是天生的宁波人，做生意很有头脑，用很贵的价钱卖手提包，但又配套出售同样款式却不同大小的箱包，只要你买过小的手提包，就可以用优惠价买大的箱包。这样，太太们用手提包时，先生们自然就要合计还是再买同样的箱包更划算一些，而且还是配套的，这就很中先生的心思。于是，一时间，在上海的中产阶级中，一般人家都会有一套"薇薇牌"箱包。而徐勐的生意自然是越做越大了。

倒是紫薇在父亲那里碰了一鼻子的灰。本来，紫薇与滇绚离婚已经让父亲很是光火，加上上海滩又对紫薇与徐勐的事情风言风语，让这个"丝绸大王"很不光彩。加上紫薇的几个同父异母的哥哥，逼着老父要分家产，丝绸大王的家产几乎只剩下了一块牌子，已经名不副实了。紫薇在父亲家与父亲大吵一顿，发誓再也不回父亲家，一无所获地回来了。

漪纹其实也很忙。紫薇把她们在南洋赚的钱一半给了徐勐去开办箱包商号，一半交给漪纹，要漪纹给她买债券，还给漪纹介绍了一些她在南洋结识的金融界的朋友。做债券是需要联络的，要跑交易所，还要打探消息。这些都不是漪纹愿意做的，但在当时的上海滩，只有做债券最能赚大钱，虽然它的风险很大，经常是早上还家产万贯，到了晚上便一贫如洗。好在漪纹只买国债，平稳地做，一直就是小有赚头。紫薇劝她也做实业，但漪纹觉得实业的风险更大，内地的战事频繁，军阀混战，整个中国就看不到头。漪纹也有自己的想法。她从父辈的实业看过来，觉得在中国目前的形势下，做实业是没有保障的。如果说，做实业，他们贾家是最有资格的。曾祖父就是晚清时期最早搞洋务的大臣。从祖父开始就通过搞洋务给黄家挣得了万贯家产。但到了父辈，虽然也是在祖辈的基础上打下了上海的实业基础，但到了后来，天意不容发展。与她的父辈们共同创业的郭家、吴家，到今天也都换了主人。就是还在挣扎着的紫薇的父亲，那个当年在上海滩很是风光的"丝绸大王"，不也是在勉强挣扎中吗。她已经看清楚了，晚清以后的中国，只要政局没有稳定，所有的实业都只是昙花一现。她是打定主意做金融债券的，重要的是要吃准，只要吃准了，可以做短期收益，但是不能做久的。她准备再支撑几年，如果再不平稳，就干脆去香港找大哥去。所以，虽然债券的事情很挠头，她也硬撑着去做。她在心里有一个小小的心愿，想把父亲留下来的家产再重新打理回来。加上紫薇也在社交场合上帮她，她也就可以以不变应万变了。

但即使这样，漪纹还是抽出了很多时间来陪冬儿，世恩的公司最近的设计生意也很多，世恩也开始受到老板的重用，所以，白天就很少能到漪纹这里来。只有在礼拜日的时候才能到漪纹这里看冬儿。

冬儿很受大家的喜爱，因为她虽然话不多，但总是笑盈盈的。谁见了冬儿都会忍不住怜爱的。冬儿是典型的江南美女，五官不像北方美女那样漂亮的轰轰烈烈，但是随和中又很精致。眼睛不大，却向上挑着，自然就有笑意。最让人疼爱的是她嘴角的两个小小的笑窝，只要略有笑意，就盈在唇边，让人看着就觉得喜爱。世恩是对女性不太注意的人，也是因为漪纹的影子对他的影响太大，对任何漂亮的女性，他多是熟视无睹。但对冬儿，也是觉得小姑娘着实令人疼爱。她是那样的温顺，善解人意，你没有理由对这样的姑娘有所冷淡。

冬儿来到上海后，首先从衣着上就有了改变。这还得归功于紫薇。

紫薇称她在南洋最大的苦恼就是买不到时髦的衣服。这一次回上海，主要就是要弥补一下没有穿过的时髦时装。她和漪纹本来都有固定的裁缝刘师傅，一个温州师傅，总是能够给漪纹和紫薇裁剪出最合体的时装。尤其是漪纹，因为漪纹的衣服不太好设计，她喜欢简单但不呆板的服装在大的百货公司都买不到，只有刘师傅能够按照她的心意裁剪出来。但紫薇却嫌刘师傅有些老套了，她便带冬儿去霞飞路的丝绸店，或者是去大马路的先施百货、永安、大新等百货公司。这些地方冬儿从来都没有去过，老实说，就是世恩也没有去过。这些百货公司，都是上海的顶级百货公司，卖的大都是洋货。到了永安百货，冬儿看着那一层又一层的百货商场，琳琅满目，彩色缤纷，都像在闪闪发亮，简直就是一个魔术般变化多端层出不穷的童话世界。冬儿逛一会儿就觉得眼花缭乱的，便提出要回去。

冬儿与紫薇逛店的主要作用就是给紫薇当听筒，她买东西时都要在形式上问一下冬儿，实际上也就是一个仪式，她是根本不会采取别人的意见的。冬儿她真是吃惊这个前嫂子，花钱眼睛都不眨一下。这其中也包括给冬儿买东西。她买东西并不像一般的上海女人那样爱挑挑拣拣，而是从一上楼，眼睛就在东瞟西瞟的，可就在这东瞟西瞟中，她已经选定了她要买的服装。等到上车的时候，伙计给拿来的衣服，有时一个车厢都装不下，只有让百货公司送上门去。

有一次，世恩去漪纹处，正碰上永安公司的伙计在给紫薇送服装。世恩看见很多圆圆的盒子，很不理解，不会紫薇连吃的东西都往家买吧。一问才知道，原来是紫薇买的用来配衣服的帽子。世恩说，想不明白，一个人只有一个脑袋，怎么会需要这么多的帽子。大家都被世恩逗笑了。但紫薇却不以为然，她用手指着漪纹说，你问问漪纹小姐就行了。一共就她一个人，干吗要一座洋房啊，还不是需要吗？一间屋子放一个人，就像一套衣服配一顶帽子一样，都是需要。要不是那些太太小姐需要配不同的手提包，怎么会让我的"薇薇箱包"商号红火起来。你忘了那个欧洲的哲学家说的，存在的，就是合理的。

世恩虽然不知道女士的穿衣爱好，但听紫薇这样一说，好像也有些道理。漪纹见世恩有些尴尬，便替世恩解围道："不管怎么说，一个人可以住几套房子，那是资产。但一个人戴这么多的帽子，确实是奢侈。不如买些艺术品收藏好些。"漪纹在欧洲留学期间，几乎把所有的现金都用在买艺术品上了，光是油画就买了十几幅。紫薇却满不在乎，她把箱子里的帽子全部拿出来，一件一件戴在头上，说："我要的就是及时行乐，我把我自己收藏好了就行了。"

有时紫薇买的衣服也太多了，冬儿就慈慈地问："如果买的不合适，可以退换吗？"

紫薇听了便大笑起来："傻妞妞，这个都是练出来的，什么好衣服都逃不过我的火眼金睛。"

紫薇就是有这个本能，什么衣服经了她的眼，她就能判断出是否是适合她的。她的所有的衣服都是不穿第二季的，任她高兴分派给她的各种女友。但她给冬儿买的衣服冬儿却不愿意穿，那些带着很多蕾丝花边的洋裙穿在冬儿身上简直就不能走路。搞得冬儿手都不知道往哪里放。紫薇强迫她穿她也不穿。漪纹问她是不是不喜欢。冬儿说，也不是，主要是在家里，穿这些衣服太受拘束。漪纹便笑着对紫薇说："冬儿还是我们黄家人，以舒服为主要原则。我看你就可以歇歇了，不要再折腾冬儿了。"

后来，变成了冬儿最害怕的就是陪紫薇去逛商店。可是没有冬儿陪着，就更没有人陪紫薇了，徐勋还是在忙他的加工厂，听说定单已经拿到香港的了。紫薇倒是很高兴，便和漪纹商量，想去香港开一个分号。漪纹对紫薇的所有计划都表示赞成，这也是她们两人的缘分。这个紫薇是快言快语的上海娇小姐，所有时髦的东西都是第一个先尝试，小的时候，就连她的洋派的爹爹都说，将来紫薇肯定不是中国人的媳妇。也不能做中国人的媳妇。现在紫薇虽然也不是外国人的媳妇，但她在中国人中，确实很少有像漪纹这样的朋友，漪纹也对世恩说过她对紫薇的看法。她说紫薇实际上是一个侠义的女孩，有个好男人在身边，她不会像现在这样的。因为了解，所以支持。漪纹就像是紫薇的长姐一样，什么都依着她。

　　漪纹恰好和紫薇相反，她一般都不去买衣服。漪纹好像也很少去买衣服，她的所有的花销都是去咖啡店，或者是去古董店。紫薇说，漪纹花的是大钱。也的确是这样，漪纹每天进出交易所，花的钱都是不能数的。但在居家方面，漪纹还是比较老派。冬儿喜欢漪纹的选择，还是漪纹请刘师傅做的改良过的居家衣服要舒服得多。一般的上海小姐，都喜欢穿洋装，尤其是带篷纱袖的洋娃娃装。漪纹给冬儿选做的是学生装，只是因为在颜色和布料上用的讲究一些，冬儿穿的也特别合适。

　　不过，冬儿在漪纹这里的最大的作用，就是她带给了这几个留洋的上海人几个地道的家乡菜。

　　冬儿没来之前，漪纹家的厨师主要是何妈来做。佢漪纹非常心疼何妈，怕紫薇召集来的客人太多，累着何妈，就多半是到馆子里叫菜。主要是德和馆、益庆楼、鸿运楼等专门做宁波和江苏菜的馆子。这些馆子有紫薇爱吃的拆骨八宝鸭、火夹桂鱼和黄焖甲鱼等味重的荤菜。而漪纹一般是让老正兴馆子里的伙计简单烧个清炒鳝丝、八宝辣酱等小菜就可以了。但吃来吃去，不是江浙的馆子菜就是本帮菜，每到吃饭的时候，紫薇总是有一箩筐的不满，十分怀念在英国和在法国时的西餐。其实，世恩也在欧洲呆过，怎么也无法接受西餐的品种单一的用餐。单是一种面条，世恩在儿时的记忆中就有鳝丝面、葱油面、雪菜黄豆面等多种口味，哪里像英国法国，翻来复去就是一些肉末做成糊状物浇上去。可是那些地道的西餐，比如牛排什么的，必须是要到西餐馆里吃才地道，一旦拿到家里，情调是不用说了，单是那种时间上的火候，也是要变了味的。冬儿来了以后，把浙江乡下的口味也带来了，她不但会做紫薇爱吃的炖蹄膀、糟钵头，居然也会做漪纹爱吃的素菜白汁菜心、素油鸡、素烧鹅等等，漪纹夸奖冬儿的手艺都快赶上六露轩、功德林等素斋馆了。当然，世恩爱吃的鳝丝面更是不在话下了。冬儿是通过众人的胃得到了肯定，自然也是被喜欢的。

世恩也在这些日子里渐渐与冬儿亲近起来。

那一天，世恩跟着老板去南边定建筑材料，出了几天门，有好几天没有到漪纹那里。回来后，他在白天去漪纹家时，漪纹和紫薇都不在家。

"冬儿呢？"世恩问。

佣人说："小姐在花园里。"

世恩便走到花园去找冬儿。

在花园里，只见冬儿身穿鹅黄色的乔其纱学生裙，外罩一件米色手织的套衫，远远望去，真像一名正在休假的大学生。她独自坐在秋千架上，默默地打着秋千，心中有无限心事的样子。这个样子让世恩的心突然一动。他从来是把冬儿当成小妹妹来看的，对她在态度上也比较严肃，因为他对这样一个小他十岁的姑娘，不知如何去疼爱。可是，他从来没有看到过冬儿作为女性的一面。现在展现在他眼前的，是冬儿清纯可爱，又有些忧伤的神态。这神态使世恩的心里真的涌上了一丝恋爱。他悄悄地走上前，抓住冬儿坐的秋千绳索轻轻荡起来。冬儿没有意料到便惊叫了一声，世恩赶紧把她搂在怀里，轻轻地拍打着："不要怕，不要怕，是我呢。"

这是世恩和冬儿第一次拥在一起，冬儿已经羞红了脸。她紧紧地抓住世恩的手，头伏在世恩的怀里，不敢抬起来。

花园里面静悄悄的，不远处有几声黄鹂的啼叫声，那是紫薇从新加坡带给漪纹的奶妈的。整个花园洋溢着一种春天的气息。在这种气息中，世恩毫无来由地叹了口气，拍着冬儿的肩膀，说："我也应该把你接回家了。"

冬儿吃惊地抬起头来说："我想和你在一起。"

世恩笑一笑，说："傻丫头，我说的就是我们的家啊"。

冬儿听明白了，她的脸上立刻绽开了惊喜的笑容。这笑容在世恩的眼中，真的像花朵一样美。世恩做了一个他自己也吃惊的举动，他轻轻地在冬儿的脸颊上吻了一下。两人一下都变得不自在起来。

幸亏有汽车的喇叭声响起，是漪纹的汽车回来了。冬儿立即跑到门口，去迎接表姐。而世恩仍旧坐在秋千架上没有动身。他在想，他和冬儿的事情也该办了。

但是，这样想的同时，他感觉到心底深处的疼痛。

2

百乐门婚宴

　　上海的百乐门是刚刚由银行家们投资新建的。里面的设计极其繁华气派，也很有现代感，使用的多是水晶、大理石等豪华材料。舞厅一进门就是白色大理石铺地，由大理石形成的旋转楼梯通向一个又一个的舞厅，舞厅的地板都是玻璃地面，里面装有脚灯，个个都像莲花宝座，让人有在仙境中起舞的奢华之感。所以，喜欢跳舞的紫薇最喜欢这个极具现代感的舞厅。

世恩和冬儿的婚礼是在一个礼拜六夜晚。

华灯初上时，林世恩与黄渊冬的婚礼在这里举行。

黄漪纹是他们的主婚人。

按说，没有结过婚的人是不能做主婚人的。但因为浙江乡下一直就不安静，经常有各种军队骚扰，谁也不敢出门。而黄家老太爷正在病中，乡下也讲究个冲喜，于是就让在上海的表姐黄漪纹给代办了。反正世恩也是新派，就按照西方的新式方法举行婚礼。紫薇就说，举行一个盛大的舞会，既有了隆重的气氛，又有喜庆的味道，足可以冲喜了。因为是黄家的人筹备的婚礼，一向低调的世恩也不好再发表意见，而紫薇也并没有给世恩发表意见的机会，好像结婚的不是世恩，而是紫薇。那几天给冬儿做婚纱的时候，紫薇连漪纹的，她自己的也一并给做了。漪纹笑着说，是不是你自己也着急起来了。紫薇却说：兵荒马乱的，好容易有一个可以隆重的机会，为什么不隆重地喜庆一下。她这样一忙，就把前来做婚纱的师傅给忙糊涂了，搞不清究竟是

谁穿婚纱，谁穿伴娘的纱裙。

英谚说过，再直的路也有拐弯的时候。冬儿终究是要出嫁的。世恩也一定要完成己任的。婚礼终于如期举行。

当《婚礼进行曲》在百乐门舞厅里的一间金璧辉煌的大厅里响起时，林世恩挽着新娘黄渊冬的臂弯缓缓走了进来。

五彩灯光在林世恩的脸上掠来掠去，仿佛要抹去那些遮掩在脸面上的肃穆表情下的真实世界。世恩愈发绷紧了面孔，好像要抵抗着灯光的偷觑，显得格外紧张。公和洋行的同事们都发出善意的笑声，有的洋同事还幽默地调侃起来："Mr 林，Don't Worry。笑一笑。"

生硬的上海话使众人们皆哄堂大笑起来。黄渊冬转过艳若桃花的脸来看了世恩一眼，也不禁微笑起来。来上海在表姐处住了快二年了，与世恩也算情同手足，却从未见到他这副严肃的面孔。连那一年他提出推迟婚约，等把这座百乐门大厦完成后他才能成家立业的要求时，也是用极温和商量的语气同她讲，渊冬从心里满意并依赖她身边的丈夫。

只有漪纹知道世恩的心。

她站在主婚人的位置上，仍旧是一袭乳白色晚礼服，只是她把辫子围绕头顶盘了一圈。她司仪整个婚礼，还兼做新娘的伴娘，可那副雍容华贵的气度，却像一个女王，以至许多邀请来为世恩和渊冬照像的报馆记者竟纷纷替她拍起照来。对此漪纹也仅是微微一笑。

在这个金碧辉煌的世界中，她的心中却像荒漠一样的冷清。她第一次发现，她是孤独的，而她却是不喜欢孤独的。以前，在世恩像家人一样的来来往往中，她并没有觉得没有世恩会怎样影响自己的生活。

但现在，眼看着世恩一步一步地离自己远去，她却没有一点办法能够挽留他。也不能挽留他。她早已经知道，人的命运都是早已注定的，个人是无法与它抗争的。就像他们黄家这个最小的表妹，从一开始她就知道这是一个受命运保护的妹妹。从全家最有权威的老太爷的手上，传递到一个最温厚的男人手上，她的一生都将会注定是平静的。所以，当初紫薇提议在百乐门举行婚礼时，她也就同意了。她是真心希望自己的这个小表妹能够从此欢乐起来。相比较而言，她的悲欢就不算什么。

她只是关心着世恩的心情。她敬重世恩，而且，她曾私下在心底里承认，她喜欢世恩。在曼彻斯特第一眼见到世恩时，她就喜欢他。她对男性从来就有不洁之感，包括自己的哥哥们。她从小所见的就是，男人能够建造一个世界，但是男人也可以迅速毁掉这个世界。而且，毁掉世界的男人也从来都不建造世界。她的祖父、她的父辈，给他们建造的世界已经够壮观的了。可是，也就是她的家族里的男人们，正在一点一点毁灭这个世界。在这个世界上，真是没有长久的事情。她甚至感到，就连中国这样一个老大帝国，眼看着就要垮去，怎么垮她不知道，但她在冥冥中就有这个预感。所以，即使是在做着债券的交易，她也不感兴趣，只是觉得如果借此还能有点希望救助她这个已经四分五裂的家族，也算做是一种挣扎吧。惟独见到世恩，漪纹的心中毫无来由地产生了认同感，但即使如此，也仅限于一种认同的喜欢。所以，当两年前世恩在凋冬到达上海的前一夜向她表示了爱慕后，她便近乎冷酷地告诉世恩："我是不嫁人的"。

世恩并没有向她求爱。世恩完全是以绅士的态度来对待他和漪纹

的感情。当她得知堂妹渊冬是世恩的未婚妻后，她便明白了世恩为什么那一段日子像掉了魂一样的往黄家跑，他是在把每一天当成了一年来过的。可怜的人儿。她知道世恩不会与渊冬解除婚约，就如同他不会向她求爱一样，但他仍不失礼貌地向她表示了自己的心迹，为此，她更敬重世恩。

百乐门大厦既是世恩参与设计的第一个大建筑，也是漪纹的诸多债券中投资房地产的第一份。起初，世恩并不同意在这里举办婚礼，他知道他娶渊冬是命定的事情，以他个人的资产是办不了这么奢侈的婚礼的。但渊冬说她有不小的一笔私房钱，由表姐做参谋，不仅可办一个体面的婚事，还可在上海租界里买一幢小楼，当然比不上表姐的，渊冬笑着说。世恩没有办法，他知道这是漪纹的主意，但主谋一定是紫薇。紫薇是百乐门的常客，这没有什么好说的，但漪纹也喜欢把婚礼放在这里举行，他就不好再坚持什么了。渊冬早就告诉过他，漪纹要做他们婚礼的主婚人。只有主婚人才有权力选这样的地方。

自从渊冬住在漪纹那里以后，一年来世恩一直是以另一种身份出现在漪纹的客厅。但每次走进漪纹的客厅，他的眼前总是展现着一年前那个寂静之夜。

他、漪纹、还有一个见证人月亮，永远嵌在他脑海深处，以后的所有景象都不能把它取代下去。

那一晚以后的结果并未出他的预料。他本来就不期待什么结果，虽然当他把关于漪纹的日记拿给她看时略有些期待，事后仔细想想，他也不过是期待漪纹能知他的心而已。所以，当看完他的日记后，漪纹对他说的第一句话是"我是不嫁人的"时，他也不觉吃惊，甚至心

里头还有一种笃定的安心感。

可是，毕竟，他与漪纹交往了那么长的时间，交谈的又那样愉快，却突然插进来一个并无多少话资可谈的冬儿，便使他们的谈话总在一种大家努力的状态之中。好在冬儿和表姐一样天性温和，善解人意，常常自认为自己是小辈而静听他们的谈话，加上初来上海又有那样多的好奇和快乐，这多少掩饰了他们，不，应该仅仅是世恩自己的尴尬。

冬儿很喜欢上海。世恩发现，她并不是喜欢上海的繁华，上海的灯红酒绿，而是喜欢上海的文明，电影、戏剧、舞场、交易所，还有世恩带她参观的一幢幢颇有气派的高楼大厦。冬儿毕竟是大家庭出来的姑娘，对自己喜欢的上海并不是狂热的投入，而仅仅是微笑着认同，接受。每当她满意一件事，她总是孩子气地眯起眼睛，征询意见般地望着世恩，嘴里还喃喃说着："蛮好嘛，蛮方便的嘛。"

她并不喜欢前嫂子紫薇带她去逛四马路，霞飞路，最喜欢的是漪纹表姐带她去的就在离他们住宅不远处的一个叫"巴尔干"的咖啡馆。这是一家俄式咖啡馆，漪纹的白俄车夫推荐她们来这里。漪纹喜欢这里是因为来这里的人都是一些在上海谋生的白领，他们多是自己品自己的咖啡，并不多么喧哗。以前冬儿没有来的时候，世恩偶尔也和漪纹来过，但那个时候没有离别的威胁，有时觉得还不如在漪纹的花园里更可意。后来，是漪纹带冬儿来这里，每次也是她们各自品着自己的咖啡，冬儿就是喜欢这种没有人注意她而她却可以自由自在地观看他人的自由。

冬儿的乖巧使任何人都不忍心伤害她。她很崇拜漪纹，曾悄悄告诉漪纹她自己是不指望了，但如果她有一个女儿，一定要让女儿像漪纹那样出国留洋，做知识新女性。漪纹笑她死心眼："你不也是知识女性吗?你的文学修养要比我这个没有文凭的留学生强多了。"

冬儿瞪着眼睛认真地辩解道："怎么会一样呢？我的学问是用来点缀世界的，你的学问却是用来闯世界。不一样的。"

漪纹听了抿嘴笑起来，她把这个小自己十岁的堂妹揽在怀里，心里在暗暗地想，一定要好好保护这个可爱的小表妹，她是多么善良。她应该有福气得到像世恩这样可靠的丈夫。

世恩开始对冬儿则有些严肃。漪纹也批评过他，但他就是觉得对冬儿的责任大于其他。有时连他自己也难以分辨对冬儿是疼爱还是怜爱。明明知道冬儿身上有钱，表姐漪纹甚至都让冬儿代她管理家政。

而且，那个不是花钱而是抢钱的紫薇自从在香港开了第二家"薇薇箱包"商号后，简直成了他们的救世主。每逢过年过节，她都是大包小包的买送。因为冬儿没有资本，紫薇便总是给冬儿现金，冬儿把这些现金全放在抽屉里，从来不用。当然，当初冬儿也没有想到，正是这一笔不少的现金，也曾经挽救了紫薇，这已是后话了。每每冬儿去南京路或霞飞路时，世恩总要关心地问，带钱是否够。每次都是冬儿再三保证带够了，不够就不买了等等，他才放冬儿外出。

这一次婚礼在百乐门大厦举行也是世恩对冬儿的又一次让步。因为他知道这主意是漪纹出的，冬儿虽娇憨但还朴实，甚至不知道在上海讲排场是什么规格。到百乐门大厦举行婚礼恐怕是全上海最高的规格了，这规格也只是漪纹能够想出，能够承担，能够胜任。所以，当三个人讨论婚礼在哪里举行，冬儿居然流利地说出"百乐门"三个字时，着实让世恩有些不快。

"百乐门"，他在心里嘀咕，百乐门才建成几天？那是一般上海市民能去的地方吗？他不做声，甚至连看也没看冬儿，虽然要做新娘的黄渊冬那天晚上格外亮丽，身着鹅黄软缎连衣裙，头上像上海女学生那样系着桃红色发带，眼里汪着两潭春水，满得像似要溢出来。头一天晚上世恩曾在这一间客厅里吻过这两潭春水，他真的感觉冬儿好纯洁，今天却连看都不看她一眼，令冬儿又急又怕，频频扭过脸去向堂姐求救。

堂姐漪纹只是笑，并不开口。在商量世恩和渊冬的私事时，漪纹总是很少开口。她就有这种本事，不管人家是不是在等着她的答案，她只是给一个微笑，绝不开口。客厅里静静的，屋角里的留声机唱片也恰好在这时放完，只听见唱针一圈一圈空转的嚓嚓声。世恩惊醒般地抬起头，只见昏黄的灯光下坐着微笑的漪纹和面若桃花般的冬儿，一个如此高贵让人高不可攀，一个如此娇柔让人不忍呵斥，两种互相对立的心理使他一时间不知身居何处，心系何方。他鬼使神差地站起来，坐到冬儿身旁，当着漪纹的面吻了一下冬儿的乌发，却又回过脸来，向漪纹点了点头，表示认可，神情却是一派沉郁。

婚礼上世恩的表情也是这么沉郁。这沉郁好似一块分量极重的铅坠，沉甸甸地压在漪纹的心头。她含笑望着世恩挽着他的娇妻一步一步从门口走进来，感觉那铅坠似乎愈压愈重了，简直要把心坠掉下来。她知道此刻世恩的心在想些什么，他一定是在想着曼彻斯特，想着他

俩第一次相识的那座教堂。人生的一切都是不可逆转的，漪纹从来都这样想。她与世恩，即使不相识于曼彻斯特，也会有人与世恩相识于曼彻斯特。而她和世恩，相识了也只能如朋友，如手足，这是前世注定的。她很少相信，好的婚姻会顺利完成。不然，人生如此完美，上帝还把人不断地赶到世间来干什么？他就是要人类一代接一代地去追求真善，追求完美，因为他给得太少了。上帝是公平的。这是她在曼彻斯特教堂前的长廊里想通了的。

《婚礼进行曲》奏完了。

漪纹宣布男女双方的家庭代表发言。

无非是些祝贺、祝愿之类的话语，连漪纹上去为新娘祝贺时也感到此时语言的空洞和多余。她自己就不信这些话，以为这全是说给一个人听，是说给上帝听的，让他今后放心不再给这对新婚夫妻出难题。但她仍微笑着说了，念了，语词简洁、平静。

舞会开始了。

第一支舞曲自然是新郎与新娘跳。世恩拥着已娇羞得如同鸽子般的冬儿走下舞池。他缓缓带冬儿起步，又是施特劳斯的小步圆舞曲。他的心忽然涌上一股微甜微酸的感觉，有一种伤感般的快慰。他慢慢旋转着，盯着冬儿稚嫩如春天芳草般青春的脸，转一个弧步，眼前变成了漪纹。是漪纹，那高贵的神秘的如雅典女王的漪纹，真如一道司芬克斯之谜，如何才能解答你？又转一圈，拥着的仍是冬儿，一个让人怜爱的小姑娘，生就被人要用手牵着走的幸运的姑娘，她把一生就这样交付到你的手中，全然没有一丝怀疑。我能保证爱你疼你怜你一辈子吗？我只能如此……

世恩和冬儿可称做和谐的一对舞伴。整个舞曲全由世恩操纵着，冬儿配合着。看得出他们日后的生活也是夫唱妇随的和谐的一对。好的夫妇，跳舞也和谐，漪纹在一旁欣慰地想。无论对世恩还是对冬儿，她都希望他（她）的生活美满如意。而她自己是无所谓的，她注定是不能过常人的生活的。就像她注定就不是来享福的一样。她是有使命的，她的使命是给自己的家族带来快乐，给自己的亲人带来快乐。

　　第二支舞曲开始了。冬儿被世恩的主婚人"山姆"大叔接过去，世恩简直如释重负，匆匆拨过眼前纷乱的人群，来到一直盯着他的漪纹面前。漪纹笑着说了句什么，他也没有听见，耳边轰响的只是一首缭绕在心头多年的曲子，这个曲子的名字就是：《爱你，漪纹》。

　　漪纹是读懂了的。她微笑着摇摇头，随世恩伴着旋律起舞，周围的一切全都退去了，只剩下两个人在苍廓的天地间悄悄对话，心灵的对话。

　　世恩说："你知我心吗？"

　　漪纹道："知道知道。但一切是不能改变的。"

　　世恩说："没有什么要改变的，我只要你能这样永远看着我就行。"

　　漪纹摇头："这不好，心是无需表白的。我们只是朋友，很好的朋友。"

　　一支《多瑙河圆舞曲》下来，世恩和漪纹之间没有说过一句话。也许他们的眼睛已相互说明了一切，也许谁也不必说。只是两人都觉着这婚礼上的一舞，似乎是人生的最后一舞，在他俩之间。

　　又是一支曲子响起。漪纹将世恩带到了冬儿跟前，冬儿几乎小鸟依人般地拥上了世恩。世恩拍拍她肩，向漪纹点点头，又走下了舞池。

漪纹见他们消失在人群中，便悄悄从大厅的侧面走来，来到铺着柔软的土耳其地毯的大厅的长廊上。

从长廊缓缓走过时，漪纹心绪平静如水。当年在曼彻斯特教堂的长廊上碰上世恩时，她也是如此平静，只不过是在如水的心湖里投上了一个身影。漪纹停在大厅的落地玻璃窗前，眺望着上海滩的夜色美景，这是一个多么繁华的世代。霓虹灯光在霞飞路上似鬼火般闪烁着，最繁华的外滩上空是腥红的一片，其中也有她投资的几个商号的灯光。漪纹去过巴黎、伦敦、香港这些世界闻名的都市，却都没有感受到上海这般繁华。不一样的，那些名城更繁华，甚至更绚烂多彩，但它们是有秩序的。哪里像上海，有一种废墟上的腥红色的仓促的繁华，仿佛过时便不再现，只争朝夕般地恣肆着开放着，什么都开放。而她，一个前清官宦世家的后裔，看见过多少繁华旧梦，都如昙花一现，都向她争说着一个真理：物质的世界，没有一样是长久的。她就在这里静静地看着，看着这上海的繁华能开放多久，能坚持多久。她会见证一个她亲身经历的繁华旧梦。

她本欲早些回去，从今晚起冬儿是彻底交给世恩了，她又恢复了一个人独坐客厅的生活。但想到还有舞会后的送客，想到世恩写满了语言的眼睛，她轻轻叹了一口气，身子靠在了静静悬挂在窗前的绛紫色丝绒帷幕上。

窗外，还是那弯下弦月，它是漪纹最忠实的朋友，所有重大的时刻，它都是准时出现在她的视线中，它是她的命运的见证，是她命运的伴侣。漪纹的思绪，穿越时空，回到了曼彻斯特，回到了英国，回到她和世恩最初相识的地方。她这才觉得，她到英国，到曼彻斯特，完全就是为了去会见一个叫林世恩的人。这个人，将像眼前的月亮一样，会在她的生命中停留一辈子。这是她今天晚上才刚刚知道的。

她知道，在她面前的世界里，没有一样东西是她关心的。从很小的时候，她就学会了站在局外看世界。她父亲的那些姨太太，在最初的时候，都是父亲的生命宝贝。可是，还没等父亲老去，就开始各自为自己的利益锱铢必较。她就没有见过一个有着温暖的情怀的心。可是，在英国，见到世恩后，她觉得她的心先就温暖了。从一个人的眼睛里可以看到这个人的心灵。世恩的眼睛里全是关爱，他看任何人的眼睛都充满了关爱，包括他看别的东西。开始的时候，漪纹是欣赏世恩的这种关爱的。后来有一天，当她发现世恩用同样关爱的眼神看着紫薇，看着冬儿，甚至看着从小带她长大的何妈时，她觉得她的心在疼。她知道了，她是离不开他的。

3

漪纹情调

漪纹回到那间曾和渊冬、世恩笑谈婚事的客厅时，已是子夜时分。

紫薇和徐勖意犹未尽，他们到那个欧洲人办的"卡巴莱"舞厅去跳舞去了，那里有欧洲风格的歌舞表演，据说与巴黎的"红磨坊"相似。每到周末，那里的舞会会一直持续到第二天清晨。紫薇和徐勖是那里的常客。

家里的佣人都早早睡了，整个楼房中只有漪纹一个人。

她在沙发上静静地坐下，燃起一支香烟，轻轻吸了一口，便擎在眼前，仔细地看着灰白色的烟灰在悄悄地增多，增厚，又悄悄地落下。一支香烟漪纹常常只吸一口，就这样看着它悄悄地燃尽。没有认识世恩以前，漪纹就是这样打发她漫长的夜晚。现在，这样的夜晚重又回到身边时，她竟感到了一种触目惊心般的不安。

一支烟燃尽，漪纹起身来到三层卧室。她打开梳妆台最底层的抽屉，取出一本羊皮封面的笔记本 。这是一年前黄渊冬要来的头天晚上世恩送给她的。

送这本日记的时候，已经是半夜时分了。

那天晚上，与今天的夜晚一样，漪纹的心里感到很烦乱。本来，世恩已经走了。漪纹知道，一夜之间，她和世恩之间就要出现一种崭新的关系。他们再也不是一种单纯的朋友关系，而是有着名分的亲属关系。这种关系让漪纹十分不习惯。她在布置完第二天的接待事情后，便独自来到花园去坐。

花园里的丁香花味到了晚上非常浓烈，漪纹甚至都感到这种香味刺激了她的眼睛。眼睛不断地流泪，她分不清是自己想流泪还是让花粉刺激的。她一边咳嗽着，一边揉着眼睛。这时，旁边有人递过来了一杯水。她抬头一看，正是刚刚离开一会儿的世恩。漪纹有些吃惊，忙起身问道："你怎么回来了，有什么事情忘记了？"

世恩说："是有一件重要的事情忘记了。"说着，世恩向漪纹递上了这本精致的羊皮笔记本。

漪纹认识这本羊皮笔记本，是在英国的时候，与世恩告别时她送给他的。当年送上这本笔记本，只是表达了漪纹的一种美好的祝福，希望这个看上去如此清雅的留学生能在英国获得一个好的学业，事业有成。现在，面前的这个留学生的确是事业有成了，而且，也快成家了。这是一条路。一条所有人都必须经过的路，立业成家，人生就是这样被安排好了的。立业就是为了成家的。可是，当年送他笔记本的时候，漪纹也没有想到，留学生成家立业了，与她有关系。也没有关系。

漪纹笑了笑，这没有什么。这个世界上的很多事情她都不想与他们发生关系。她只是觉得自己还年轻，年纪轻轻就要放逐人生就太有些说不过去了。今天她还能心平气和地和紫薇他们在生活中挣扎，一半是因为不如此也只能是如此了。可是，看着这本米色羊皮封面的笔记本，她的心无来由地剧烈跳了起来。她看一眼世恩，世恩无语，但他的眼里是千言万语，全是关爱，那个令她心疼的关爱。几年来，漪纹看惯了世恩的充满关爱却又平静的表情，他总是鼓励别人似的沉默着。可是，漪纹看得出，这一天晚上，世恩是要对她说什么。

可千万不要说什么。在这个时候，说出什么来都是错的。漪纹低下头，想了想，便打破了沉默的空气，说："不要说什么"。话一出口，漪纹就觉出了唐突。这算什么话，何况人家世恩也没有说什么。但世恩听了她的话，却喘了一口气，好像就等着她这句话似的。他没有说什么，只是关爱地用手将漪纹额前掉下来的一缕头发给她拂上去。这动作使漪纹在世恩的面前像一个娇弱的小妹妹。漪纹的心在狂跳着，这样的动作，真是让漪纹心碎，也心醉。世恩好像在思考什么，停了一下，低下身来，轻轻对漪纹说："我只希望你能读一读它，那是给你写的。"

漪纹看了看世恩的眼睛，他的眼里有说不出的温柔，漪纹知道他写的什么。她要给世恩一个回答。与其是今后给，不如今夜就做个了断。她对世恩说："我是不嫁人旳。"

世恩听了没有说话，用手轻轻拂过漪纹的面颊。他没有进房间，就悄悄地消失在夜幕中。

漪纹坐在花园里，手里拿着这本羊皮笔记本，心却不知哪里去了。她也不想读，她能够猜到里面写的是什么。那又怎么样呢？

寂静的夜晚里，丁香的花香味更浓了，漪纹的眼泪止不住地流下来。她在想，明天还是让花匠把丁香花摘下一些，她不喜欢浓烈的东西。

一年来，这本笔记本她看过许多遍。但每一次打开，都是一种按捺不住的急迫，仿佛要去寻求某一个答案；而每每翻阅完这本米色的笔记本，心中又仿佛盈满了令人笃定的沉静和心安。漪纹自己都奇怪，她绝非多愁善感之辈，她早已定下一辈子不嫁人，清清爽爽独身过一生的决心。多少达官贵人，甚至出国留学时遇到的印度王子，那么多求爱者都不能使她动心，动情。然而，世恩，这个很普通的甚至有些羞涩的建筑师，却又是那样使她每每想起就露出会心的微笑。她觉得有些气馁。

她打开了本子，一页页随便翻着。

窗外偶尔传来一两声秋蝉梦呓般的颤叫，夜晚幽静极了。柔和的灯光极有分寸地显现着她如大理石雕像般棱角分明的脸庞，显现着她忽而温柔，忽而沉思，忽而微笑，忽而肃穆的眼神。宛如透过她的双眼看到了一幅幅景色各异的风景。翻过一页，就是一片心的风景；再翻过一页，又是一扇心灵的窗户。

她尤其爱读的是这一本风景中的六七幅图像：

我发现，在我平淡的生活中，只有一个情结，一个情调可以陡然调动起我所有散漫的细胞，使我在平平静静的生命流程中有了一些主动。这个情结是"曼彻斯特情结"，这个情调是"漪纹情调"。在这个凡尘俗世的人间，我还从没见过、体验过这样一种令人忘记现实的圣洁的境地。这个境地是漪纹造的，她是这方土地的主人，只要有她出现，连她周围的空气都流动着微甜的湿润。我真想真实地触摸这块土地，把她的实感、质感仔细地记下来。否则，连我自己也要怀疑这块圣地是否真实地存在过，它是那样令人深入其间时而流连忘返。丝丝曼曼中都能浸透着一种惟有她才能酿出的"漪纹情调"。追求这个情调，品尝这个情调，就是我成为男人以来最侈想的一个情结吧。

今天，在漪纹公馆门口正逢她下车。我的脑海里将她下车的款款镜头已牢牢地印记下来了。车子悄无声息地在镂花铁门前停下时，那个白俄车夫麻利地走下车来，漪纹说过，所以从父亲那里将这个白俄车夫带来就是因为她喜欢他的麻利。

白俄替漪纹打开车门。漪纹还在车中沉思。她那洁白的前额凝聚着那样浓的思想，我油然而生莫名的崇拜。片刻，她像从梦中惊醒般对车夫微微一笑，缓慢地从车中弯腰走出，那一条弯曲柔软的黑长发辫无力地从肩头滑下来，宛如从勃朗宁画中走出的中世纪的罗马女王。在这一瞬间，我被这十足的"漪纹情调"深深打动了。

我从未想过，一个女人的美，不是她的面容，不是她的身段，而是她的气质，她的情调，她的品位。漪纹真美，不是那种静止的美，平面的美。她的美如同施特劳斯的一曲华尔兹舞曲，就像多瑙河的波光一样在月光下闪闪地流进你的心田；她的美又如同一幢西班牙式的立体感强烈的建筑，在日月轮回中仍旧保持着它不褪的生命力。我欣赏"漪纹情调"，崇拜"漪纹情调"，追随"漪纹情调"。这将成为我一生中生命的宗教。

我已渐渐被"漪纹情调"包围、感染、熏陶、同化。在客厅吃茶，喜欢同她一样，不谈己事而纵谈我们都感兴趣的欧洲风情；在花园散步，也喜欢只任微风在我们耳边喃喃细语而互不言语；在百乐门舞厅跳舞时，只跳华尔兹曲子，总是在舞曲还没结束时踏着音乐的节拍悄悄退出……

我盼望着与漪纹见面，只要一看见她，心里就能安静下来。不管白天在写字间是多么劳累，讨论设计方案是多么口干舌燥。漪纹是我精神的疗养院，情绪的治疗所，只有在漪纹这里，我才能恢复一个原本在山水间过活的我。漪纹，你知道吗，除了白日的谋生和不得已而为之的夜晚应酬，我思维的每一个颤动都是为你而产生，为你而活动。你是那样高高独立于尘世之外，尘风俗雨也不能浸染你的情怀。你所从事的虽是最斤斤计较的债券交易，可你却丝毫没有被那些票据牵绊的烦恼。你没有焦急，没有烦恼，不会钻营，不去奔跑。只是兀自开亏在外围观战，观战后即是思考、沉思；再思考、再沉思。你存在于我的每一次思维跳跃中，我却总也进不了你的思想当中。我从未奢求你的思想中能有我的片刻停留，但我却企求能知晓你的思想，替你分忧。不，漪纹，你没有忧，你的忧已化为天下大忧而无存你个体的忧。漪纹，请原谅我，我爱你，却又想离开你。我怕我的爱使你化神圣为凡俗，又怕我的爱会亵渎你超凡的情愫。但我已渐渐不能再在你面前保持平静了，不企求其他，但愿你能知我，引导我，超度我。

我知道结局一定会来到的。

这样的结局其实很合我意。在曼彻斯特最初见到漪纹时，就感到了一种命定的关系。我们将成为表兄妹，不，我们同岁，应该是手心手背。也许，一个永远得不到的幸福就是最大的幸福。我是自私的，漪纹，我宁愿你手心手背般与我紧密相连，也不愿你在他人的世界成为女王。那一天，你对紫薇的玩笑回答道：你是不嫁人的。初听时我全身的毛孔都紧缩了。仅一会儿，又都变得热血奔腾，血脉竟胀得发痛。一冷一热，将我对你的全部情感淬炼成钢了。我将用它筑起一幢最坚实的宫殿，永远把我对你的骨肉般的敬爱供奉在里面，你就是我心灵的女王，是我精神的主宰。只要有一天我活在这世界上，我将永远成为你的侍卫。

再过几天，我将以另一身份出现在你的面前。这是我人生中最大的不幸，抑或是幸。因为如此，我便可以永远留在了你的身边。我却没有把握如果不是这样，我能否把你留在我的身边。人生无常，谁在冥冥中注定，注定我们相见便不再分离的情谊。看着身边的这个城市，天天都在翻腾，它离崩溃的日子不会太远了。我担心着漪纹，怕她会被这座城市毁灭。她为什么要听紫薇的话，去一个陷阱里挣扎。漪纹不是这里面的人，就像我也不是这个城市里的人一样。我们都是漂泊在荒海上的一叶小舟。尽管这个小舟在翻腾的海洋里是渺小的，脆弱的，但我愿意为漪纹掌舵。我愿意终生为她掌舵。

　　漪纹，我记着你，想着你　敬重着你。

　　……

　　漪纹觉得越翻越看不下去了。她放下笔记本，向后倚靠在柔软的羽绒枕头上，前面正对着梳妆台扁圆型的镜子。她仅看到明晃晃的一片，依稀有着一个白色的身影。双眼一合，再见镜面，却清晰地现出镜中人已是满面的晶莹。她坐着不动，沉思着，静静地打量着镜中人。镜中人的确不漂亮，但那苍白的脸，乌黑的发，配之以沉静如深潭般的大眼，确实给人以镜中如画，画中有镜之感。她是自命不凡的，不，漪纹在心里叫道，她从来就没有把自己当成一个独特的人来看。但家世败落，早年丧母，使她本就聪敏的心灵过早地成熟了。她没有谈过恋爱，却把恋爱的结局看得清彻透亮；她没有遭受过生活的苦难，却自认人生从头至尾都是一场苦难。她的心如枯井般寂静，她每天所匆忙的只不过是一个义务，当她认为她还有能力做些事时，她就机械地不关注心血地去做。但她很少为之心动。

　　世恩让她心动了。她低下头，轻轻地抚摸着柔软的羊皮封面，心头涌上的是流水般怅惘的感动，还略略有些伤感……

4

静水流深

世恩夫妇婚后照旧是漪纹家的常客。

一切如故。白天漪纹在交易所看交易情况，在金融界活动，晚上回到家中却不再应酬。

紫薇也已经随徐勋去香港了。

他们合作的上海"薇薇箱包"商号的生意已经越做越大，开始做到福建、广东等沿海地区。随着南边的战事吃紧，紫薇首先考虑的是要安全。再说，她的父亲已经带着那个他最喜爱的洋学生姨太太躲到香港去了，紫薇在上海已经没有自己的亲眷，她很想从父亲那里再学习一些做生意的看家本领，觉得到香港去，没准父亲高兴了还会指点她几下。于是，在漪纹劝说不成的情况下，她便带着她的情人兼商业伙伴去了香港。用紫薇的话来说，她都为自己这样的钟情于爱情而感动。其实，她不用解释大家也都清楚，紫薇的一生，就如她自己的理想，就是一辈子都要在路上。不论是在生意上，还是在感情上。她很满足她与徐勋的这种状况，也没有逼着徐勋离婚。而徐勋的态度就更是让人费解了。他对紫薇就像是对一个公主一样的呵护，但他却并不拿婚姻来恭维她。他也很喜欢到漪纹家里清谈，就是紫薇不在的时候，他也是一坐就是一天。有时，他在这里坐久了，连漪纹都会怀疑地问他："你什么时候去做生意，光看你在这里清谈，好像生意上的事情你并不关心。"

徐勋却说："工夫在诗外。我是姜太公钓鱼，愿者上钩。谁愿意来谈，就会自动找上门来，如果没有意，你就是天天候在那里也没用。"

他还劝漪纹也一起到香港。那里还有她的大哥。

漪纹是不动的。她自己说，她没有财富，所以也就没有负担。她不愿意再为了商业上的事情到处去跑了。如果此生她还有什么愿望的话，那就是等到年老的时候，再去爱丁堡的乡下买上一栋旧城堡，在里面重新过上一种宫廷生活。她这样一说，大家都乐了，觉得这个洋气的漪纹真让人费解，放着好好的都市生活不过，却去向往那种过时了的宫廷生活。只有世恩知道漪纹愿望后面的潜台词，她实际上早已厌倦了这种尘世的生活，她最喜欢的还是隐居的生活。世恩很想说，他也向往这样的生活，但话到嘴边，还是咽了下去，他是不可以随便发表想法的了。

其实，漪纹的事业正是如日中天，她当时的债券股份投资已经达到了近一百万。这可是可以左右金融债券市场的大数目。难为她这样大的投资，却心静如水，每天只是惯例地去交易所走一趟。交易所的经纪人见到这个黄小姐没有不佩服的，他们每天都毕恭毕敬地迎接这位永远只穿白色的文静的黄小姐，而黄小姐也只是这样来来去去的，来来去去中总是有大手笔。可是最让他们佩服的是，每当黄小姐的交易盈利时，她都会给服务她的伙计发红包，红包的数目很可观，让人觉得黄小姐做债券交易只是为了发红包。于是，他们也就越发殷勤起来。他们甚至都掌握了黄小姐的喜好。上午的时候，黄小姐是喝咖啡的。而到了下午，她一定是要喝红茶，还要配一种名叫"文都拉"的意大利蛋糕。都是蛋糕点的师傅专门为她做的。而黄小姐来交易所也并不看交易情况，总是看各种时事报纸。最常看的，都是英文报，其中的《大英晚报》是黄小姐最爱读的。她的所有交易活动就是在某个时候，打一个电话，这个电话也许就会令交易所的红色电光记数牌上的某个数字跳一下。真是大手笔。

而在家里，如果是世恩夫妇俩来，漪纹和他们一般都坐在对着花园的阳台上喝红茶，吃甜点；世恩夫妇不来时，漪纹便自己坐在阳台上对着月亮喝红茶，常常是一晚上沉默不语，靠在藤椅上看月亮。佣人将红茶换了一杯又一杯，却不见漪纹喝过一口。但世恩来的时候，她却不断地喝茶，与冬儿也谈得很投机。使得她的贴身佣人何妈几次悄悄告诉世恩，要世恩没有事情就常来坐，否则大小姐就是这样不吃不喝坐到五更。"想那么多事情不伤神吗?"何妈说。

世恩听了只是笑笑，与太太一起来坐时他也仅是听得多说得少。主要是对她们谈的一些电影演员、起士林糕点、冰激凌等话题甚感陌生。只是偶尔问一两句，也是关于漪纹的债券交易。他实在担心，以漪纹这种淡泊的性格，怎么会喜欢上这种风险极大的公债事情。在上海做债券交易，没有一些政治背景，是很难做顺利的。与其说公债是

一种投机性和风险性巨大的交易，倒不如说这是一个充满了赌博性质的毫无规律可言的危险的事业。漪纹却说："这算什么风险，有和无罢了。我只是喜欢它的变幻无常的测验，随时检验我的悟性和判断力。

跟你玩桥牌的道理差不多，你靠记忆力、悟性，我靠判断力和悟性。"

世恩想想也有道理。当年留学爱丁堡，他几乎没有什么嗜好，从理智上考虑打桥牌能够训练记忆力，培养沉稳的性格，便参加了学校的桥牌俱乐部。没想到打到现在，竟培养了他惊人的记忆力，一张设计图过眼一瞧，他便能在施工场地一一指出设计过的格局、数据，无需再看图纸，使公司的洋老板对此极为赞赏。他在公司有"数字林"的美称，是因为他对数字已经达到了过目不忘的地步。他在公司里一个月总要玩上几次桥牌，有时与同事，有时在漪纹这里。实在凑不齐人时，他可以自己摆在桌上玩半天。冬儿开始不习惯，以为是世恩不满意自己，后来她到漪纹这里学说，漪纹便给她解释，那是在练记忆力。冬儿这才释怀。所以，漪纹的"债券练记忆"的理论，世恩也能理解。只是总是要替漪纹担着一份心罢了。而且，漪纹也答应过，等到做完了这一笔大的公债交易，把紫薇投进去的钱都赚回来，她就准备也去南洋走走。其实，冬儿知道漪纹为什么要替紫薇做公债的秘密。是紫薇偷偷告诉冬儿的。紫薇说，她要给滇绚留下一笔钱，这笔钱只能放在漪纹这里，否则都让滇绚花掉抽鸦片了。紫薇连后路也绝了，滇绚与一个土财主家的老姑娘又结了婚。本来，紫薇对滇绚是很有把握的，她知道，滇绚最后还是爱她的，只是不能容忍紫薇的开放。紫薇的满心打算是等她自己玩够了，再回来和滇绚一起过日子。大家都知道的，这一次滇绚是没有救了。听说那个老姑娘很厉害，娘家很有钱，把个姑娘惯的在家是个霸王。但老姑娘与滇绚有同一嗜好，就是两口子对着抽大烟。家里的事情一概不管，由着下人去打点。紫薇说到这里会叹一口气，即使是座金山银山，也会坐吃山空的。紫薇还是觉得溟绚终会有一天没有人管他的，她希望能挣出足够的钱让溟绚不会老无所靠。至于她本人，是不会再回上海的了。她说如果徐勖能陪她，就住在香港。如果有一天徐勖不能陪她了，她就自己去新加坡。她很喜欢那个地方，因为那里是她发第一笔财的地方，她会在那个地方继续做自己的美梦的。她就喜欢住在繁华的大都市里。上海有溟绚，是她的伤心的地方。再说，按照目前的情况，还不知将来上海的情况会怎么样。冬儿很乖巧，她只是把这件事情告诉了世恩，她没有在漪纹面前说过关于债券的话。她只是像一个心细的小妹妹一样，默默地观察着表姐，如果觉得表姐的眉头紧缩，就会告诉世恩。这样的时候，两人就会多坐一会儿。 所以，世恩很能理解漪纹对股票的此种心情。其实，世恩自己也正处在一种进退两难的地步中，也几乎无暇去关心漪纹的交易。 世恩所处的建筑界当时也正酝酿着一场革命。当初，上海在开埠后不久，就有很多的西方殖民者抱着探险的心理来到上海。所以，他们既带来了他们所属的殖民地的风格，又把殖民者敷衍简单的特征带给了建筑界，这就是上海早期建筑中的"券廊式建筑"，行内的人就干脆称其为"殖民地式建筑。"后来，殖民者在上海捞到好处后，就开始在这块东方冒险家的乐园里大兴土木，与早期的简单敷衍风格相反的是，各国建筑师们把本国最流行的建筑风格带到了上海的建筑界，所以，这个时期的建筑主要是一些复古的特征。像漪纹住的小洋楼就是巴洛克风格的建筑。二十年代以后，上海的中国建筑师，大都是从国外留学回来的。这些喝过洋墨水的中国建筑师在新文化运动的影响下，开始提倡具有中国民族意识的建筑理念。这样，在上海的建筑界，用新的理念来追求中西合璧的建筑设计就很盛行。公和洋行首先就受到冲击。过去的设计风格没有出路，现行的中西合璧的设计又很不经济，一时间，建筑界好像走到了十字路口上，很是彷徨。恰好在此时，欧洲的现代建筑风格传到上海，这样的设计风格是公和洋行老板最为赏识的。于是，又一批新的现代建筑设计师从国外引进，这对中国的建筑师无疑是一种冲击。受到冲击的林世恩，并没有感到慌乱。摆在他面前有两条路可走，一是再次去留学，去欧洲速成现代设计艺术。再就是在干中学，跟着外国建筑师学习。但这就有随时被人替代的危险。如果没有与冬儿结婚，世恩也想去德国继续学习建筑。但有冬儿在上海，显然这条路不可取。再说，他也没有太多的积蓄去留学。而继续留在上海，世恩又不愿意在外国设计师手下打杂，何况，他对新兴的现代建筑风格并不欣赏。在他的设计理念里，真正现代的设计风格应该是回归自然，去掉所有的装饰成分。当然，他知道，这样的设计风格在追求奢华的上海，无论如何都是行不通的。世恩曾经考虑过转行，上海建筑协会办的第一所建筑教育学校正在招募教师。以他的性情，他倒很愿意在学校教书，也有建筑界的朋友给他推荐过。他本来想征询漪纹的意见，但每次来都看到漪纹疲惫的神态，便又不说了。很快，又有消息传来，说因为战事吃紧，洋行总部想到香港去建立分部，内部的人选是派世恩过去。虽然消息传的很多，但世恩并没有得到正式的通知，便采取了随意的态度。时间就这样一晃又过去了一年。

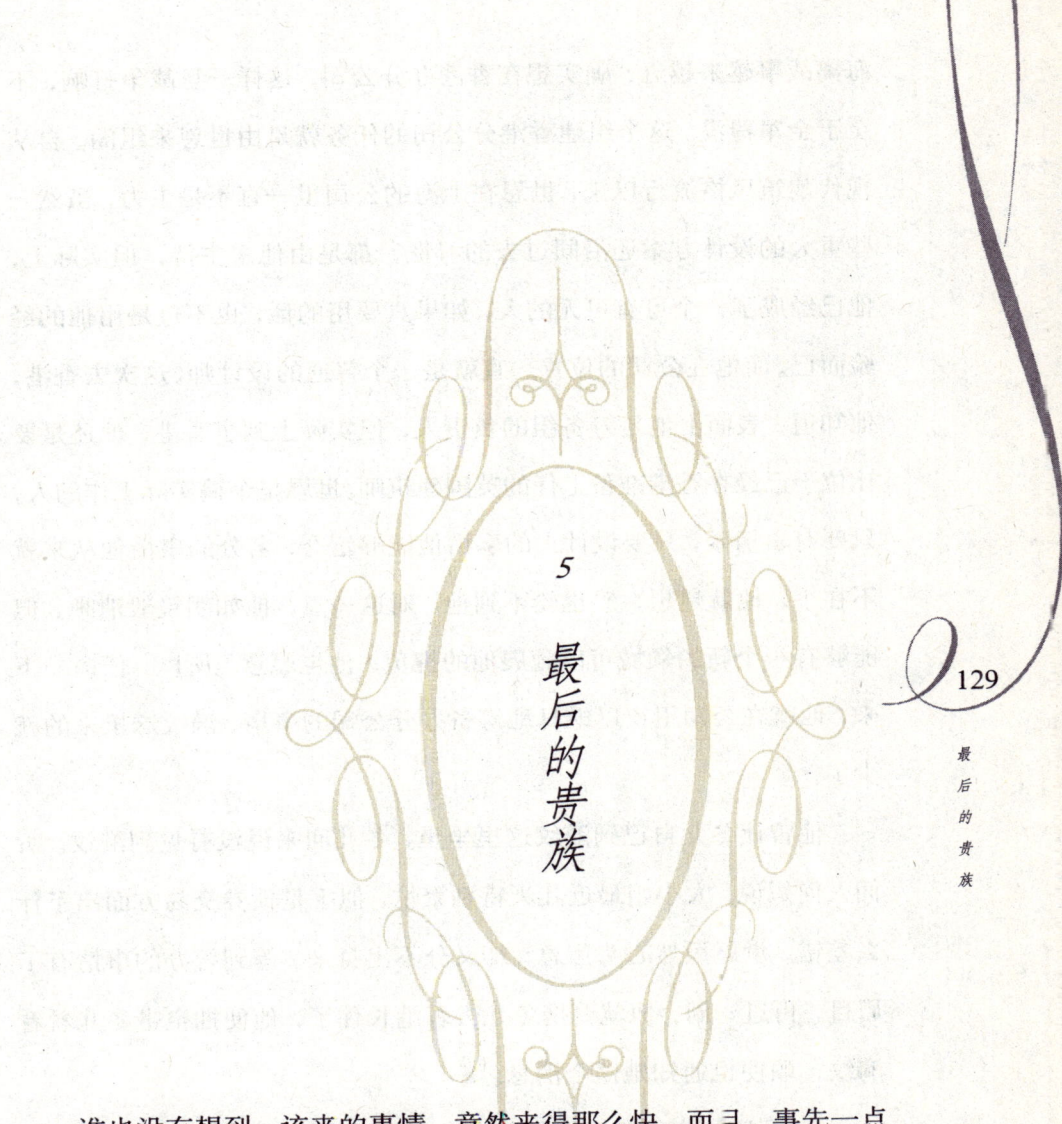

5

最后的贵族

　　谁也没有想到，该来的事情，竟然来得那么快。而且，事先一点也没有征兆。

　　那一天，世恩与冬儿照例去漪纹家吃茶。

　　这之前，世恩因公司里筹办成立香港分公司的事情，已有几个星期没去漪纹处。事情果然与传闻没有多少出入，公和洋行的股东见上海离战事越来越近，确实想在香港办分公司。这样一旦战争打响，不至于全军覆没。这个组建香港分公司的任务就是由世恩来组阁。自从现代建筑风格流行以来，世恩在上海的公司里一直不是主力，虽然一些重大的设计方案还沿同过去的习惯，都是由他来主持，但实际上，他已经成了一个可有可无的人，如果真要用的话，也不过是用他的经验而已。而他在公司的位置一直就是一个普通的设计师。这次去香港，他知道，表面上他是筹备组的负责人，但实际上到了香港，他还是要让位于已经在香港准备上任的英国建筑师。世恩是个搞实际工作的人，只要有事情做，只要设计上的事情他能够定夺，名分的事情他从来就不在乎。他就是想在乎也轮不到他。对这一点，他如明镜般清晰。但能够有一个新的领域可以施展他的抱负，他也愿意。所以，任命一下来，他就在公司里夜以继日地筹备办分公司的事情，漪纹这里来的就少了。

他曾让冬儿自己到漪纹这里坐坐，冬儿回来说没有见到漪纹。听佣人何妈说，大小姐最近几天特别繁忙，似乎是债券交易方面出了什么差错。世恩虽然心头焦急，却又分不出身来。等到筹办的事情有了眉目，再过一周，他就要携冬儿去香港长住了，他便抽空带冬儿看看漪纹，顺便也通知她这个消息。

一到漪纹家的门前，就感到了一种不安的气氛，黄公馆周围是出奇的安静。没有白俄佣人来给他们开门，门是自己虚掩着的。他们自己推开镂花的铁门，铁门发出了生涩的"吱呀"声，更衬出公馆的寂静。世恩心下狐疑，为什么那个白俄车夫没有来开门？为什么大白天漪纹的劳斯莱斯轿车仍然卧在车库门口？他下意识地拉紧冬儿的手，冬儿满脸疑惑，望着他肃穆的脸，受感染似的也紧张起来。他们径直走向客厅，看到了一幅凌乱的画面：

客厅显然被什么人搜查过，所有的抽屉都是拉出来的，里面的东西被乱七八糟地扬在地上，证明着遭人袭击的事实。世恩注意到，客厅墙壁的几张名贵油画已经被人摘去，从墙上钉眼偌大的脱灰处可以看出是用力拽出的。这些油画是漪纹几次留洋购买的，其中有一张是莫奈的油画《撑阳伞的女人》。据紫薇说，看见这张画，漪纹就决定要买下。但买这张画时，漪纹身上的钱已经不够了，但她却执意要买，最后是当掉了手上的一对玉镯，而这对玉镯据说是曾祖父做洋务有功时慈禧太后赏给的，一笔不小的财富。漪纹最喜欢的是画面上那一股来自远处的无形的风，风中的女人看上去万般无奈。

漪纹说，那就是她。但现在，这幅油画却无影无踪，真正是由一股看不见的风吹走了。

一定出了什么意外。

与客厅相连的阳台门大开，世恩走到阳台，阳台上空无一人。只是摆在阳台上的藤茶几上的烟灰缸里，发现了几十个烟头，全是漪纹喜欢的大英牌子。漪纹平时是不吸烟的，因为紫薇吸烟，家里便也常备一些大英香烟。碰到高兴的时候，她最多只是放在鼻子底下嗅一嗅。紫薇没有回来，有谁能在漪纹的阳台上吸这样多的烟？世恩盯着手中的烟头，发了一阵呆，转过身来便大喊："漪纹！"

喊声如炸雷，冬儿不由得捂住耳朵，惊恐地望着世恩。世恩没理冬儿，几步冲出客厅，刚要往楼上闯，只见漪纹幽灵般的站在楼梯口，平静地望着世恩。

只见她穿一件乳白色花贡缎睡衣，一头长发没有辫，没有盘，弯曲地披散在肩头，像一个无主的幽魂。世恩从来没有见过漪纹这般柔弱，这般无助的无神的模样。

"出了什么事？"世恩向漪纹伸出双手，像要迎接她，又像向她要答案。漪纹只是平静地注视着他，微微摇头，向世恩伸出一只手，缓缓走过来。世恩觉得这手冰凉异常，仿佛刚在冰水里浸过，还微微发颤，他马上伸手扶着她，嘴里喊着冬儿过来帮忙。

他们把漪纹扶到客厅沙发上坐好，将所有的抽屉关好，理好。便静静地坐在一边，等着答案。世恩给漪纹倒了一杯威士忌，递到漪纹手里，问她："何妈呢？怎么一个人也没有了。"

漪纹拿着酒杯，专注地举在眼前转来转去看，漫不经心地答着："我给他们放了长假，除了何妈一个月以后再回来，其他人都无须再回来了。"

世恩有些生气，走到漪纹跟前，扶着她的肩头，一字一句地问："告诉我，发生了什么事情？"

漪纹向世恩笑笑，静静地说："我破产了。"

世恩从来不知道漪纹到底有多少家产。以她现在住的小洋楼来估计，在上海也不能算是很小的资产，尤其是她父亲多少还留给了她不少的家业，好像还有一个轮船招商局的股份在她手里，至少也是中产阶层。怎么会一夜之间就将一个几代人堆起的金山银山挖空了呢？漪纹虽不是商界能人，却也不是犬儒之辈，再愚钝，也不至于就破产如斯。

除非？……

漪纹像讲别人的故事一样平静地讲了破产经过。

漪纹受她的代理人的影响，将所有资本都投放到当时上海最流行的"统一公债"上，这其实是四大家族官僚资本控制的"官僚公债"。漪纹把在上海各产业的股份全换成公债，买下了上海华商证券交易所近一半的公债。她是听了紫薇推荐的经纪人的话，要做一次大的。结果，债券完全操控在"四大家族"手中，被四大家族制造的各种风潮所左右。本来可以不输得这样惨，但她的代理人，一个黄氏家族里的远房堂弟，将所有债券都偷偷卖掉，和其他的破落子弟们一起逃到英国，以躲开即将爆发的中日战争。

"除了这幢房子，我已一无所有。"漪纹淡淡地说，语气里竟然没有半丝愁绪。世恩吃惊她处乱不惊的大将气度，反而忘了安慰漪纹。不过事后世恩也想，他又能安慰什么呢？无论从精神上还是从物质上，漪纹始终是个女王，高高在上。在精神上，漪纹就没有过疲倦和萎靡，虽然家世败落给了她永不开怀的巨大的灰色背景；而在物质上，她的一幢洋楼也还足够她在上海过较优裕的日子。精神不倒的漪纹，是个永远的贵族，世恩在心里敬佩地想。

不管怎么说，黄漪纹的家产在一夜之间化为乌有虽不是传奇，却也有传奇色彩。有时世恩想，也就是漪纹这种极富传奇色彩的女子，才能遇到这种传奇般的遭遇。换了谁也不会那样不留后路地全盘买华商的债券，也不会那样全盘委托给一个自己都没有经济保障的代理人。

一连几天，世恩白天在公司里跑分公司资料联运和延缓船票等事项，晚上便到黄公馆帮漪纹商量出手这幢洋房的房产事宜。漪纹还有债务，在这些全盘输掉的债券中，还有30%是紫薇的股份。尽管是紫薇"引狼入室"，但她毕竟是把现金交给的漪纹，漪纹说她不能把紫薇在南洋辛苦挣的钱就这样给挥霍了。所以，她剩下的惟一的财产就是这座父亲专门为她建造的洋房。

世恩靠着在洋行事务中结交的关系，迅速找到了几个买房的人。国难当头，战事临近，日本人已经打到了武汉，留在上海的国人，断然没有再购置房产的，虽然黄公馆是在法租界。就连漪纹的那辆全上海最老的劳斯莱斯老爷车，也几乎是半送的给了一个债权人。只有几个使馆的洋人，倒像是要留在上海守候着什么，他们对一些有特点的洋房格外感兴趣，由世恩经手，已经替他们购买过几栋洋房。世恩对漪纹建议，与其把房子交到守不住财的国人手里，倒不如把房子交给洋人，将来时局有了变化，经济好些时还可以再买回来。讲到买回来时，漪纹只是惨然一笑，这笑容让世恩看了真是心疼。

当世恩把一个英国领事馆的参赞带到漪纹这里交接房契时，漪纹却有一些反常了。她拿着盛放房契的缎面盒子久久地望着，手还不住地发抖。世恩快步走向前，握着她的手，轻轻地问：“如果你不愿意，还可以不交。这位乔治参赞仅是租用便可，等他回国时便可交还给你。”

站在一旁的乔治先生也很有绅士风度，双手交叉地放在胸前，不住点头说道：“也斯、也斯。”他久闻黄漪纹父亲的大名，想出个高价买漪纹的房子也是买的这个名。当然，漪纹在几个买主里能挑中乔治先生也是因为他懂她的家世。然而漪纹悄悄抹去眼角一滴水晶样的泪花，含笑抬起头，用流利的英文对乔治说：“Dor' t worry, This is ture（不用担心，这是真的）。”

协议签下来，乔治在沪期间，属于借租漪纹的小楼，房契仍放在漪纹这里。乔治先交三万一千大洋。他对漪纹说，黄小姐想什么时候搬都可以，甚至也可以借住在她自己的房子里。漪纹说，她不会再住在这里，但如果有机会，她会回来喝上一杯真正英国口味的红茶。漪纹这样说的时候有一种少见的清平，让人恍然感觉漪纹是来自一个普通的家庭，既有教养，又显出了一种懂事的通达。这让世恩看了更加心疼。什么时候，骄傲的公主在一夜之间就能适应起普通的生活。环境真是一个强大的化学工厂，能在瞬间改变一个人的血液。

　　同时，紫薇也得到了消息，先是来电报告知漪纹，千万不要卖房子，就算她把自己的股份投到这座房子上。其实，她不明说大家也明白，她在上海，也只有漪纹这一处落脚的地方了。他们家的丝绸公司，早在紫薇的兄弟们的手上破败了。丝绸大王家除了还有一间卖不出去已经停产了的纱厂，在上海已经分文没有。后来，紫薇又来电话，要马上回来陪漪纹。漪纹劝住她，说世恩和冬儿马上就要动身去香港了，希望她能在香港替漪纹帮助世恩和冬儿把居所安定下来后再说。再说，漪纹对紫薇说，你就是回来也没有用，小楼现在不能用，万一打起仗来，大家都拴在一处也不是上策。紫薇总算同意暂时停留在香港，并与世恩说好，到了香港后就先住在她在香港的公寓，其他情况等世恩和冬儿过去后再相机行事。

　　总算把小楼保全了下来。但，漪纹也从一个真正的贵族蜕变成了一个普通的上海女人。那几天，漪纹的神志一直恍恍惚惚的，她总是出神地望着前方。

　　几天下来，有好几次冲动，世恩想把漪纹搂到怀里，像安慰冬儿那样安慰他心中的女神。但不是有太太在旁，就是有生人在场。其实世恩自己也明白，真的给了他俩独处的机会，他能够对漪纹像对其他女人一样吗？再说，现在已经不是过去了。过去，他是漪纹的朋友，是漪纹的兄长。而现在，他已是漪纹的亲眷，在血缘是近了，但在心灵的距离上却是更远了。他和漪纹之间，有一道跨不过去的天堑。

已是秋季，花园里的草坪正是最浓烈的墨绿色。

"草木知人。"漪纹边在草坪上漫步着边自言自语地说。冬儿和世恩也注意地看看四周。的确，今秋的草木似乎给养特别富足，黄的金黄、红的紫红，在墨绿色草地的大背景衬托下，宛如一幅油彩浓烈的油画，给人以只有今秋没有来世的鼎盛感。事到如今，他们三人之间的亲情加友谊也只能是今秋的鼎盛时期。明天，他们将各奔东西。再见面时，不知能否还在这座小楼里，也不知会是哪年哪月。这真是应了南唐李煜的那首诗："小楼昨夜又东风，故国不堪回首月明中"。三个人在原来的喝茶处落座。周边轰轰烈烈的生命仍在兀自地勃勃生机着，与身边人的肃穆形成强烈的反差。恰好对比出内心的肃杀和寂静。静穆间，一片还很有生命的湿润的梧桐叶飘飘悠悠地落下来，像送行般，落到漪纹乳白色麻纱西服的肩头，使漪纹看上去，宛如一幅"断肠人在天涯"的国画。世恩知道，他们这一次离别，再见时已不知是何年何月。本来就有一种离情别意使他对南行不存乐观，临走时漪纹的祸起萧墙，更使他觉得这一去凶多吉少，他真的感觉去留两难。

漪纹好像一尊大地之母的塑像般端坐在藤椅上，她的脸在周围绿色环境的衬托下显得更加苍白。世恩问漪纹："今后打算怎么办？是不是可以先和我们去香港散散心？"

漪纹笑了笑，她的嘴唇已经很干，嘴唇上面还起了薄薄的一层皮。世恩看在眼里，不知该用什么样的方式去劝说漪纹，漪纹是不用劝的，自始至终，漪纹都保持着相当的冷静，让世恩连劝说的话都没有机会说。世恩看见漪纹舔了舔干枯的嘴唇，连忙叫冬儿去烧水，把茶水端来。漪纹无力地摆摆手，自言自语地说："不用了。我应该习惯一个人的生活，虽然实际上一直就是一个人的生活。"

停了一会儿，她又像在安慰世恩似的说："这样也好，早就该自食其力了。我已经与怡合洋行签好了和约，在那里先去上班看看，翻译些资料。"

世恩听到漪纹这样说，心都快碎了。他突然握住漪纹的手，颤抖着问她："漪纹，你就说一个字，让我走还是不走。就一个字，我会留下来的。"

漪纹连忙抽回手，责备地看了世恩一眼，说："别乱想。你的任务是照顾好冬儿和你自己，我这里自然会好起来。"这时，冬儿已经把茶具拿了过来，听到了漪纹后面的一句话，居然也与世恩商量好了一样对表姐说："姐姐，我留下来陪你吧，让世恩一个人先走。"漪纹一听真的急了，抓住冬儿的手，嘱咐道："答应我，冬儿，要好好听世恩的话。你们先去香港把家安定下来，我也就等于在香港有了一个自己的家。等这面的事情完全处理完了，我再去也不迟。再说，我已经聘请了律师，看能不能把事情挽回过来。"停了停，漪纹又自言自语地说："其实，我早就知道有这么一天的。我已经做好了心理准备。一个人，不是注定要来到世上享福的，所有的人，都有他自己的劫数。不是这个就是那个。还原成普通的人，自食其力，这本来就是一种正常的生活。"

　　世恩看着说这话的漪纹，一点也不能相信这就是他所认识的漪纹小姐，那个公主般的黄家大小姐在转眼间就回到了人间，回到了平民的中间。世恩的心里感慨万千，他才知道，所有的东西，都是可以在瞬间消失的。他相信，漪纹的想法正与一年前他的想法是一样的，她也对眼前的这座城市没有信心，因为看不到这座城市的终结。正因为此，世恩便改变了主意，他觉得也许在香港能够找到一条生路，那时，他将尽快把漪纹接过去。只是，他在心里默默地祈祷，替漪纹，希望她能平静地度过这一段非常时期的日子，只要能坚持到世恩他们在香港安顿下来，只要有明天，一切就都好办。漪纹，是世恩也负责一辈子的。

　　听到漪纹对自己的安排胸有成竹，世恩也就多少有些放心了，他和冬儿也不好再坚持什么。现在，浙江老家已经断了音信，上海也就只有漪纹留守了。也许是漪纹说的对，他们先去香港发展，或许真的还有什么转机也说不定。当下，三人商定，一定要互相保持联系，一定要自己多多保重。世恩甚至对漪纹说，如果生活需要的话，房子就是卖了也可以。人是活的，房子是死的。只要有人在，房子就会在。

夜幕降临了，但三人还是依依不舍。漪纹提议，为给世恩和冬儿送行，他们一起去刚刚落成不久的国际饭店吃饭。她请客。

当下，漪纹自己把劳斯莱斯车开出来，自己驾车，带世恩和冬儿去远东饭店吃西餐。也午是最后一次开这部车了，明天就有人来把车提走，漪纹用它抵偿了一些债务。

国际饭店号称远东最高大厦，也是世恩对那个所谓的现代建筑风格中比较欣赏的一种大厦。在国际大厦落成的时候，漪纹曾经和世恩一起去过，世恩也是看了国际饭店的内部设计后，才认为现代建筑风格确有动人之处。他给漪纹讲了这座大厦的设计师邬达克的发家史。也就是在这次典礼上，漪纹就与世恩说过，有机会要带世恩和冬儿一起来吃西餐。没有想到，这一次的聚餐竟是最后的晚餐，世恩觉得这个玩笑开的太大了。

漪纹的晚餐几乎没有吃东西。她只是不停地喝着法国香槟。世恩觉得香槟不会伤人，也知道漪纹心里难过，就索性让她多喝一些。没有想到，人在心里有事情的时候，任何酒都是火捻子，会把心中的苦酒熊熊燃烧起来。漪纹显然是用法国香槟点燃了心中的酒，但即使是这样，漪纹也没有失态，她只是不劝世恩，也不劝冬儿，只是自己默默地喝着。整个晚餐间，漪纹几乎很少说话，倒是冬儿难过的只顾自己抹眼泪。世恩一手握着冬儿，一手握着漪纹，两个女人，都与他息息相关，他却也只能如斯。

回家的路上，还是漪纹开车。世恩是第一次坐漪纹开的车，也是最后一次。就是在英国，世恩也没有见过像漪纹这样飙车的。她一发动汽车，还没等世恩和冬儿坐稳，就急速向前驶去。开始时，世恩很紧张，紧紧搂着冬儿，想要告诫漪纹。但他马上就理解了漪纹的心情，而且，在他的心里，也突然腾起了一个念头，也许，这也是一种最好的结果吧。这样想着，他便紧闭起双眼，心下反而格外平静。是自从漪纹出事以来第一次这样平静。他平静地等待着一切可能发生的事情。然而什么事情都没有发生。

除了已经发生的。或者说，你想发生的事情永远也不会发生，而你不想发生的事情总是在你没有准备的时候发生，这就是生活的真相。

他们都没有想到漪纹的车技这样好。等到了家时，只见漪纹笑着从驾驶座上下来，问世恩："吓坏了吧。我心中有数，最后一次开父亲送的车，我要把我最好的车技拿出来。我和紫薇在英国时学过赛车呢。"世恩看着漪纹还带着酒晕的脸，知道漪纹已经超越过刚刚过去的那一幕了。他觉得他已经彻底放心了，明天真的可以起程了。

九月最后的一个礼拜日，世恩携冬儿乘坐"克利夫兰总统号"邮轮离沪赴港。这是公司英国老板给世恩的一次小小优惠，因为他是以公司代办的身份赴港建立分公司，名副其实的二老板。除了公司送行人员外，世恩和冬儿的惟一亲友就是漪纹。漪纹仍旧开着她的劳斯莱斯轿车送他们到码头，轿车的主人连车也不要了，只要现金。

漪纹对冬儿说，这是因为他觉得你们走没有人送，才给了我这个机会。在路上，她不说一句话，很专注地开车，与头一天晚上的飙车形同两人。漪纹今天打扮得很讲究，就连世恩结婚她当主婚人时也没有穿得这么鲜艳。一袭柠檬黄波斯缎旗袍，肩上搭着闪银光的白真丝披肩，流苏在胸前随风晃着，配合着镶有硕大珍珠的金丝耳坠，给人以眼花缭乱之感。倒是挽成云髻般的乌发，仍旧保持了昔日女王般的神采。世恩是第一次看到漪纹穿别的颜色的衣服。

第一声轮船鸣笛过后，送客的人纷纷开始下船。漪纹一直站在一边与冬儿谈到香港的注意事项，并没理会这一边与送行人穷于应付的世恩。直到送客的人走完，世恩也催促漪纹应该下船时，漪纹才走到世恩面前。她静静地望着世恩，褐色的眼睛里透出湖水般的清澈。就像当年在曼彻斯特他们初次一起跳舞时的情景一样。世恩禁不住双手搭在漪纹的肩头，真想对她说出从一认识她就想说出的那三个字。他只能不说，冬儿在旁边，漪纹也纯情地望着他。他不由得紧紧握着漪纹的双肩，真想让这圆润如玉的肩头溶化在他的手心中，让他小心地握着它们，一直保护在他的身边，带到香港，带到天涯海角的任何地方。

漪纹笑笑，低头从手包里取出沉甸甸的一包东西，拿下世恩的一只手，郑重地将包放在他手心上，说："这是我送你和冬儿的安家费，本应好好地替你们安置一下的，现在只能先将就一些了。"

世恩本能地要拒绝，漪纹伸出一根手指竖在嘴边："不要推却，你们好自为之吧。也许黄氏家族要靠你们重振家业呢。不要担心我，我不像我的那些兄长们，自食其力的本领还是有的。"

世恩接过纸包，手心触到的是硬硬的一个长条。他知道，这是金条，是黄家送人厚礼的习惯，这习惯也许因袭了黄老太爷清朝豪门的大礼。他出国的时候，黄家老太爷就曾经送过他一包，现在，漪纹依然延续了黄家的习惯。只是漪纹在这样的时候以此厚礼待之，令世恩心中百感交集。他半天没有说话，只任冬儿抱着漪纹哭泣，直到船上的侍应者来催漪纹下船时，才拉着漪纹的手，对她说："斯世当以同怀视之"。

"克利夫兰总统号"邮轮鸣响最后一声汽笛，缓缓驶出了吴淞口，世恩与冬儿站在船舷旁向岸上的送行者频频招手。漪纹立在她的黑色的劳斯莱斯轿车旁，没有表情，没有招手，只是静静地看着轮船一点点驶远，任江风将她银白色披肩吹落到地。

这一年，漪纹和世恩都是三十四岁，人生最繁华的岁月。在漪纹与世恩分手的第二年，中国爆发了闻名世界的抗日战争，上海被称为"孤岛"。

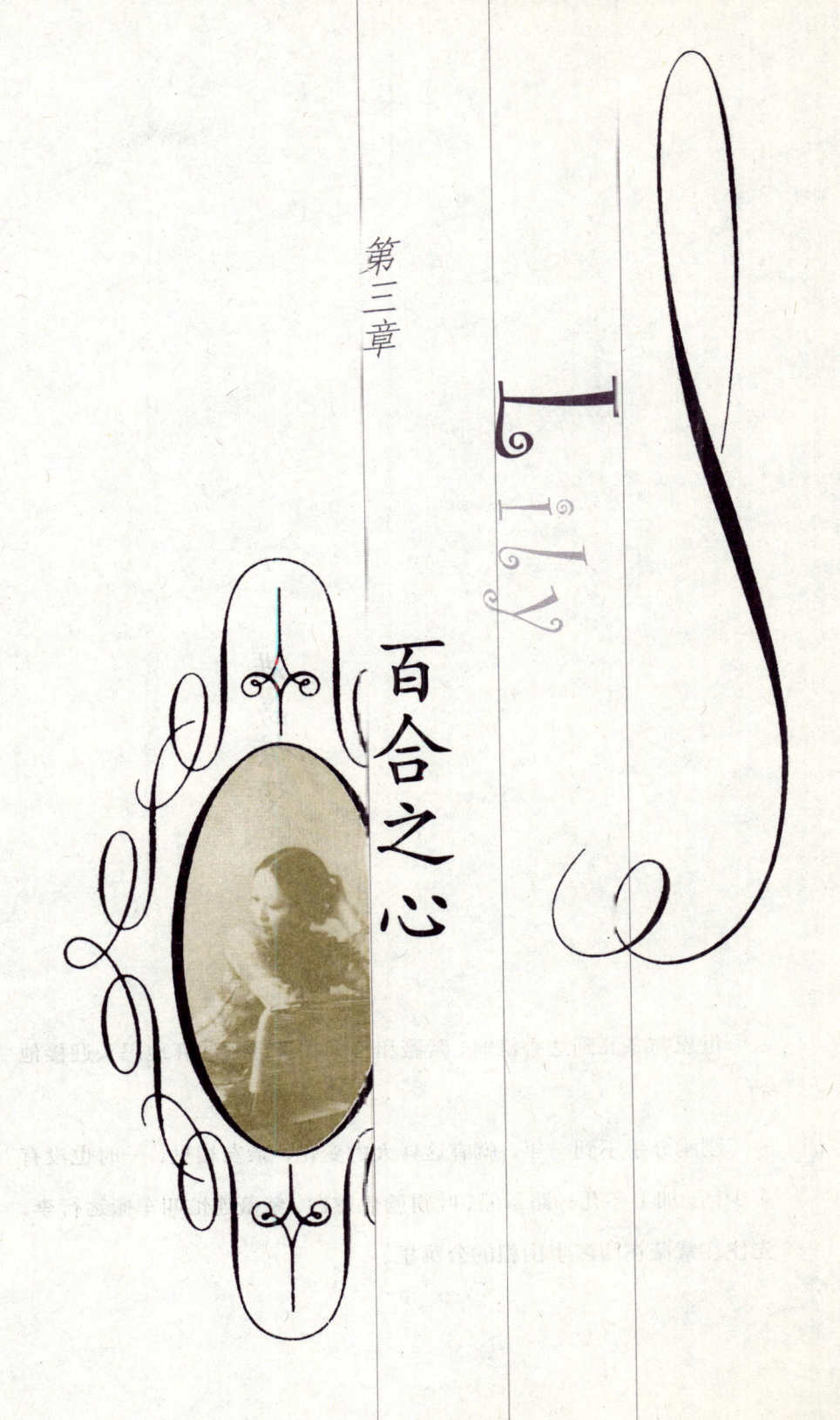

第三章

Lily

百合之心

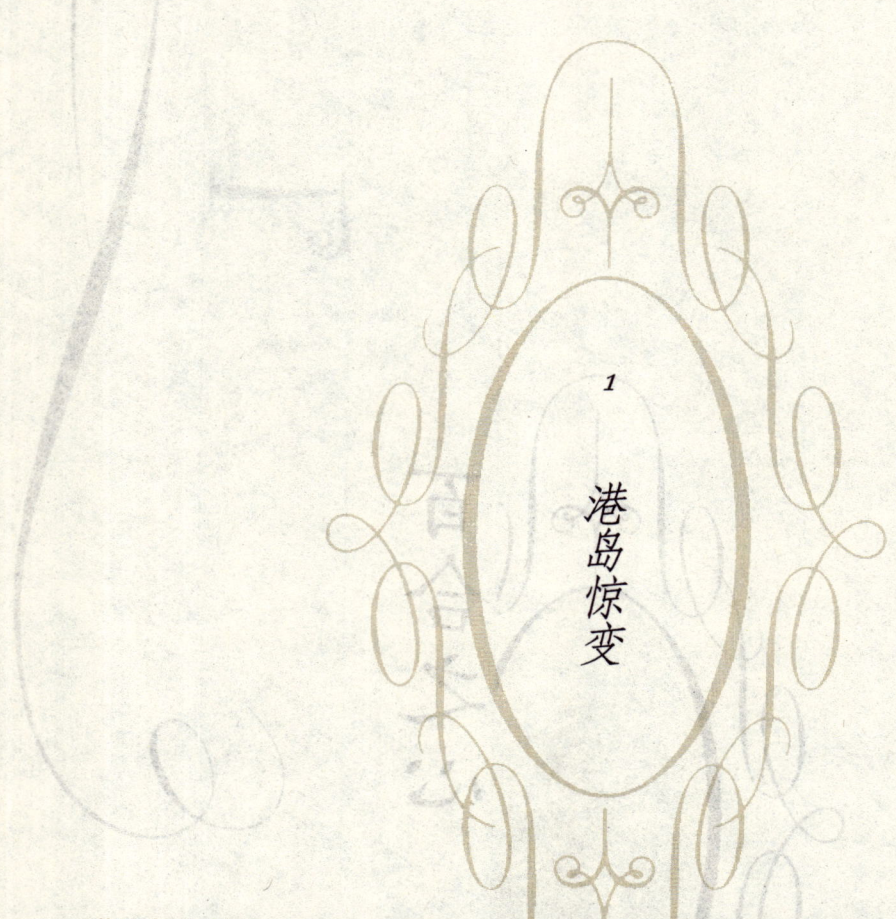

1

港岛惊变

　　世恩与冬儿到达香港时，紫薇和徐劻在香港的油麻地码头迎接他们。

　　刚刚分手不到一年，就有这样大的变化，亲友相见，一时也没有多少话。加上冬儿一路晕船，吐得脸色煞白，紫薇连忙叫车搬运行李，先住在紫薇在西区半山租的公寓里。

西区半山的学士台，是一个文化人聚集之地，尤其是从上海来的文化人，大家来到香港本来就地生，于是喜欢熟人挤在一起图个热闹。徐勖在上海一起搞绘画的同学也来到了香港，于是便引见他们在一起租了一套房子来住。有人戏称这是"香港的拉丁区"。徐勖一进这个拉丁区就马上被同化了，应该说又回归了。本来他做箱包生意就是一种替代，替代他没有着落的事业和感情。现在，他和紫薇在他的搞艺术的朋友当中俨然是有钱的人，自然就又回归艺术，过起了艺术家的放浪不羁的生活。

　　"薇薇箱包"商号实际上只是紫薇一人在做。紫薇到了香港不久就去找她的父亲，她发现她的父亲实际上已经是一个废人了。那个让他父亲从此就一蹶不振的女人这时便显了原形，除了去歌舞会鬼混，基本上不在家。父亲不仅不能帮紫薇的忙，紫薇还要救济一下这个昔日的"丝绸大王"。

　　刚来香港的时候，紫薇还对徐勖的赋诗做画很有兴趣，把箱包生意交给店里的小伙计后就与徐勖一起做艺术家。但没有几天，紫薇就发现，这些艺术家除了清谈没有别的把戏，不好玩。清谈有什么用，清谈还主要花费她和徐勖挣来的辛苦钱。而她现在不光要做生意赚钱提供他们在香港的花销，她甚至还要再赚一些钱给她的父亲买药。她与徐勖之间便产生了矛盾。正在这时，上海的漪纹发生了债券被人欺骗的事情，紫薇就更对徐勖不问箱包的生意有意见了。而香港本来就是一个物品发散地，这里什么样的商品都有。再加上这里的天气潮热，太太小姐们多用丝缎绣制的手袋，或者是欧洲的布艺手袋，薇薇牌小牛皮箱包在这里就像石沉大海一样，没有一点回响。紫薇眼看着手上的资本在一点一点消失，而上海又没有了根基，便更加心情不好，扬言徐勘如果再不过问生意，她就要与她分道扬镳。世恩正是在这个时候来到了香港。

徐勘在香港见了老朋友自然十分高兴，希望老朋友如果不嫌弃就在学士台住下，大家也有共同的话题。世恩刚到香港自然是听从他们的安排，但他在心里自然有数，既然是来香港办公司，当然是不能住在半山。但看见冬儿身体实在太虚弱，只有先在这里安置下来再议了。

此时的香港，由于社会相对稳定，吸引了不少移民前来香港发展。从表面上看，由于移民的大量引入，使得香港的经济发展前所未有的繁荣，但与当时已有国际大都市之称的上海来看，只能是中等规模。只是香港比较上海来说，局势比较稳定，所以资金开始向这个中等城市流入。实际上，在香港的建筑行业，外面的建筑公司还是很难在此拓展新业的。因为英资的控制多在大的城市规划上，一般有规模的建筑工程都是由英资投入，而一般的华人居住区域，还是以唐楼建筑为主要特点。当时最为著名的胡文虎和胡文豹兄弟建造的虎豹别墅，是较有特色的"中国文艺复兴式"的建筑，而这样的中国式的建筑在当时也是屈指可数。普通的住宅也只是请个建筑设计师一般设计一下就行，更多的是造房者本身就可以简单解决建筑设计的问题。因为毕竟是刚刚开始兴起的经济繁荣，资金主要投入在煤气、电力、船舶、货运等方面。

这样，世恩在刚来香港的第一年，基本上没有开展新的业务，只是不停地到一些英资公司接洽房屋设计等业务。没有头绪。

徐勘在吟诗赋词了一段时间后，自然就收心了。在那个岁月，没

146

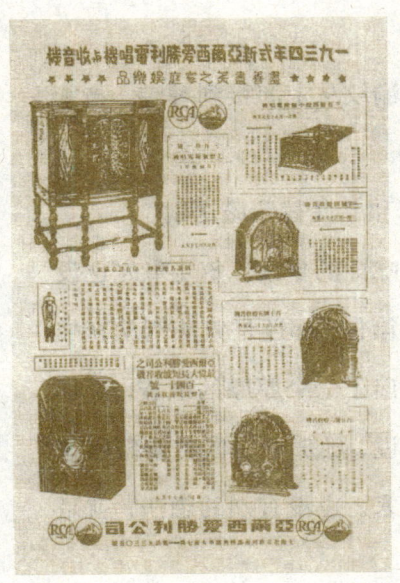

有超然出世的。没有战火，香港的周围，也到处都是战争的气氛。本来徐勖一个人与紫薇出来，心里还是有些不落忍，因为他的宁波的家也许久没有音信了。内地在他们出来后的第二年就爆发了抗日战争，通讯中断，家乡更是没有音讯了。紫薇在漪纹的事情发生后，精神上也一直不快，毕竟，漪纹最后的破产与她给漪纹介绍的经纪人有关。紫薇是一个表面上洒脱的人，实际上她的心思很重，正是因为心事重又好胜，才让她一直不停息地忙着本不该她过问的商事。上海的财产是一点都没有剩，连他们吴家的财产也没有了。本来出来发展香港的生意把所有的现金都带来了，可是一方面香港的箱包生意不好做，另一方面徐勖在香港成了一帮艺术家的财神，整整一年的时间，在香港的吃吃喝喝都花费徐勖的，让紫薇的资金所剩无几。紫薇没有办法，说服徐勖是没有希望的，毕竟他们有今天的创业也大半是靠了徐勖。于是紫薇又再一次去新加坡，希望手中还剩的皮货能在新加坡重整旧业，如果箱包的生意做的好，她就准备把漪纹从上海接到香港，与紫薇一起度过剩下的岁月。

所以，刚来没有几天，又变成了世恩和冬儿替紫薇送别。

送别的时候，冬儿做了一件让大家都吃惊的事情。冬儿事先也没有跟世恩说，便拿出了紫薇送她的一个小箱包，那还是紫薇刚从新加坡回上海时送给冬儿的。冬儿从箱包里拿出了一个厚厚的纸袋，说那是那几年紫薇送给冬儿买衣服的钱。冬儿说，她那个时候看紫薇姐花钱太没有谱了，就替紫薇把这些钱存了起来。也没有别的想法，就是想紫薇以后会用上的。

紫薇当然非常需要这笔钱，这笔钱当时不算什么，放到今天已经是不小的一笔了。紫薇感动得只是用力搂着冬儿说，好妹妹，有了这些钱，我一定会成功的。

徐勖在紫薇走后，便有所醒悟。他把身上的财产整理了一下，便与世恩商量，想做一点小生意，把资金盘回来后，再做大一些的。徐勖的一个优点是有自知之明。他知道自己是一个搞艺术的，在商业上没有优势。薇薇箱包商号的成功只是一个偶然，他从来就没有认真地在商业上动过头脑。那几年虽然生意上好像很火暴，实际上徐勖自己就没有底气，他知道自己的分量，清谈可以，真的动起心眼，他不是那些做生意人的对手。就连紫薇他也搞不过。但他对紫薇也没有什么信心，认为紫薇去新加坡的结局是还得回来。

徐勖这样一说，世恩也想做做试试。他所在的公和洋行在上海的总部也正在缩减，大部分资金都撤回了英国。而对香港这边，因为世恩的前期工作并没有多少开展，表面上还在维持着一个分号的名义，实际上除了很少的一点生活经费外，已经不再提供世恩行政费用了。世恩从到了香港就一直住在西区徐勘的公寓里，就是为了减少一些开支。他和徐勘仔细商量，经过实地考察，认为在香港没有大的资金和英人背景，很少能做大的产业，只有小的饮食服务等行业可以一点一点做。从上海来香港的许多人对香港的饮食不尽满意，香港岛以食海鲜为主，在点心上做的不如上海精细。于是，徐勘决定在油麻地码头开一个上海饼屋，他的点子是把寻常的点心，冠以中西合璧的名字，花色多一些，不怕没有人买。

主意打定后，他们就立刻开干起来。前期的投入好在不算多，徐勘和世恩剩下的积蓄还能操办一个不大的店面。冬儿开始也在帮助徐勘开店，她主要是在面板前做点心。她的那些浙江乡下的厨房小技术对付一饼屋完全足够，而徐勘负责店面的生意，给点心搞些花俏。而世恩则是充分发挥了他的设计优势，把一间仅100平米的店面，装扮成西式风格的饼屋。

没有想到，就像当年的箱包生意一样，这个上海饼屋的点子也一下打响了。

本来，在香港的外来移民就多，大家有各种口味，但对上海这个国际大都市的一切还是比较信赖。油麻地是香港的交通枢纽，各路人出入香港必得经过这里，到香港和出香港，手里拎一盒包装考究的香港产的上海西点，还是很排场的。加上徐勖的美工设计全部用在包装上，他把上海饼屋的所有点心都配以不同规格的包装，而包装盒都是深褐色加奶油色的点心样品图，又实惠又大方，很有大上海的洋气。一时间，香港的各咖啡店和食品店，都有这种包装的上海点心。后来，生意打开后，便雇佣了几个从上海来的女佣，每日只做一百盒糕点，每日只做一个品种，冬儿主要是做监工。这样，为了能吃到新出的核桃起酥、杏仁米糕、奶油气朦，有讲究的人家都是提前来预定。只要有预定，徐勖就指示将预定的糕点做的格外精细，让订户感到物有所值。就像吃上瘾了一样，凡是在上海饼屋订购过西点的，以后是除了上海饼屋的点心其他都不入口。生意做的还算红火，但毕竟是小本生意，也仅够徐勖个人的花销，冬儿坚决不要薪水，她说是世恩的朋友，只是帮忙而已。再说，他们也一直住着徐勖的屋子。

紫薇去了新加坡后就再也没有消息。徐勖的宁波老家也没有消息。世恩在坚持了半年后，不得不到别的设计公司打零工，有设计就做，没有设计就接手几单货运公司的货单翻译。有时世恩跟冬儿开玩笑，说当时觉得漪纹去给怡合洋行做翻译是委屈了漪纹，现在才知道，能当上一名专职的翻译，也是很不容易的。

说到漪纹，他们就很担心。

在世恩与冬儿来到香港的第二年，日军就占领了上海。之前，他们通过两封信，知道漪纹眼下在怡合洋行做翻译还比较平稳，因为黄家小楼的买主乔治先生对漪纹也很仗义，目前也没有让漪纹搬走，漪纹还暂时住在原处。紫薇开始还坚持让漪纹来香港，后来就再也没有了上海的消息。

再后来，就听说了日军在上海轰炸，许多房屋被炸毁，漪纹也就下落不明。紫薇去了新加坡后，徐勖和世恩就忙着开办上海饼屋。待到一切都已经安定下来时，才发现，他们已经与漪纹失去了联系。

其实，在世恩的心里，几乎每时每刻都在惦念着漪纹。漪纹的情绪，漪纹的身体，包括漪纹的情调。世恩本来就是一个内向的人，冬儿的安静就更使世恩的思维完全活跃在一个没有外界参与的世界中。倒是冬儿善良，时不时也提到漪纹，因为她在心里也惦记着漪纹。她对世恩说，漪纹表姐是黄家的一个骄傲。在她不同母亲的近十个兄妹中，她的父亲是最疼爱她的，因为她从小就很聪明，据说她在三岁的时候已经背过了唐诗三百首，五岁的时候已经会做格律诗了。但他的父亲并不喜欢她涉略太多的文学，认为女孩子学太多的文学多半命运不好。便从小就给漪纹请专门的老师教英文。漪纹的英文好到她还没有留学就能在上海替父亲当翻译。紫薇就是知道漪纹的英语好以后便动了出国留学的念头。但是，据黄家老太爷也就是冬儿的爷爷说，漪纹出生时给她批过八字，说她的命运是嫦娥守月、清淡一生。所以，漪纹的父亲才格外疼爱漪纹，大概就是因为受了这个八字的影响吧。冬儿说，小时候，她们在乡下的女孩子都可羡慕漪纹了，漪纹就像是她们心目中的女神，她们都认为能像漪纹表姐那样周游世界又满腹经纶是最令人向往的。

世恩心里想，漪纹实际上是生不逢时，如果没有这些动乱，她一定生活得像一个女王。可是，就是女王又会怎么样呢？在世恩的私心里，漪纹最好就是他一个人的女王。有时他想，如果，如果他和漪纹能在一起生活的话，会是什么样的情景。他大概会就这样傻傻地盯着她，他无法想象漪纹会像别的家庭主妇一样会做寻常的家务事情。可是，如果两个人一起生活只是傻傻地看着的话，那不是更傻吗？

有一天，徐勘却让世恩大吃一惊。

那一天，冬儿因为身体不适，早早地回到公寓，但又不放心徐勘一个人在店里忙，就让世恩早些过去帮一下忙。

世恩来到上海饼屋的时候，徐勘正一个人在一边埋头做画。世恩悄悄地走近他，想看看这位仁兄几年不动笔，现在动笔都画些什么。说实话，徐勘和世恩都是爱丁堡大学的同学，虽然不是一个专业，但在英国的时候，两个人应该是最亲近的朋友。可能是世恩的原因，世恩居然从来就没有见过他的这位同学画过画。他能够和徐勘一直坚持着朋友的来往，一是因了紫薇和漪纹的原因，也有一半恰好是因了他们这种等距离外交的友谊。用徐勘的话来说，就是君子之交淡如水。

徐勘在画一个女性的肖像。这让世恩想起了在漪纹卧室看见的那张肖像。世恩走过去一看，大吃一惊，徐勘画的居然就是漪纹卧室的那张画。

徐勘看见是世恩来了，表情有些尴尬。

世恩当然很坦然，但仍旧有些好奇，问徐勘："你什么时候替漪纹画过这张画，而且，这画你记得这样熟？"

徐勘想了想，干脆把画塞到世恩面前，问世恩："你看我画的神情像不像。"

说着，徐勘便走到一边，手法娴熟地为世恩磨咖啡。世恩知道，他的这个手艺是紫薇调教出来的。紫薇喝咖啡一定是要现研磨的咖啡。徐勘本是一个生活懒散的人，但没有想到，与紫薇相处久了，居然也能把一种情调养成了习惯。

世恩看着手中这幅漪纹的肖像画，心里却是困惑之极。因为是铅笔素描，当然是比不上漪纹卧室的那一张油画。但在神情上，绝对是漪纹的神情，也就是世恩最难以忘怀的那种"漪纹情调"。世恩知道，这里面一定会有一段故事，但他不能相信的是，故事的男主角会是徐勘。

徐勘何许人？他是与紫薇一样有着多血质性格的多变的人。他是一个喜好夸夸其谈甚过所有的事业的人。他和那个矜持的理想之女神漪纹绝对不是一路人。

徐勘已经把咖啡磨好，咖啡的浓香已经很诱人了。世恩抬起头，对徐勘笑笑："这里面一定有一个神圣的秘密。"

徐勘叹了一口气，说："我本来是要把这秘密一个人带到坟墓里去的。可是，我没有想到，距离越远，思念越深。"

世恩虽然已经朦朦胧胧有所感觉，但徐勘一张口，还是让他吃惊不小。他知道徐勘的性格，那样一个性格外向的人，能够独自守住一个秘密，那一定是一个比天还大的秘密了。他能这样讲，那决不是一般的故事。

徐勘就像在回忆一段历史一样，给他讲了他对漪纹的一段谁也不知的故事。这个故事的主角只有一个，就是徐勘一人自编自导的。这个故事的情节你绝对不会想到，徐勘与紫薇的走近，竟然是为了漪纹。

其实，徐勘和世恩一样，是见到漪纹的第一面就为漪纹深深倾倒。

因为徐勖已经是完过婚的人，在他放浪不羁的外壳下，实际上有最传统、最古典的感情。漪纹的外形，是他做雕塑专业最欣赏的一种形象，线条清晰，表情刚毅，曲线优美，气韵脱俗。徐勖说，他见过外国模特和中国模特多少人，但都没有像漪纹这样让他震动。但他是这样的人，越是想要的东西，他越是掩埋在心底深处，而在表面上，他的表现则是更加的不在乎。他知道，漪纹是高傲的，他不能惊动她。再说，他真的还想不出他能用什么办法来接近漪纹。他看见漪纹就停住了呼吸，就思维混乱，就没有了章法。他就像一个小孩子一样，为了要引起大人的注意，便从另一个方面来做动作。这个动作就是以出格的做法引起漪纹的注意，与紫薇亲近，是为了达到与漪纹接近的目的。

徐勖这样说时，自己就摇摇头。他承认，这是对紫薇最大的伤害。所以，为了报答紫薇使他接近了他的心中的偶像，他想尽一切办法来取悦紫薇。结果是，他和紫薇越走越近，弄假成真，他干脆就远离了漪纹。

漪纹卧室的那幅画，是他在给漪纹和紫薇照完像后，留下了照片，给两人一人画了一张。实际上，徐勖只是为了画漪纹一个人的。徐勖低着头，完全沉浸在对往事的回忆中。他对世恩说："真是奇怪，自从我见到了漪纹小姐，我觉得我的心就没有了。我一天没有见到漪纹，我一天活着是一具僵尸。我活着的目的，就是为了要看到漪纹。在英国时，我想见到漪纹，就必须要和紫薇接近。回到上海，想见到漪纹，还是要与紫薇在一起。后来到了新加坡，为了能让紫薇早日想回到上海，我干脆改行做了生意，也是为了尽快回到上海去见漪纹。"

停了一下，徐勖抬头看看世恩，世恩还是一脸的惊诧，他觉得简直是不可思议。他从来就没有想到，也无法理解，徐勖会这样深深爱着漪纹，更没有想到，也不敢相信，为了爱漪纹，徐勖竟然会本末倒置地去追求紫薇。

世恩好奇地问："那漪纹知道这件事情吗？"

徐勖摇摇头。世恩怎么也不会想到，一个从外表上看上去是外向多变的人，一旦动起了感情，竟然会隐藏的这样深。人真是不可貌相，也不可简单地评价一个人。徐勖替世恩又倒上一杯咖啡，有些伤感的说："要是漪纹真的不知道，我的心里也许会好受些。但漪纹怎么能不知道。我给她那幅油画的时候，她就对着油画沉默了半天。我在油画中的意思她都明白，她就是那个风中的女人，一个谁也不属于的女人。我给紫薇画的是她在一片玫瑰中微笑的神态。漪纹说，要我对得起紫薇，她就可以接受这幅画。我还能说什么"。

世恩这才明白，为什么徐勖到了香港整日饮酒赋诗，全是因为他知道有震撼力的。感动的是，如徐勖这般玩世的人，却对爱情有着圣徒一样的虔诚，只能让人惊叹爱情的力量。

这一天谈的事情太多，让世恩一时都还消化不了。世恩对徐勖的表白无法发表意见，只能礼貌似的说一句："做到这样，你已经很不容易了。"

徐勖笑了，哲人一般地说："比较面对爱情却只有选择放弃来说，没有什么不容易的。我对漪纹，就好比她是大英博物馆里我们祖先最好的瓷器，我买不起它，也保存不好它，只要它还存在在博物馆一天，我就可以随时去欣赏它，去关爱它。"

世恩这才认识到，徐勖是真的动了感情的。这种感情的表达和保存方式是世恩从来没有想到的。联想到自己对漪纹的情感，世恩便觉得与徐勖有异曲同工之处。只是因为冬儿的关系，他们之间比徐勖他们却是更近了一些。

想起了冬儿，世恩觉得应该回去了。这几天冬儿的身体不太舒服，也不知是因为太劳累还是因为想家心切。冬儿从来没有出过远门，她从桐庐一出来就在上海安下家，没几天，就又到了香港，她的生活转换得太快，她自己几次对世恩说，也许她是结婚太早了，因为她自己觉得还没有长大，时常要想起桐庐乡下的女友。当然，冬儿说这话的时候是带着一些开自己玩笑的意思，世恩知道冬儿实在是想念家乡，也想念漪纹。她对徐勖办的上海饼屋充满了信心，主要就是想通过这个饼屋，能实现他们的愿望，让经济好一些，好把漪纹表姐接出来。漪纹临走送她的金条她都是妥善保存好的，她对世恩说过，这些金条不到万不得已是坚决不能用的，这些金条一定要给漪纹姐留着。

漪纹啊漪纹，世恩在心里念叨着，可见漪纹不是平常之辈，有这样多的亲友都在心里惦念着她，也是她做人的造化。

世恩赶紧告辞了徐勖，回到家中。冬儿已经从床上起身了。她正在阳台上休息。世恩进去的时候，冬儿正在远眺着山峦的远处，陷入了沉思。

世恩轻轻走上前，用手试了试她的体温，还是有些微微发热。不知为什么，世恩觉得今天见了冬儿感到特别心痛。也许是听了徐勖的"传奇"，在心底深处觉得有些对不起冬儿，实在地说，冬儿没有错，漪纹也没有错，错就错在两个男人的感情用错了地方。

他把冬儿扶到他们住的卧室，冬儿却抱着世恩偷偷哭起来。世恩一看就急了，连忙问冬儿发生了什么事情，是不是有什么委屈。冬儿看世恩急得话都讲的有些磕巴了，竟破涕为笑了。她把头埋在世恩的怀里，悄悄地说："我们就要有一个宝宝了。"

这可是一件天大的事情。

世恩从来没有想到冬儿怀孕的事情。说起来也怪，世恩一直是把冬儿当成小妹妹来对待的。当初娶回冬儿，他也下过决心，这一辈子不会亏待冬儿，要把她当成自己的小妹来照顾，但他从来就没有想过冬儿也是可以做母亲的。

这件事情既突然却也有些令人兴奋。在这样一个兵荒马乱的时刻，冬儿居然还会给他带来一个意外，的确是意外。虽然太意外了，但却给人带来了一种活下去的勇气。

这一晚，世恩几乎就没有合眼，这一天他知道的事情实在太多，太集中了，他的思绪好像是完全没有了章法，一会想到徐勘，一会想到漪纹，一会又想到了紫薇。当然，更多的是想着冬儿，尽管她就在眼前，她在睡梦中还微笑着，她简直还是一个少女的样子。可是，她就要给他们林家生儿育女了。对从小就没有家庭概念的世恩来说，家，在冬儿的变化中，也有了最具体的概念。

可是，以后呢？

2

艰难维生

　　随着上海的沦陷，从上海来香港的移民越来越多，但奇怪的是，他们却一直得不到漪纹的消息。最初去几封信漪纹才能回一封，从信封上的邮戳看，一封信有时要走小半年。再后来就再也没有了漪纹的消息。就是漪纹的大哥最后病死在香港，他们也没有及时通知漪纹，只有代替漪纹给大哥料理了后事。倒是紫薇还有信来，她情况也不太好。

新加坡的局势也不稳定，人们在这个时候喜欢的不是奢侈的箱包，而是实用的生活用品。尤其是西药格外抢手。紫薇先是在新加坡替父亲买过药，了解了新加坡的药其实比香港还贵。后来父亲也去世了，紫薇手上还有一点药，就想改做这一行，来信征求过徐勘的意见。

徐勘根本就不能有什么意见。他拿着紫薇的信对世恩笑着，说，你看我们是不是越走越远了。世恩不知道他说这话的准确的含义是指紫薇与他越走越远，还是指他们两个离理想中的关系是越走越远。总之，世恩真的不懂徐勘了。世恩只有看看紫薇的信听徐勘的打算。

徐勘这个人，世恩有一点算是把握住了，他只要是自己心里有想法，是决不会放弃的。他还蛮喜欢徐勘的这个个性，觉得在这方面，他自己还真不如徐勘。

冬儿怀孕后就不再去上海饼屋帮忙了。徐勘也从上海新近来的移民中找到两个略微年轻一些的家嫂，在饼屋帮助做点心。说来也怪，最不喜欢做生意的徐勘，是做什么成什么。很有生意运。上海饼屋随着上海移民的增多也越来越兴旺，每天一早，就有人在油麻地的饼屋门口排起了长队。

香港人是不论天下发生了什么事情，吃都是第一位的。而且丝毫都不能敷衍。这样，徐勘的饼屋真是越做越大，已经把周围的几家店铺都租下来，把饼屋扩大了几倍。本来还可以再开几家分店，但徐勘有个想法，就是永远要保持香港的老字号，不再增加店。他的理想就是，什么时候有足够的资产了，他就去新加坡找紫薇，把紫薇带回来，再把漪纹接回来。他的心里，还是那些执着的念头。

世恩还是一边打着零工，一边照顾着冬儿。因为店铺的生意太忙，徐勖便在城里另租了一间房子，这里就完全是世恩他们住了。房间虽然不大，但因为一切都是现成的，住起来也很方便，只是进城略为远点，世恩来回上班就需要两三个小时。

漪纹虽然没有消息，但总给人一种踏实的感觉，因为漪纹的处世还有她的圆融之处。只是紫薇虽然有信来，但每一封信都给香港的亲人带来一些牵挂。徐勖给紫薇发过去的盘尼西林针剂紫薇没有收到，这个年头，人能够平安就不错了，那里还能继续邮件的正常。徐勖觉得不能再给紫薇邮寄这些珍贵的东西，不如他自己亲自去一趟。可是，正在发展的上海饼屋一时又找不到人来接替。冬儿已经不能再去店里帮忙了，她除了安心在家等待生育外，还利用时间给未出生的小宝宝编织小衣服，她说这样还能节省一些开支。而世恩就更是不能指望了。

说到底，徐勖有一天终于说话了，他说，说到底，这些人里面其实最没有生存能力的要数世恩了。徐勖说着还摇摇头，感叹着，说世恩是天生的贵人，不管什么时候，都不用为生计做牛做马。

世恩很不明白，说，自己现在不就是在为了生计做牛做马吗？

徐勖却说，你不用为额外的需求操心。

世恩想一想，觉得徐勖说的也对。他与他们最大的区别就是他的欲望不高，从来就没有远大的生活愿望。所以，任何时候，只要还能过活，他就觉得很安稳了。以他的建筑师的谋生本领，能够做到自给自足，还是很容易的。

问题是他越来越觉得做起来没有兴致。在香港做建筑，还不是建筑业的成熟的地方，虽然有许多的移民和国外的资本正在不断地进入香港，但真正想在香港保持百年的信心还不够。不如上海的气魄大。

所以，除了几间有外来资本投入香港的建筑业外，其他是小资本较多。小的资本就不讲究建筑美学了，大都是实用的建筑，规模也小，世恩最大的设计就是给已经设计好的民宅建筑图纸上再增加一些无关紧要的公共设施。世恩觉得自己是在做一个简单的画圆的动作。每天反复画的就是一个圆圈，不同的是有的画的大一些，有的画的小一些。而世恩所在的公和洋行也对到香港来没有了下文。当然，后来世恩才知道，他不过是总公司里的人事争夺的牺牲品罢了。但在当时，世恩是没有任何人给他指点的。

徐勘越是想走，店铺里的生意做的越好。他的店销已经发展成一个小型的糕点公司了。在香港很多外来移民都在搞船舶运输、电信建设等实业的时候，徐勘在一个人人都需要又很少有人能瞧上眼的糕点生意上占了鳌头，他不想做大都不行。后来的发展已经不是他所能控制的，他又开设了几个分号，分号又再开附设的分号，几乎香港的上海糕点都与徐勘有关。至少也是他那里学出来的伙计。于是，短短的时间里，他已经在香港最繁华的地段买下了几栋楼盘，加上兼做股票，世恩知道徐勘已经不是原来的徐勘了。徐勘辛苦是辛苦一些，但至少他在香港是站住脚了。

让徐勘最后吃亏的还是他的浪漫。

后来世恩也想不明白，明明徐勘所做的一切都是为了接近他心中的目标，可是事实上他是离他的目标越来越远。他当初做生意的目的不是赚钱，而是想通过赚钱让自己的生活能够按照他的心愿运转，至少像他做设计的，能够在漪纹的周围生活。但实际上他却离他的目标越来越远。他越来越像一个商人，这是他最不愿意的事情，却又一步一步地背道而驰。

徐勘的香港女人是一个唱粤曲的歌女。如果是出于应酬，徐勘出入那些歌舞厅，世恩都不觉为怪。可是，他把舞厅里唱粤曲的歌女带回家来，还给她赎了身，这就让世恩感到不解了。如果说徐勘给他讲了他对漪纹的感情，使得世恩对徐勘开始另眼看待的话，那么这次的与歌女有染则让世恩感到生气了。毕竟，徐勘是个受过教育的人，怎么能这样不注意自己的操守呢。而且，这样他怎么面对紫薇，更怎么面对漪纹，那个改变了他一生的人。

这个消息实际上还是紫薇的后母传出来的。紫薇的父亲去世的时候，世恩和徐勘到紫薇的灵堂上替紫薇尽孝。紫薇的后母已经在香港的一家歌舞厅做事，认出来徐勘原来就是常到她们歌舞厅的人。世恩这才知道了徐勘在城里另外租房的真相。世恩听了真的生气了，他这样做不仅是对紫薇的伤害，也是对漪纹的伤害。他干脆不再与徐勘来往，他只是对冬儿先吹吹风，说徐勘太忙于应酬，交友不慎，这样下去非出事不可。

冬儿不相信，她居然说徐勘是一个很重情的人，因此也将是一个很痛苦的人。世恩一惊，以为冬儿知道了什么。追问冬儿，冬儿却说，虽然徐勘对紫薇是那样百依百顺，但徐勘坚持不离开他乡下的女人，这就说明徐勘骨子里还是很传统的。别看徐勘对紫薇很浪漫，而实际上徐勘对紫薇完全是对一个女孩的态度，并不是对一个女人那样的疼爱。徐勘肯定有他中意的女人。世恩看着冬儿很成熟地谈着感情，心中不由得感到紧张起来。冬儿能解释出徐勘的情感，就很难说不会品味她和世恩的婚姻。

世恩不想与冬儿谈这敏感而又让人沉重的话题，便打断冬儿说："好了好了，你很懂，是研究感情的专家。还是研究研究我们家未来的不速之客吧。"冬儿抱着世恩的脖子说："我也知道你是很重感情的人。但你和徐勋不同，你是一个责任心很强的人。"世恩不由得追问起来，这有什么不同吗？

冬儿真像一个研究情感问题的专家一样说："当然是不一样了。人的感情是最容易变化的。不管什么样的感情都会有变化。包括对亲人的感情也会因为在不一样的年龄段上而起变化。但人是靠着这个责任才能拴住感情的。"停了一下，冬儿好像有些下决心的说，"其实，我知道，每个人都是有自己的梦的，但这并不影响他的生活。因为毕竟梦是一回事，生活是另一回事。"

冬儿这样一说，让世恩很吃惊。她真是不能让人小看的。都以为冬儿是一个很乖巧的女孩，谁也没有想到冬儿也是一个有着自己的想法的女性。这让世恩有好几天都在惊奇，不知道这个就在他身边长大的女孩思想里到底想着什么。

徐勋越来越闹腾了，他把自己的糕点公司完全交给别人去打理，自己则每天与歌女两个搭台演戏。为歌女做专场演出，完全是捧红歌女。等到歌女确实红透香港的时候，他的公司却已经完全被他的下属控制了。

徐勋的死至今是一个谜。

就像一曲轰轰烈烈的交响乐正酣畅着喧嚣着，却突然被音乐指挥棒轻轻地一收，就一点没有声响地收走了。世恩刚刚还在听说徐勋搞的歌女堂会富丽堂皇的，就得到了徐勋在家中猝死的消息。警署经过了解知道世恩是徐勘的最亲近的"远房"亲友找上门时，世恩正在计划劝说徐勘找个时间去一次新加坡，怎么说也得对紫薇有一个说法。

徐勘的死据说是因为心脏病，因为在家中的现场没有任何其他的可疑之处。世恩是听说过那个与徐勘同居的歌女，却从来没有见过。警察方面也只是要世恩出具其家属的联系地址。世恩也并不知道他在宁波的家眷的联系方式，只得还是电报给紫薇，请她回来打点这些后事。其他的，便委托了一个律师做全权处理。

紫薇回到香港的时候已经是一个月以后了。

徐勘已经下葬，律师将徐勘名下的财产也登记成册，但紫薇也没有权力继承，因为她与徐勘并没有构成法律上的关系，而事实上的关系又只有那个歌女。那个被徐勘捧红了的歌女早已越洋散心去了，徐勘在旺角的几套公寓早已经有了过户的证明，都是歌女的财产。这一切都像是早已安排好的一样，到处都是可疑的地方，但你就是什么也抓不到。

世恩陪紫薇去徐勘的墓地时，听到紫薇这样对徐勘墓碑说："你真是没用，你的目地还没有实现呢，你怎么就先走了呢？"

听紫薇的口气，徐勘和紫薇是有约定的。但有什么约定，紫薇不说，世恩当然也不好问。但他隐隐感觉得到，紫薇是知道徐勘的感情秘密的。知道了徐勘感情的秘密，想必对世恩的内心世界也能够看透。世恩的性情是一个不愿意被人读透的人，倒不是内心深处有什么见不得人的事情，主要是他对人与人的沟通本身就没有多少兴趣。他从来就认为人是不需要沟通的，除了极个别的感情的需要，人是因为有别于他人才在这个世界上生存的，差别本身就是一种自然的现象。所以，世恩除了陪紫薇打点一些他们还有决定权的遗物外，他也不便对紫薇多讲徐劬后来的花边新闻。

一天晚上，他们三人坐在阳台上吃茶。世恩的儿子怀温此时已经三岁了，应该是最淘气的时候，但怀温却是像一个小姑娘一样地听话。紫薇就说这个孩子一定就是世恩小时候的样子，很小的年龄就像一个小大人一样喜欢帮助妈妈干活。而且还很有慈悲心。不管是谁来了，只要没有坐下，他都是很殷勤地让人入坐，好像他是杯家的一个小书童，专门伺候来客坐好座位的。但只有一样是比较执拗的，这就是每天晚上睡觉前，必须要妈妈讲一个故事。不讲一个故事，他就不能入睡。这样，哄怀温的任务自然就是冬儿的。等到把怀温哄睡着了后，冬儿便让世恩和紫薇坐在阳台上等她一下，她自己到了储藏室，捧出了一个分量不轻的铁盒。

冬儿先是对世恩笑了笑，说："你别怪我没有对你说，因为徐劬说的，这个要等他出事后紫薇来了才给她的。我哪里知道就真的出事了。"

看来徐劬对自己清醒得很，他似乎就知道自己这样会有意外。他是在糕点公司成立后不久就来找冬儿的。他对冬儿说，看来他一时也去不了新加坡，而紫薇也不知在那里怎么样。他把这个铁盒寄存到冬儿这里，谁也不要告诉。等到如果他有什么意外的话，就交给紫薇。如果紫薇没有回来，有机会就交给漪纹。冬儿问他有什么危险，如果有危险就不要做了。徐劬就笑了，说："哪里就有什么危险，但做生意就得把后路留出来。说不定这是我自己救自己呢。"

紫薇没有回避世恩他们，当场就把铁盒打开。铁盒里面也没有什么东西，几张票据，还有一个更小的盒子，盒子里面是一把钥匙，钥匙的坠上有写明地址的标签。他们仔细研究了一下，发现这是在太平山的一栋别墅。别墅的房主写着的是紫薇和漪纹两人。紫薇看了看那几张票据，才知道，徐勘把这栋别墅的产权都签在了紫薇的名下。他真是一个有心人。

第二天，他们去了这栋位于半山的别墅。

这别墅的周围几乎都是一些当时在香港创业致富的商人。以徐勘糕点公司的财富，不可能有这样的财力，谁也不知道徐勘到底是用的什么方法买下了这座别墅。他们进了别墅，才发现，这栋别墅盖的和漪纹在上海的那栋洋房非常相像，也许就因为此，他才花巨资把它买下的。别墅的客厅的摆设，也酷似漪纹家。最醒目的是，客厅里的两张油画，分别是紫薇和漪纹的肖像画。漪纹的一张，世恩在漪纹的卧室里见过。而这一张，是紫薇的，倒是世恩第一次见，就是世恩最初见到紫薇的那个样子。那时的紫薇的确是漂亮，活泼，时髦，她和漪纹呈现出了一静一动的两种美。静的那张让人屏住呼吸，动的那张又让人热血沸腾。可以想见，画家在画这两幅画的时候，真是一种水与火的淬炼。

紫薇看了这两幅画，突然伏在画上痛哭起来。

看着紫薇伤心地痛哭，世恩和冬儿一时都不知该怎么劝才好。很显然的是，紫薇知道徐勘的真正的情感。看着紫薇哭的是那么伤心，真是不知道那样一个开朗活泼的人竟在心里还埋藏着一个深深的秘密，让人突生感慨。人都是不可轻易判断的，在人的心底深处，都埋藏着一个属于自己的秘密。

过了一会儿，紫薇停止了哭泣，她把自己的那幅画摘了下来，把手中的钥匙交给冬儿，对冬儿说，这栋房子还是等漪纹来了再用吧，我反正也不会待在香港。世恩觉得应该对紫薇有一个态度，便关切地问："你以后打算在哪里定居呢？"

紫薇苦笑一下，说："我反正是不想再回上海了。本来是想以后经济状况好些就在香港定居，可是现在——"，停顿了一下，紫薇又接着说："我暂时还在新加坡，那个城市虽然小，但有家的感觉。如果可能，以后大概会去美国。"

这样说着，紫薇的眼泪又浮出了眼眶。世恩走上前，拍拍紫薇的肩膀说："紫薇，只要你高兴，你在哪里都一样，我们终是你的亲友。如果不愿意在外面了，就回来，我们在哪里，都有你住的地方。"

紫薇含着泪点了点头。

紫薇把徐勖的遗物清点了一下，该扔的扔了，该送人的送人，她自己就带走了徐勖给她画的那幅画。

临走时，她低头对世恩说："我与徐勖的缘分实际上就是一幅画的缘分，再多也没有用。与十年前一样。"

世恩心里一算，可不是，算起来，他们在英国曼彻斯特见面，正好已是十年了。这十年间，他们本来素不相识，可就是曼彻斯特的一面，把他们四个人的命运联系到了一起。之间的因果联系，也很难清楚地说出子丑寅卯来。现在，四个人中已经有三个人今非昔比，而徐勖已经不在人世，真不知道世恩自己还会遇到什么。不过，世恩想，就是再遇到什么，都没有什么。比起漪纹和徐勖的遭遇，世恩觉得以后再遇到什么，都没有什么可以抱怨的。他愿意去经受磨难，如果他的磨难可以替代他的朋友的磨难的话。

紫薇临上船前，欲言又止。最后，她还是什么也没有说，带着属于自己和徐勖的秘密，绝尘而去。

事后，世恩总是和冬儿在一起猜测，徐勖和紫薇之间到底有一种什么样的默契，使两个人既是情侣又不是情侣的在一起近十年。而对徐勖的财产，他们也是越回想越猜不透，虽然香港这几年的经济正在一个上升的阶段，因为战争的缘故使得海外的华人纷纷回到香港发展企业。但大本才能赢大利。按照徐勖的这样小本的生意，可以小富，但不可能暴富。可是徐勖的财产完全是一种暴富的速度。这里肯定有一种难说的秘密。而这个秘密好像紫薇也知道一些。倒是那个歌女就像一夜之间蒸发了一样，再也见不到她的踪影了。

也许这个秘密会在未来的一天自然昭示的。世恩觉得经过了徐勖的一劫，他很有去意。他所在的洋行还是排挤华人，宁肯从英国高金聘来设计师，也不肯用华人设计师。英人的殖民色彩在香港更加突出，还不如在上海，起码有一个建筑大本营的感觉。

香港大轰炸的那天世恩一点准备都没有。

那一天，他同往常一样，到位于旺角的商行去上班。他实际上已经不再做设计工作，而是在一家船运公司做职员。其实也就是货单翻译。洋行里还有他的名字，但他基本上没有任何工作可做。他便自己做主，去了这家船运公司。香港城爆炸的刹那间，整个城市好像都死过去了。除了开始逃避的慌乱外，爆炸一响，真的就是末日到了。

世恩不知是出于什么目的，当听到爆炸声响的时候，他的心反而平静下来。平静得当周围的人都走光了时，他才发现，好像整个香港城只剩下了他和周围的爆炸声。人到这个时候，反而一切都变得简单多了，就是脑子里也想过冬儿和怀温，也只是轻轻地掠过。想的只是很简单的事情，爆炸停止的时候，怎么才能回到家中。想到了家，世恩自然就想到了徐勖在半山买的那栋别墅，如果炸弹恰好炸中了别墅，就等于炸掉了漪纹的全部希望。尽管漪纹并不知道这栋别墅的存在，但世恩却常想，这栋别墅也许会把漪纹从前的生活给苧回来。至少，它可以换回漪纹上海的洋楼。

他当然也惦记着冬儿和怀温，但这种惦记已经有了一种全然在心的惦记，不用挂念的，他是他身上的一部分，疼也是他的，爱也是他的，反而没有了揪心的挂念。倒是那栋替紫薇和漪纹看管的房子，却真是给人一种揪心的惦记。所以，等轰炸一停的时候，世恩先搭车去了半山，看那栋楼房还在。因为身上没有钥匙，只是远远地看上一眼，就往回赶了。回到西区的时候，冬儿和怀温都不在家，家里的一切都是井然有序的样子，这让世恩的心多少有些宽慰。不要紧，冬儿实际上是很有主见的女子。他想到在香港不安定的日子里能够坚持生活的平静，与冬儿平淡对待一切的态度有很大的关系。

没有电话，没有音信，世恩一下子掉进了时间和空间的真空里。他不知道冬儿在哪里，而最令他感到奇怪和不安的是，在这样万籁寂静的时候，他的心却好像满满的，而且，他居然对儿子和妻子并不担心。他先是被自己的这种麻木震惊，仔细翻阅内心，才略为放心。因为直觉告诉他，他们是不会出事的。既然不会出事，他也就没有必要徒劳无益地去奔走。虽然外面的空袭警报还在不断地报警，周围的港人在瞬间几乎都躲到了地底下去了。只有他一个人伴随着没有电的公寓，还有无线电不停地报告战况的新闻报道。

在这种特殊的时刻，他知道自己的内心实际上是安静的。从国外留学回来十几年了，一直没有时间和机会来整理自己的内心世界。现在，大段的时间就在身边流淌着，他从时间的流淌中看到自己的过去，当然也依稀能看到自己的将来。他发现，他在这个世界上实际上是一个很孤独的人，而且，不仅仅是他自己。很多人都是很孤独的，只不过有的人没有发现，有的人发现了又害怕这种孤独。徐勋和紫薇的奇特的情感经历给了他很大的触动，他明白，人对什么都是可以选择的，惟独对感情是不能选择的。他对漪纹的感情本以为会随着家庭的建立和距离的缩短减少而淡弱，可是到现在，这个感情不仅没有减弱反而更加浓烈了。他比任何时候都更加思念漪纹，思念那栋给他带来过宁静的小楼。他也思念紫薇和徐勋，他们的感情的扭曲和隐蔽让他对自己产生了自责。他怎么那么糊涂，居然与徐勋在一起了许久，竟然不知道徐勋对漪纹的感情，而且，还曾经对徐勋和紫薇的感情不以为然。

可是，等到回过头来再看自己这个天天生活的家时，却又发现，他对自己的家又是那么的陌生。冬儿是没有可以指责的，如果不是因为漪纹，如果不是冬儿的年龄比自己小了十岁，她是最适合自己的。她的安静和懂事，非常适合世恩与世无争的个性。但感情不是适合两个字就能解释的。他和漪纹，他和冬儿，就好像是永远不能交叉的两条平行线，彼此不能走近，却也不能走开。

等到空袭警报解除的时候，世恩这才发现，他的面前全是香烟头。他在什么时候买的烟，又是怎么学会的吸烟，竟然全然不知道。

香港战事后的第五天，冬儿和怀温回来了。他们果然什么事情都没有发生，他们是随着一辆公共汽车去了海边。世恩很惊奇地问冬儿，你们住在哪里。冬儿疲倦地一笑，说："也不知道是什么地方，反正大家都住在一起。连吃什么都忘记了，好像都是一些罐头"。怀温看见世恩烟缸里的烟头，连忙到妈妈那里报告，说："妈妈，你看，老爸想念我们抽了这么多的烟。"冬儿看见了那些烟头，便皱了皱眉，说："你就是抽这么多的烟也没有用。以后我们谁有事情都不要自己乱担心，这样大家都能放心。我就没有担心你，总觉得一切都会过去的。"

听了冬儿的话，世恩心里很吃惊，他真的感觉到他和冬儿在某些方面竟然有惊人的相似之处。一个轰轰烈烈的港岛大轰炸，在他们这里，仅仅是一个人生的小小的插曲，为此，他觉得从心里感到欣慰。他觉得，既然香港也是这样，还不如他们一起回上海算了，至少，他们还可以与漪纹相守。这是他抽了一烟缸香烟思考的结果。他把这个决定告诉冬儿时，冬儿竟然很惊喜，她高兴地说，在逃避轰炸的时候，她第一个想到的就是漪纹表姐，既然香港也不安全，还不如回去与表姐在一起。上海这么些年来一直就在孤岛当中，真是惦记着表姐。

这样议论着，全家不知不觉就度过了团聚的第一夜。第二天一早，世恩就到市里去看交通是否恢复。当然是不通的。不通也罢，他们就在这个时间清理徐勖的遗物和他们的行李，毕竟他们来香港这么些年，一直就是居住在徐勖当年来香港居住的地方。徐勖从上海来时的一些衣物还在这里。当然，最令他们感到难以处理的是徐勖留下来的那栋房子。虽然轰炸没有毁掉那栋房子，但因为毕竟来路不明，他们只好把房子钥匙和房契一并带回上海，交给漪纹处理，相信她会处理好这些的。毕竟，她仍旧是他们这支亲戚中最有房产经验的。

香港大轰炸后一个月，世恩和冬儿带着怀温，乘坐来香港时的邮轮，仍旧从水路回到香港。

这一去就是十年。这是当初他们谁也没有料到的。

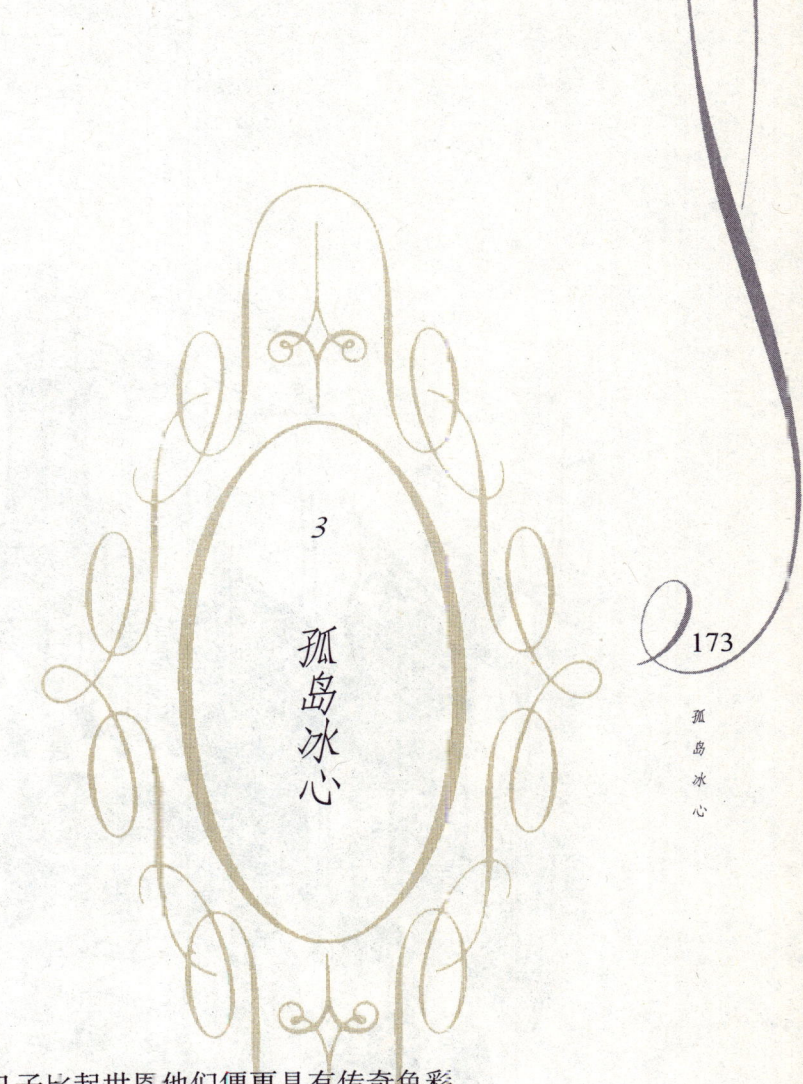

3

孤岛冰心

　　漪纹在上海的日子比起世恩他们便更具有传奇色彩。

　　送走世恩的第二年，"卢沟桥事变"不久，日本侵略军又策划了上
海虹桥机场事件。

　　八月九日，虹桥机场事件后，日军在上海调集了约三十艘军舰，大
批日军登陆修筑工事，蓄意对中国军队发动进攻。八月十三日晨，日

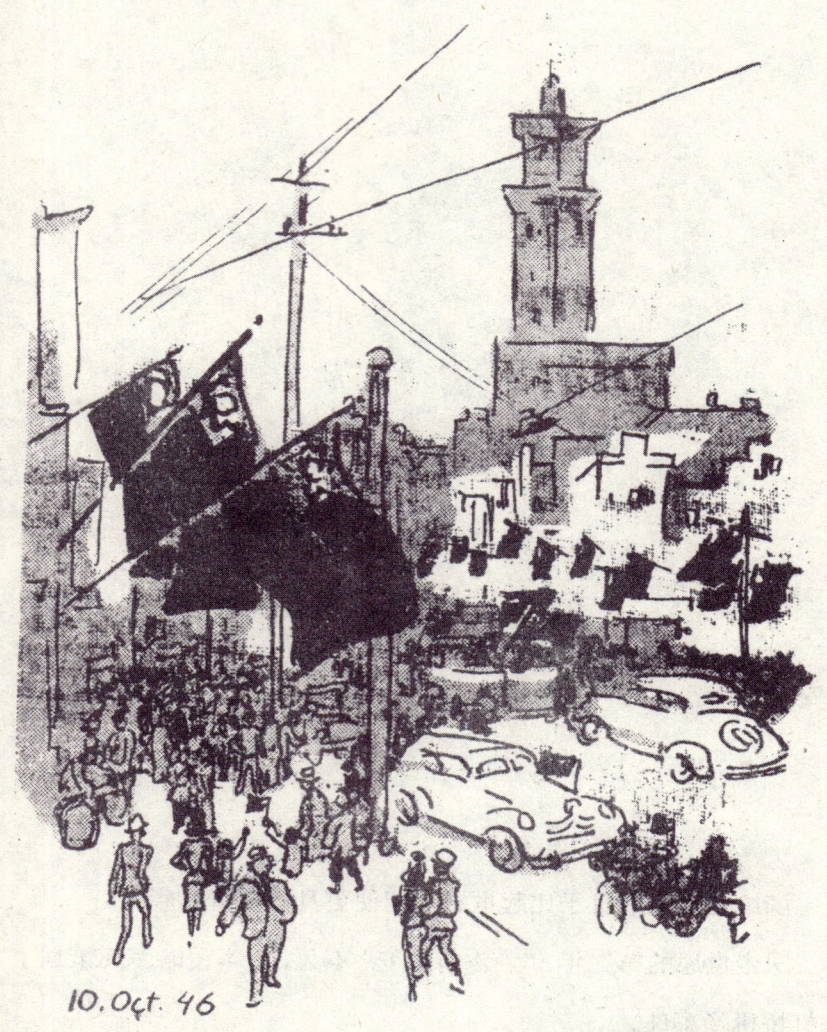

10. Oct. 46

SCHIFF

174

军在重炮掩护下，突然发动了对上海闸北、虹口、江湾中国驻军的进攻，日本飞机对上海狂轰滥炸。

飞机轰炸的那一天，漪纹正在新居赫德公寓里煨莲子粥。听到防空警报声和此起彼伏的轰炸声时，她的心头不由得一紧。

搬到赫德公寓快一年了，她与何妈租用了五楼的一大套房间。走廊的尽头有一扇小门，进小门便直通到阳台。西班牙式的公寓楼房最大的好处是在屋顶设置了平台，这与漪纹原来洋房里的阳台很相似。只不过从原来洋房的阳台上看过去满眼皆绿，绿草绿树；而从平台望去，满眼皆蓝，蓝天蓝气。漪纹一直认为城市的上空有一层看不见的蓝气，因为有那么多汽车屁股后面冒出了蓝烟，还有那些白天黑夜向夜空喷射黑烟的工厂。尽管这些蓝色的气体用肉眼是看不到的，但在漪纹的感觉里，它们是存在的。就因为这个可以和原来洋房里的阳台媲美的平台，才使漪纹决定花几倍于其它公寓的房租租下了它。

听到炮声后，漪纹飞快地熄灭了炉子，转身走上平台，朝她以前住的洋楼的方向看去。

这是浙江黄家在她手上的惟一一份家产了。也是漪纹的父亲留在世上的惟一一件可以看得见的东西。刚开始时，与英国领事乔治谈好了她仍旧住在顶层，将楼下客厅和二楼卧室租给乔治。但乔治外交官的绅士气太足，每到晚间他们家人聚会时，总要邀请漪纹到楼下客厅喝红茶，吃西点。漪纹出于礼貌，去应酬了几次，觉得极累，也很不自然。很明显，乔治仍旧把她当作皇室贵胄般的人物看待，言谈中时常提到黄老太爷出使英国时的一些趣闻妙语，这就更使漪纹有一种隔世之感，好像自己坐在这里就是为了听他人给她讲父辈的辉煌，而更衬托出现在的窘迫。这是中国的传统，家世再辉煌也不过三代。黄家就是在他们这一代上垮掉的。再淡泊如她，也不能忍受这样一种具有讽刺意味的悬殊的对比。她托辞这里离她上班的怡和银行太远，便搬了出去。

浓烟滚滚中，漪纹已看不清远处的一切。回到屋里，她叮嘱何妈把门锁好到地下室避一避，自己便来到大街上。

大街上空无一人，除了几幢被炸弹投中的房子里传出人们抢救东西和消防车的嘈杂声外，满世界的人好像都消失了。漪纹穿着一身居家时常穿的细纱精棉网球服，仍是乳白的颜色，在灰扑扑的街面上疾行着，像都市里的幽灵，神秘却又有着一种威力。

漪纹此时的脑子里是一片空白，她反复念叨的只有一句话，看看洋房在不在，看看洋房在不在。那可是父亲的希望，她的生命的象征。不管这房子以后是不是属于她的，但最初却是因为她而诞生的。她急急地走着，急不可耐的心绪使她的脚步也零乱起来，跟跟跄跄的不时地撞着或踢着罐头筒、铁皮、弹片等东西，在没有人声的街道里显得格外刺耳。快到黄家小楼的时候，几架日本飞机又呼啸着飞来。好像飞机上的日军驾驶员在灰蒙蒙的街头发现了漪纹白色的影子，便压低了翅膀向她扑来。漪纹也不躲也不藏，发疯一样往前跑，身后的子弹跟着她打出一朵朵土花、灰花，可就是打不到漪纹身上。漪纹实际上并没有感觉到飞机的存在，她只是一心往她心中的目的地奔着。看见了！漪纹心里惊喜地叫起来，终于看见了，看见了那幢绿色的洋房，在一片火海黑烟中，洋房显得愈加墨绿般的肃静。怎么这样绿啊？漪纹有些惊喜地在心里问。这栋洋房在这个充满了灰尘和烟雾的城市里，就像是一个童话般的小屋一样，干干净净地在那里端立着。她的心中充满了喜悦，这个小屋，就是她的童话，也是这个城市的神话，她要好好地去欣赏欣赏它们，去爱护它们，因为它是黄家惟一的希望了。这样想着，漪纹已经来到了小楼跟前，正想走进院里看个清楚，只听"轰"的一声巨响，漪纹眼前一黑，便什么也不知道了。

漪纹醒来的时候已是第二天黄昏，在辅仁医院里，身边是乔治先生和何妈。她光看见何妈对她笑着说些什么，却什么也听不见。她看看乔治，乔治的嘴巴也在张动，也没有声响，漪纹心里明白发生了什么。她只是笑笑，也不说话，用手指指自己的耳朵，又摆摆手。何妈扑到了漪纹身上，连连呼叫着："姑娘，姑娘啊！刚刚还说你命大，你保护了老宅，老宅也保护了你，可你怎么就听不见了呀！"

何妈呜呜地哭着，漪纹只是安静地望着何妈，偶尔抬起手替何妈擦擦奔涌而下的眼泪。乔治则急忙奔出去，对着主治医师严肃地嘟囔着英语。医师也是英国人，他告诉乔治，这是漪纹当时距离爆炸地点太近的缘故，但也不是无法治，因为从器官上看没有任何损伤，照黄小姐目前的精神状态看，恢复听力的希望很大，因为这种病症多半要靠病人心平气和的精神状态，配合治疗。乔治连连点头，嘴里说着："Wonderful！Wonderful！（太好了）！"他最欣赏的就是黄家大小姐的大家闺秀气派，总是那么沉静，安安静静地听讲话，安安静静地讲自己的话，简直如同一朵洁白的百合花。乔治向医师这样介绍时，医师也发出了会心的微笑。

事后漪纹才知道，那一天她被身边爆炸的声浪震倒在地时，正赶上乔治从领事馆回来接家属。乔治亲眼看见在漪纹身边两米远的地方腾起了一朵褐黄色的巨大烟花，漪纹小姐在这烟花旁优雅地卧下，他以为不会找见漪纹了。烟雾还没散尽时，乔治就与司机一起跑过去，却发现漪纹是干干净净地躺在地上，身上竟不沾一丝尘土。

"奇迹，真是一个奇迹。"乔治对何妈连连赞道。何妈被通知来守护漪纹时，一直不停地念叨着："是小姐命大，造化大，小楼保着她，她也护着楼啊！"

漪纹在家里休养了几个月。由于战事，许多商行、公司纷纷向内地转移，有钱的则往香港跑。抗战爆发前，她接过世恩一两封信，知道他在香港已稳定下来。她知道世恩夫妇是劝她到香港来住，大家在一起也好有个照应。但漪纹实在不喜欢香港的嘈杂。那一年从英国回来路过香港，她在大哥的家里住了半年。她觉得香港的整个气氛就像她的大哥家一样，有一种忙乱的繁华，是一种朝不保夕的暂时感。尽管她承认香港有它不可多得的方便之处，但总有一种别人的东西的感觉。不像上海，连电车叮当、叮当的车铃声，都唤起了一种归家的亲切感。等到接到了大哥去世的消息时，大哥已经下葬很久了，去不去都没有了意义。所以，对世恩夫妇的召唤，只回了一封略表歉意的信，就没再多联系。战事爆发后，就再也没有得到他们的信息。

由于这一次意外，漪纹失去了在怡和洋行的职业。其实，即使没有这次意外，她原来也打算辞掉这份工作。因为洋行的洋老板多次用蹩脚的上海话邀请漪纹与他同居。他把这意思说得那么坦率、纯情，用一双单纯得如婴孩般的灰色眼睛望着她，使漪纹总是忍不住地要微笑，但这又好像鼓励他再做表白。对这样的邀请漪纹并没有生气，是因为她觉得这个老板有一种成人少见的孩子气，使她不忍心回答简单

孤岛冰心

的拒绝，当然更不会一口肯定。眼看着洋老板急得搓手跺脚，却又绅士般地对待漪纹，漪纹也觉得如此下去不是长久之计。老板吩咐下属，不要给漪纹小姐太多的文书翻译，可是每次漪纹都会得到老板付给的额外的加班费。

有一次，出于礼节，漪纹终于答应了老板的请求，与她一起到上海的和平饭店去吃西餐。可是那一天晚上，这个老板实在是太隆重了，他竟然包下了整个西餐厅。整个餐厅里没有别人，只有一个乐队在那里专门演奏小夜曲。这让漪纹既感到滑稽，又感到不安。她从来没有得到过这么直接却又无法接受的表白，就是当年徐勔在英国用低沉的声音围着她，对她说，他要一辈子都围绕在她的身边时，她也没有感觉到荒唐。她的性格选择的是世恩那样含蓄的表白。可是，老板毕竟也还是君子，尽管在那天晚上，在没有其他人的西餐厅里，老板也很绅士般地将漪纹的手送到了他的唇边，漪纹还是觉得这样的表白使她不自在。她只能一遍又一遍地对老板说："I'm sorry, I like single"。（对不起，我只喜欢独身。）但老板还是一再用英语称呼她："My little bide, I love you（我的小鸟，我爱你）。"这样的英文表白让漪纹听了无法不笑。

恰好这一意外的事故，倒给了漪纹无需多说的理由。她也不需要说什么，耳朵听不见，心里就安静的很，反正这样的世界上的声音她也不想再听了。从她董事以来，漪纹就觉得她所见到和听到的世界皆与她心中的世界完全是走样的。她只不过是不愿表达她对这个世界的失望。如同心中原有一朵洁白的百合，经世风的侵蚀而一朵朵破瓣而落。耳朵听不见，漪纹反倒有了一种释然的轻松感。

辞去怡和洋行的工作后，漪纹在公寓里休息了半年。这半年她几乎与外界失去了任何联系，只靠着以前剩下的积蓄和何妈变卖一些她过去的首饰来勉强度日。她在不能听到任何市声的时候，却得到了一种说不出的安宁。她帮助何妈干家务，居然也能干得很有样子。何妈经常忍不住夸奖着："小姐，你可真是锦口绣心啊，干什么都有样。"可是，漪纹并不知道何妈都说些什么，只有看着何妈微笑。这就更让何妈伤心了，又忍不住抹着眼泪说："这真是造孽，黄家就这么一个有出息的大小姐，又变成这样，我怎么向老太太交代啊。"漪纹听不到何妈说什么，但看见何妈在摸泪，就会很细心地替她擦掉，两个人看上去倒真是像一对母女。但又确实不像。漪纹的气质在什么时候都显得那么尊贵，她们仍旧像是公主和仆人的关系。

有一天，漪纹意外收到了紫薇从新加坡寄来的信。是紫薇从香港回来后写的，漪纹这才知道徐勖的遭遇。看完了紫薇的信，漪纹不由得脱口而出："怎么会这样。"她自己也没有发现的是，一急之下，她的神经性失声已经好了，她又能发出声音了。何妈非常惊喜，连忙问："小姐，你又有声音了。这可真的要感谢这封信啊，这是谁来的信？"漪纹只得告诉不识字的何妈，这是紫薇小姐的来信，来信告诉漪纹，徐勖已经过世了。

何妈也被震惊了，在她的记忆里，徐勖先生看上去虽然有些花花公子的味道，但他待人很有义气。每次节日时来漪纹这里，他给漪纹家里的佣人的红包都是很实惠的。所以，佣人们私下里都认为徐勖先生是很场面的人物。他看上去很有些财运，事实上他也是极有财运的。可是，怎么说没有就没有了呢？在上海一天能听说很多这个没了，那个没了的消息。可认识的人中还很少有这样的消息。而徐勖远在香港，那里应该比上海要安全得多，怎么也说没有就没有了呢。难怪漪纹小姐会震惊得把失听都震好了，真是祸兮福所倚。世事难料。

漪纹的心里很难受，尽管嗓子能够发音了使她有些心安。不过，本来她也没有着急过，反正她也没有什么话要对这个世界说。可是，徐勖是一个很性情的人，这个人也与她有着抹不掉的关系，在他与漪纹，与紫薇，与世恩的关系里，徐勖是一个最复杂的角色，复杂到连当事人自己恐怕都很难讲清楚自己的感情纠纷。但是，漪纹是记得的，他在英国的时候，在送她和紫薇上火车时，他用他低沉的男中音对漪纹说过，他要一辈子追随着漪纹，不管是什么方式。那个时候，就连漪纹也认为他实际上是在追求紫薇。

漪纹觉得心头沉甸甸的，便独自到外滩去散步。

由于战事，外滩散步的人很少，偶尔有路过的人，也都诧异地看着这个一个人来散步的独特的女人。漪纹走到江边，看着始终不懈地向大海奔流的长江，心里也如江水般不能平静。她知道徐勖的内心有多苦。在英国的时候，徐勖就向她明白地表白过，当然，她也明白地告诉他这是不可能的。她以为，徐勖就像他所学的艺术一样，是浪漫而充满多变的。可变的是时间，是人世沧桑，不变的却是徐勖的情感。她一直担心徐勖对紫薇会有所不敬，后来才发现，他在表面上给足了紫薇一切风光，对紫薇是宠爱有加，无微不至。但只有漪纹才能看出，他对紫薇的爱是敷衍的。他的用意她很清楚。但是，她无法制止这样一种曲折的爱恋。就像她也不能制止她心中的爱人世恩的婚姻一样。

症结在哪里？

望着江对岸黑黑的夜空，她想到了她心中隐藏的那个症结。那个叫林世恩的建筑师。其实，她自己后来也不得不承认，她是见到林世恩的第一眼时就被他打动了。那种骨子里的优雅和书卷气，是后天培养不出来的。那是一种天性。就像徐勖的多血气质，也是再多的波折都不能改变的。如果说，在得知世恩对她的情感前漪纹的内心还能保持平静的话，读了世恩留给她的日记后，她的内心便从此有了一把锁。这把锁只有世恩才能打开。她就这样看着自己的内心世界在一点一点的保护着这把锁，珍藏着这把锁，她觉得此生已经足矣，她实在没有过奢求，如果真的有的话，那就是她希望世恩和冬儿幸福。但是，她忽略过徐勖。可徐勖就在她忽略的空间里悠地消失了，就是这个消失，才让她问心有愧，她不知道徐勖在香港的最后的生活中，他的感情是否已经平静。当然，她并不知道徐勖还给她留下了一座别墅。以后，她也才知道，紫薇实际上也是一个心思很细的人。

　　黄浦江的江水似乎也放慢了流速，在她眼前静静地流淌着，她觉得她心底的那把锁开始慢慢打开。人的一生，就像江水一样，是一个逝去的过程，在这个过程中，能够看到水过之处的景致，就是一种收获。如果有格外精致的风光，就是上好了。水想围绕着精致的风景而停止流动是不明智也是不可能的。她想，如果在有生之年可以看到世恩的话，她会把自己的心得告诉他的。人要珍惜这个生命旅程的过程，珍惜你所看到每一个景致。

　　离开外滩时，漪纹觉得格外轻松。好像一辈子都没有这样的放松。她下决心要重新走出去，不为别的，只为替逝去的徐勖再仔细观看生命旅程中的风景。

漪纹在能够发音的第二天就外出重新找工作了。也许是很久没有发音的缘故,漪纹恢复声音后变得格外爱说话。她知道自己的个性太过内向,这是天生的性格使然,以前也没有发现什么不好。但这次失音后,漪纹才发现,能够用声音表达出自己的意愿还是一件最为自然的事情。为此,她还专门去了电台,在英国留学的时候,就有一个英国教授曾经说她的声音是难得的女低音,适合做播音员。电台正缺少一个懂得英语又能直播的女播音员。漪纹的音质经过近半年的休息,变得更加醇厚温润,如同一条缓缓流淌的大河,不疾不徐地展示出深厚的底蕴。有一种皇家的威严在声音里,是一种难得的职业播音员的音质。电台的老板是英国人,正在发愁找不到英语和语音同样都好的女播音员,漪纹的到来,真是让他喜出望外。于是,漪纹又在一夜之间成为电台的第一播音员。薪水还很高。

这样,漪纹经过了一场大难,反而走向了平台,在当时动荡的岁月里,显得格外的平静。除了不能回到她已售出的洋楼外,在精神上,她觉得比在小楼的时候还要安宁。当然,她知道,在她的内心深处,还有一个渴望。这个渴望是不敢细想的,就是细想,她也是把它圈守在亲情的区域里,在这个区域里,她可以真诚地期盼世恩一家能回到上海。她想念他们。

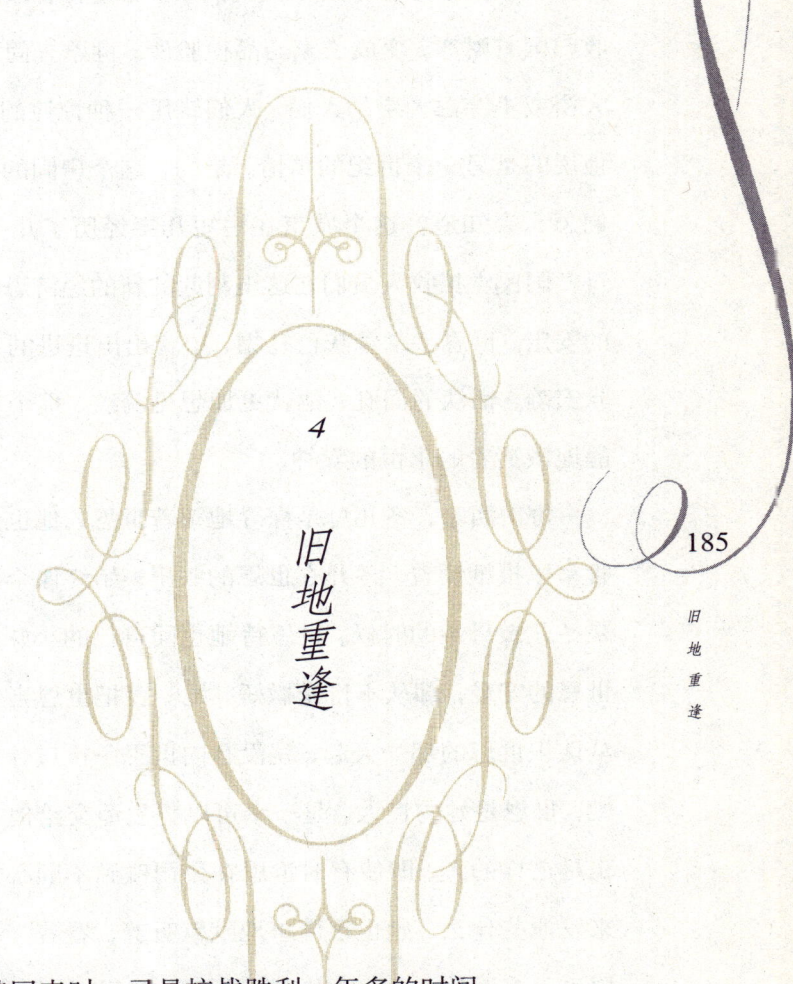

4

旧地重逢

世恩夫妇从香港回来时，已是抗战胜利一年多的时间。

十年了，在战争的恐怖和煎熬中度过时倒不觉得漫长。等到战争结束，坐下来考虑将来时，才发现手中最美好的岁月竟去了一大半，剩下的岁月仅来得及喘口气。说到底，人的一生中又有谁能有真正喘一口气的时间呢？望着外滩那著名的钟楼，世恩在十年后回到上海时这样想。

世恩回上海半年后才找到漪纹。那幢有着玫瑰色记忆的楼房已被收归国有财产，变成一家药品检验所。世恩去问那里出出进进的穿白大褂或不穿白大褂的人们，人们皆用一种惊诧的眼光看着世恩。仿佛他说的是另一个世纪的事情。是的，这个房间的主人到哪里去了，他们怎么会知道？这个城市在短短几年经历了几个时代又有谁认真想过？国民党接收大员们在这里刮起的新的经济恐慌又一次掠夺了人们的安定。世恩手拿着灰色礼帽，望着出出进进的人们的脸上竟没有一张安静、恬淡的面孔，他就更加想见漪纹，那个在他心头深处一直文静地微笑着的永恒的女神。

每次回家，冬儿总是探寻地望着世恩，他也是无语地摇摇头，只管拿张报纸读着。冬儿在世恩的眼里，始终像个没有长大的孩子。就是冬儿做母亲的时候，世恩待她也同自己的小妹。冬儿虽然一直受到世恩的宠爱，却从不恃宠撒娇，她一直把世恩当作一家之长看待。她从认识世恩的那一天起，就没有向世恩争执过什么。祖父早就告诉过她，世恩是她的良人，是一个可以将生命交给他的人。事实上世恩也正是这样的人。即使有时世恩在公司碰到不顺心的事情，很明显地回来发泄些什么，她也很懂事地默默听着，看着。她能理解他。事后世恩也不多说什么，只是在夜静夫妻温存后，世恩常常叹息："你这样老实、听话，将来我要先你去了，你怎么办？"冬儿慌慌地捂住世恩的嘴，不让他再混说下去。其实，看见冬儿温湿如小鹿般的眼睛，他也不忍再说下去了。这样，漪纹不仅是世恩心中的永恒女神，也成为冬儿心中惟一可以思念的亲人，冬儿知道世恩的心里是惦记着漪纹的，而且也知道漪纹在世恩心中的分量。

世恩的职业暂无着落。公司早在抗战时期转移香港，因港人参与，排挤上海职员，为公司立下汗马功劳的世恩一气之下一走了之。但上海的建筑业亦不景气，战事频发，谁还敢投资兴建土木。世恩也是因外语功底好，多半去英国人的公司找工作。他一半是找工作，一半是去寻找漪纹的踪迹，他也到了怡合洋行去，真巧，就在漪纹曾经工作的地方找到了工作。和漪纹一样，也是替洋行老板搞些商情翻译。但对漪纹的下落，竟然没有一个人知道。因为在英国人开办的洋行里，大家都用英文名字，对谁叫漪纹，大家几乎都没有印象。只是在世恩向同事描述漪纹的外形尤其是那一条醒目的辫子时，大家才知道世恩说的中国名字叫漪纹的女性就是在洋行里很得老板宠爱的"爱米丽"。世恩听到大家用"宠爱"这个字感到很刺耳，可也说不出什么来。但是线索也就到这里了。只是听说她后来居住在静安里一带，便打算以后经常到那一带走一走。漪纹在没有车的时候最喜欢走路，也许，就会碰上呢。

找不到漪纹，世恩总没有归宿之感。他有时静下来问自己，如果在上海没有一份职业，他是否还会在这里。答案是肯定的，因为这里有漪纹，漪纹是他精神世界中的一切。他就这样脑子想着漪纹，心里念着漪纹，像有心灵感应一样，有一天，他竟然在静安里的一条小巷里真的碰上了漪纹。

那一天，他的情绪特别低落。在公司办公室里翻译资料，心绪暗淡得亦如窗外雾朦朦的天气。不知是被烟火熏的还是被都市的霓虹灯照的，世恩觉得上海的天气越来越像英国伦敦，回来一个多月，就没有过天蓝云白的时候。看着窗外那灰蒙蒙的天，他感觉他的心也如这天一样恶劣。叹一口气，他向课长请了假，说要去物色住房，便漫无目的地走到南京路。因为没有目的，便在匆匆忙忙的人群中显得格外多余，不是他撞了别人，就是别人碰到他。他一气恼，便拐进了不远处的一个小巷里。

在上海繁华大马路的旁边，经常是这些不引人注意却又非常安静的小巷里弄。这些小巷不长，但很安静。有时世恩会在一个这样的小巷中来回散步好长时间。今天，他还是这样来回走着，但在走到头要转身的时候却与一位女士撞了个满怀。回过脸来，世恩便想赶紧道歉回家，张了张嘴却说不出话来。对方亦是如此，只是惊诧得不能说话。时间在瞬间就凝固了，他们变得像两尊雕塑，在他们的内心，他们也真的愿意就这样变成两尊雕塑，永远地站在彼此的对面。

他们身边来了一群放学的孩子，唧唧喳喳地从身边走过。世恩二话没说，抓住漪纹的肩就把她带进了静安寺附近的一个西点铺子。坐下来时，两人几乎是同声发问：“你到哪里去了？”

两人都没有回答，也都等于了回答。在世恩的眼里，漪纹还是那个他心中的漪纹。她身穿米色的开司米对襟毛衣，里面是浅褐色的纯棉西式衬衣，与毛衣同样颜色的西服裙使她看上去更像一位女教师。那种漪纹身上独有的“漪纹情调”依然一眼就能识别出来。使她即使在芸芸众生中，也能显出别样的风采。而在漪纹的眼里，世恩可是老多了。他比以前更加消瘦了，使他本来就很严肃的神态显得更加严峻，不熟悉他的，会以为他是一个身负神秘使命的特殊的人物。而熟悉他的，又会以为他的心事浩茫连广宇。总之，人生十年，是一个可以转变人的命运的年轮，他们又生活在兵荒马乱的时候，怎么能不变呢？

世恩马上就知道了，漪纹已换到一家电台做英文播音员。这是她在那次失声事故发生后自己找到的工作。世恩赶紧问，小楼怎么样了，为什么里面住的是公家的人。漪纹便平淡地说了小楼在乔治走后又被一家报馆租用，谁知报馆与日本人有联系，她想要回也已经晚了。等到抗战结束后，国民党政府便以汉奸报馆的罪名将房子没收为国有，现在就是世恩去看到的药品检验所。世恩很焦急地说："那么，房契呢？不能就这样交出啊？"

漪纹笑笑，把世恩拉到屋角一张喝牛奶的桌边坐下，说道："在当政者的手里，就是有房契，也没有用处。不过，这也如同进了保险箱，兵荒马乱的，倒不如放到他们手里安全一些。"

世恩问及漪纹现在耳朵如何，并告诉她，在香港听到一个从上海跑来的英国医师讲起过一个大家闺秀如何遇惊不乱的故事，世恩一听就知是她。一经打听，才知漪纹震坏了耳朵。漪纹居然对他开了一句玩笑，说："听不见还能坐在这里与你讲话吗？"

世恩也笑了，在桌子的对面伸过手来，将漪纹苍白的手握得紧紧的，漪纹禁不住"哎哟"了一声，两人似乎同时被这声音惊醒了，迅速抽回手，有些不好意思。糕点铺子的老板只当两人是一对情侣，走过来问要不要来点点心牛奶类。世恩连说不要，要带漪纹马上回家，漪纹却对老板笑笑，要了两杯可可奶，两块松子糕。世恩才发现，漪纹好像有些变了。

变在哪里，他说不出来。男人的观察总不会那么细微，但一经连男人也觉察出来的细微末节，便一定是显山显水的有了变化了。世恩觉得，过去，漪纹的思绪总是无法捕捉。她是仙人，思绪总好像飘在云际，凡人是无法企及的。现在的漪纹，外表的变化并不大，仍旧是盘发，脸庞略有岁月的痕迹，却仍旧白洁光滑，如玉般湿润，只是眼睛要柔和了许多。它们是那样具体地捕捉你的动态，捕捉周围的一切，并及时地做出妥贴周到的关照。这不是那个高高在上的女王般的漪纹，而是一个谦和地出入客室卧房的家庭主妇。有一句话缭绕在世恩的心头一直想说，但他终是没说。他知道，即使漪纹再变，她的根本气质不会变。他甚至在心里暗暗判定，漪纹肯定仍旧是独身。倒不是她曾说过：她是不嫁的。仅从她安然的神态，仍旧素雅清淡的衣着上来看，她还仍旧是十年前的那个漪纹。

断断续续，两人将分别了十年的经历相互简单告知，手中的松子糕和可可奶却一口未动。只觉得十年的时间在两人之间没有踪迹。他们好像一直就在这静寂的下午喝着红茶，品着甜点，在浮华的尘世之外静观时世轮回、生命沧桑。世恩觉得，他走了那么远，经历了烦乱尘世，惟有在漪纹这里才能享受到纯粹的生命的快乐。生命在这里安静、自在，宛如生长着翅膀四处嬉玩的小天使，无遮无拦，徜徉在天籁与人籁之间。两人就这样坐到黄昏，世恩才警觉地"呀"了一声，拉着漪纹就往家里跑。

直到见到了冬儿，漪纹的情感才如松了闸的洪水般滔滔而出。当时的场面使世恩很惊讶，他只感觉到漪纹在变，却没想到变得这样明显，那个与自己轻言笑语文静娴良的漪纹，此时正与妻子抱头痛哭。看见她们强忍住抽泣却泪如泉涌的场面，世恩的心揪得紧紧的。他觉得他在一刹那间真想把这两个同样温柔的女性都揽到自己的怀里，好好地安慰她们，一个是自己的至爱，一个是自己的至亲。他才知道，她们两个隐忍了多少情感。女人的天性就是母性，她们在他面前都一直自持着，那是出自对他的爱护。而今，却在相互的拥抱中，用她们压抑了十年的泪水，毫不掩饰地说出了彼此的思念，他顿觉无语可言。

三岁的儿子怀温在女佣的怀抱里往外挣，他张着两只小手，似乎要去搂抱正在恸哭的两位姆妈。世恩抱过儿子，想要转移一下她们的注意力。想了想，又把儿子还给佣人，嘱她先带出去玩玩。

两个女人经过泪水的洗刷，情绪平静了下来。待到她们坐定时世恩才突然发现，漪纹竟然在瞬间就老了，眉宇间凝着的那抹岁月沧桑，使她的整个气质变得又憔悴又疲倦。仅仅是不到一个钟点的变化竟使一个人前后判若两人，精神在人的生命里是多么重要。望着漪纹静坐不动的身影，世恩觉得心尖在出血，最大的痛苦不是与爱人分别，不是思念情人，而是眼看着爱人在痛苦却无法帮助。这是他此时最痛心疾首的感受。他悄悄地坐在一边，心绪纷乱地听着冬儿与漪纹相隔了十年的交谈。

他才知道，其实冬儿与他一样是时时刻刻地惦念着漪纹的。冬儿是了解他的，他不喜欢把惦念着的人放在嘴上，冬儿便默契地配合他，在十年的岁月中也把漪纹放在了心上。

漪纹说得不多，但与以往不同的是在谈话中她的神情充满了亲切的感觉。她是那样神情贯注地听着冬儿讲他们在香港的经历，听到珍珠港事变香港大轰炸时，冬儿和怀温在防空洞整整待了一整天，她的神情也流露出急切的关心。她紧张地问世恩："你在哪里？"世恩只好如实地告诉她，他去看徐勖给她留下来的房子。

"房子？"漪纹这才知道，虽然她在上海的房子是没有了，可她又凭空在香港多出了一栋别墅。可是，这栋别墅的来路是什么，再说，还有紫薇，她对这栋别墅是又惊奇又怀疑，却没有兴奋。当然，世恩想，如果是他，他也不会贸然对一栋来路不明的房子有兴趣的。说话间，他们谈起了徐勖的变故，都认为徐勖还有自己的秘密没有告诉大家。因此，尽管冬儿把房契交给了漪纹，但漪纹对这栋房产的处理是交还给紫薇。这也是大家认为最妥当的方式。紫薇一定是知道这栋房产的来历的。

久别重逢，大家的情绪自然都格外兴奋。漪纹是变了，她不再是高高在上的女皇，而是与万民同怀的大地之母。是的，她是大地之母，世恩在心里想，并同时感到，他现在已与漪纹相距很近很近，再也不是以往的那种远远的崇敬，从现在开始，他觉着他与漪纹之间平添了一种手足之情。

这一天，漪纹留在世恩这里。冬儿去照顾小孩睡觉的时候，世恩陪着漪纹坐。

仍旧是一个十五的夜晚，月亮像个玉盘，又圆又满地挂在窗上，使世恩想起十年前许多个与漪纹一起赏月的夜晚。他对坐在一边正替冬儿拆着毛衣的漪纹说："以后我们不要分开了，搬来一起住吧。"

漪纹笑笑，说："还是和从前一样吧，我自己住惯了。都在一个城市里，也很方便。"

世恩也不再说什么，他想，以后他要多去漪纹那里坐，把十年的空白补回来。

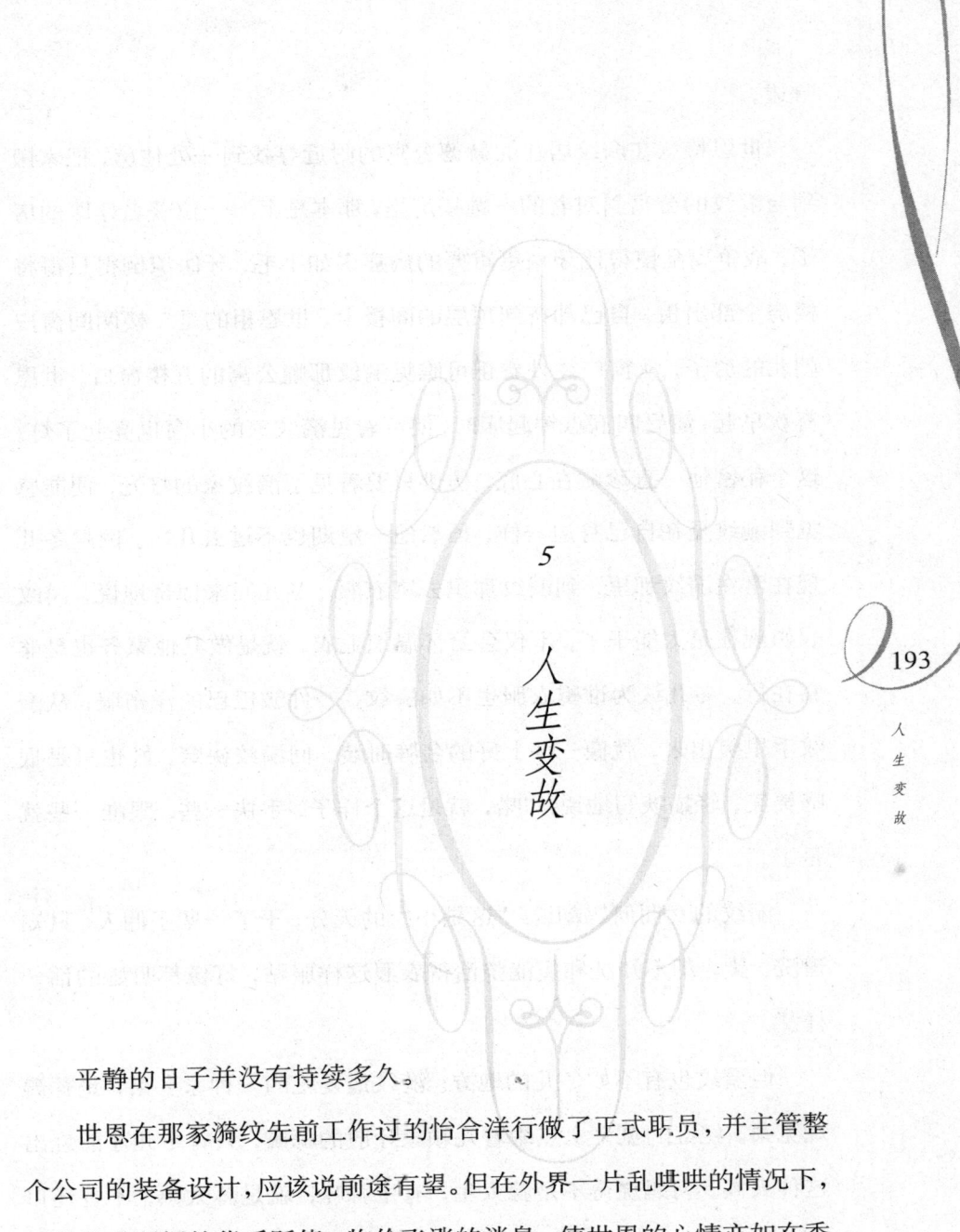

5

人生变故

平静的日子并没有持续多久。

世恩在那家漪纹先前工作过的怡合洋行做了正式职员，并主管整个公司的装备设计，应该说前途有望。但在外界一片乱哄哄的情况下，那些耸人听闻的货币贬值、物价飞涨的消息，使世恩的心情亦如在香港一样，总没有一个安定的实处。惟一感到宽慰的是，现在是漪纹在身边。

　　世恩特意在漪纹居住的赫德公寓的附近寻找到一处住房，把家搬到与漪纹的公寓斜对着的一幢楼房里，那本是上海一位著名牙医的房子。战争离乱使得比牙病更重要的病症多如牛毛，牙医潦倒得只得将楼房全部出租，自己却挤到顶层的阁楼上。世恩租的是二楼两间窗户朝北的房子，从窗户往外看正可瞧见漪纹那幢公寓的五楼窗口。世恩喜欢早起，清晨四五点钟起床时，便可看见漪纹家的小窗也亮起了灯。这个秘密他一直珍藏在心底，仿佛只要看见了漪纹家的灯光，便能感觉到漪纹是在自己身边一样，虽然他一星期也不过去几次。倒是冬儿现在常在漪纹那里，到漪纹那里去熨衣服。冬儿回来惊奇地说，漪纹表姐现在是太能干了，不仅会给怀温织毛衣，就是做其他家务也是非常在行。冬儿认为谁熨衣服也不如漪纹，一件皱巴巴的洋布服，从漪纹手里熨出来，就像一件上好的名牌时装。问漪纹诀窍，她也只是抿嘴笑笑，轻描淡写地说："喏，就是这个样子，手快一些，眼准一些就是了。"

　　漪纹的女佣何妈却说："这是小姐的天分，干了一辈子佣人，只知道洗、熨，却不知洗和熨能整治得衣服这样服贴，好像都听她的话一样。"

　　但漪纹也有不如冬儿的地方。漪纹最爱吃的一种家乡菜，是蒜瓣烧苋菜。红红的苋菜上点缀着几颗象牙般的蒜瓣，只有冬儿才能烧出这种火候。何妈烧得不是蒜太生，有生蒜味；就是蒜太熟，不香还口感不好。于是，苋菜下来时，冬儿会隔天给漪纹端过去一大碗。而如果是星期天，冬儿在家替世恩打理衣服时，世恩就会带怀温到漪纹那里去坐坐，怀温跟着漪纹学英语，漪纹用播音员的标准的英式英语教怀温，使得怀温的英语基础非常好。漪纹常常对世恩表扬怀温，说他从小就很懂事，善良，不浮躁，将来是黄家最有出息的后代。这样说着，让世恩觉得漪纹是在说自己的孩子，有时想想也很奇怪，命运是最会改变人的。以前是决不会想到漪纹是会有这样的家庭的温情的，世恩觉得也许是自己把漪纹过于神化了，其实，漪纹和冬儿一样，是很有女性气息的。在这样的日子里，世恩的最大的奢想就是时间能够停滞不前。日子便在蒜瓣烧苋菜和熨衣服的交流中打发过去一段。

这一天，世恩在家里赶译一份商情报告，没有到漪纹那里去。冬儿吃过饭就到漪纹那边坐了，留下儿子怀温在家里搭积木。这是世恩给规定的，他知道漪纹喜欢清静，便不让冬儿带孩子过去。可是这一天，儿子从冬儿一走就开始吵着要妈妈，一反往常文静乖顺的性情。世恩有些生气，平时他也不怎么缠磨大人，怎么今天这样不懂事，他就偏不让女佣带他找妈妈。不过，听着儿子一晚上哼哼叽叽的声音，世恩也有些心神不定。他走到窗前，看着斜对面漪纹的窗户还亮着灯，心中便若有所失。

正是深秋的季节，瑟瑟的秋风仿佛携带着一把锋利的剪刀，轻轻一过，便顺手剪掉还没有完全发黄的梧桐树叶。树叶落在红砖铺就的地上，发出迟钝的闷响，一百个不情愿就这样早早地告别树干。但生命必须轮回，连世事也在轮回。所以，秋天的时候，是生命最成熟也是最脆弱的时候，新的变成了旧的，旧的就要退出生命的舞台。

世恩把头抵在玻璃上，望着一路过去显得有些奢侈的路灯，脑海里也在记忆的汪洋中浮现出一片片亮点。不一样了，以前与漪纹坐看明月，耳闻鸟啼的日子再也没有了，今生今世恐怕也不会再有了。冬儿与漪纹的日渐亲切总让他产生局外人之感，而且他也感觉到他们似乎有什么事情在瞒着他。有时候，世恩晚上去接她们回来，漪纹和冬儿正在说着什么，就会停下来，分明是有事在瞒着他。世恩也问过冬儿，冬儿就抿嘴笑一笑，一脸无辜地看着他，说："没有什么，都是些女人的话题。"

正胡思乱想着，客厅里的门被很响地打开，是漪纹的女佣何妈。只见她一脸的慌张，说话也语无伦次的："林先生，快，你快过去吧。太太，不，冬儿姑娘晕倒了，小姐让你快过去呢。"

世恩听了拔腿就跑，心里不知为何有一种疑团释然的感觉，以至以后冬儿去了的日子里他总是反复检点这种感觉，并没有任何预兆也没有使他不安的心理因素。但这种释然的感觉就像章鱼的吸盘一样牢牢地吸附在他的肢体上，使他在面对冬儿迅速消失的绝症面前竟没有丝毫的惊乱。

世恩到的时候，冬儿正躺在漪纹的怀里。漪纹的平静和冬儿的看上去还算舒适的休息状态令他感觉一切似乎早已有安排。漪纹见到世恩，好像要从世恩的脸上寻找答案般直直地望着他，世恩走过去，摸着冬儿冰凉的前额问："怎么了？"

漪纹说："这是第二次了。她不要我告诉你，只说是从小就有的毛病，神经一紧张就会昏迷 。"

"从小就有？我怎么不知道？"

"我想过几天去问问你，她却天天晚上跑过来给我讲将来怀温长大后的打算，好像早已有过准备。"

世恩听了，不再说话。双手把冬儿从漪纹怀里托起，对漪纹简短地说："送医院。"

冬儿进了医院就再也没有出来。三个月后冬儿病逝。一种极其罕见的病例，白细胞无端增多，被怀疑为急性淋巴细胞白血病。那位曾为漪纹治过病的英国专家问世恩，病人是否接触过化学物品或有过什么战争经历。世恩完全被这突然事件弄糊涂了。他没有记得冬儿接触过这些可以引起怀疑的经历，只是在香港大轰炸的时候离开过他一个星期。而这一个星期也不是在和化学药品接触的，是大家一起在一栋别墅里。但医生很肯定地说，病人是肯定有过这类接触史的，她的白细胞被破坏的程度完全是一种化学品的作用。这又是一个悬谜，本来一座徐勔的别墅已经使世恩觉得神神秘秘的，现在冬儿又得上一种非外界的因素而不能得上的病。世恩看着冬儿像纸片一样没有血色的脸，就觉得什么秘密都没有意义，重要的是把冬儿救治过来。于是，在冬儿住院的这些时间里，他只是马不停蹄地跑医院，请专家，安排家事，连静下来陪冬儿的时间都没有。他以为，这只是一个必经的过程，走完这段路，一切都会恢复平常，照旧生活。与他的至亲冬儿，与他的至爱漪纹。

但一切却全都改变了。

冬儿去世的那天下午，是一个少见的有太阳的冬日。

前一天，还听到漪纹讲冬儿的病情似乎有所好转，说冬儿现在很愿意讲话。这样说着的时候，漪纹还用自己大病初愈的时候也是非常爱说话来比，看来是有转机了。这一段时间，都是漪纹在陪床，世恩的心里已很觉过不去，而大部分医疗费用也都是由漪纹支付的。倒不是世恩付不起，而是每当要付费用时才发现已经付过了。虽然漪纹现在的薪水很高，但也是有限，不比从前。但每当世恩向漪纹提起药费的事情，漪纹就用手指嘘了一声，她不要他再说下去。世恩也是万般无奈。所以，当听说冬儿的病情有好转时，世恩心里豁然轻松了。他甚至还和漪纹和冬儿开玩笑，说等到冬儿彻底好了，他们一起去英国休假，英国的气候是很适合养病的。他让漪纹回去先休息一会，自己坐到冬儿床前，陪她说说话。

在病床上躺了三个月的冬儿愈发苍白虚弱了，奇怪的是失去血色的冬儿却呈现出的异常美丽。也许是皮肤太白，是那种透明的白，使冬儿的脸面看起来有一种羊脂玉一样的纯静，连皮下细小的血管也隐隐可现。弯弯的眉毛柔和地顺在不大的却有神的眼睛上，使她有了一种雕像般的高贵气质。世恩发现，他第一次距冬儿是这样近，近到他紧紧地握着冬儿的手，好像连心脏也想与她一起共振。什么是夫妻，夫妻实际上就是相儒以沫，在任何的时候。尽管从年龄上看冬儿比世恩小了许多，但在实际的生活中，夫妻之间更多的是一种对人生的共同的看法和生活中相近的情趣。世恩这样看着冬儿时，才觉得在不知不觉中，冬儿实际上已经成为他的精神和生活的真正的伴侣。

冬儿今天精神的确很好。从她住进医院的那天起她很少对人笑，不是闭着眼睛听亲友的安慰话，就是凝视着窗外想自己的心事。世恩几次严厉地批评她不要胡思乱想，不就是躺几个月吗？但冬儿只是听着，不乐观也不悲观。今天她却拉着世恩的手，微笑着的脸上仿佛上了一层发光的釉彩。她对世恩说："世恩，我一直把你当做我的兄长，无论是从前还是现在。我心里有个想法一直想说给你听，不知你会不会生气?"

世恩也笑着说:"什么怪念头,说吧,我怎么会生你的气,你做我的妹妹已经做了多久了,傻丫头。"

冬儿停顿了一下,略有些羞涩,但还是鼓足勇气说了:"我已经告诉了漪纹,我觉得,你的妻子应该是漪纹,而不是我。我真应该做你们两人的好妹妹。"

冬儿说着,一颗大如水晶般的泪珠滴落下来。世恩默默地伸手去抹那滴泪珠,是那样浓的一汪水,立刻渗在世恩手指的皮肤里,好像世恩的皮肤早已等待着这泪水的滋润。

世恩握紧冬儿的手,把脸贴到冬儿的脸上,轻轻地说:"别瞎说,冬儿,你既是我的好妹妹,也是我的好妻子。别想得太多,做个听话的妹妹。"

冬儿在耳边仍低声细语地说着:"如果不是爷爷有媒在先,我会做你们两人的红娘的。假如你真的把我看做你的妻子,答应我,在我去了之后你一定要娶漪纹姐,答应我。"

世恩觉得面孔像浸在热水中,他感觉他的心脏有一种被揪紧了的锐痛,使他不知是安慰冬儿好,还是去考虑冬儿话语中的实际含义。他只是搂着冬儿,喃喃地重复着:"不要乱想,冬儿,安静些,冬儿。好好休息,冬儿。"

在世恩的安慰中,冬儿渐渐平静下来。平静得几乎没有声息。世恩有些放心地抬起身,想要给冬儿盖好被,让她好好休息一会儿。当他替冬儿擦眼角的泪迹时,他突然发现冬儿的皮肤已经没有了弹性。他趴在冬儿的胸前仔细一听,冬儿已停止了呼吸,是在他的怀中停止了呼吸。

太阳已落山了。冬日的余辉照在冬儿的脸上，竟显出了一些佛像。她看上去是那么的安详，平静，甚至还能在渐渐暗下去的房间里散放着皮肤的光泽。世恩有些惊呆了，三个月来他想过许多也或许什么都没有想过，但冬儿这样迅速地离开他，是他的意外。这意外让他有些承受不了，片刻之后，他才抱着冬儿的身体放声大哭起来。

冬儿的身后诸事仍是由漪纹操办。送葬的那天，世恩牵着怀温的手，左边是怀抱大束鲜花的漪纹，使他感觉到一种隔世的熟悉。十年前的那一天，他与冬儿结婚的时候，不也与眼前相差无几吗。人生真是难说，当年漪纹把冬儿从这个礼仪中送给了世恩，现在又由他们按照另一个礼仪送还给造物主。开始便是结束，结束又是另一种开始。周而复始，衍生出世世代代，衍生出无穷无尽的人间悲喜剧。人生如何？

这一年，冬儿三十五岁，世恩与漪纹都是四十五岁。时代在转瞬之间，又有了新的轮回。

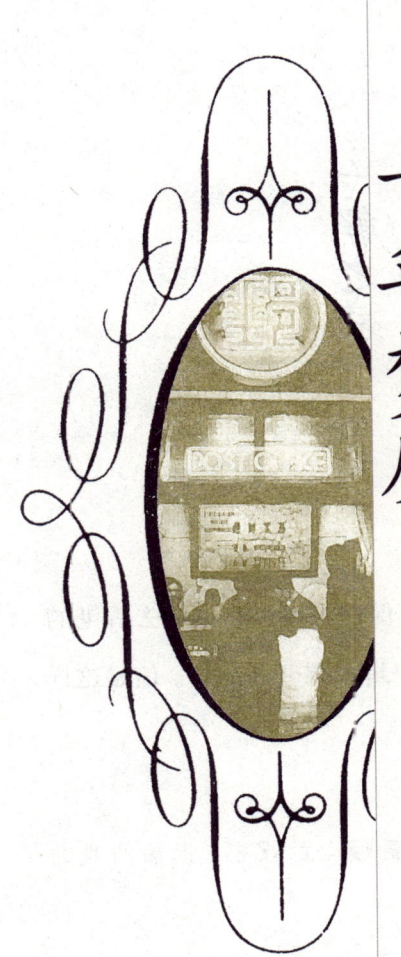

第四章

N
i
g
h
t
m
a
r
e

十年梦魇

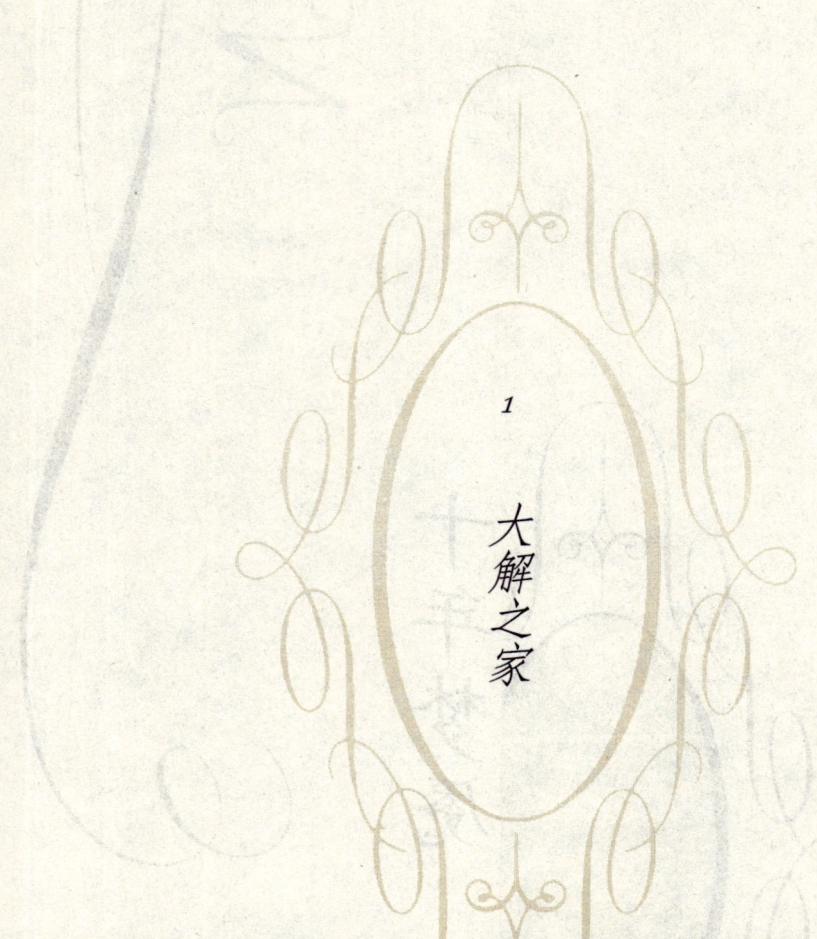

1

大解之家

在冬儿的遗物中，世恩发现了冬儿还保存着漪纹在他们去香港的时候漪纹送他们的金条。包裹金条的是一封没有署名的信。信是这样写的：

我预感这封信会留下来的。我用我最诚心的祝福，祝福的我的姐姐漪纹和哥哥世恩幸福。你们对冬儿的好冬儿已经全部收走了，留下的这些原本就是漪纹姐姐的最后的经济支柱，也是我对漪纹姐姐最大的感激。你们过得好，就是我最大的安心。小妹写于香港。

读了这封信，世恩的心里百感交加。他终于明白了冬儿，她完全能够理解他和漪纹的情感。一直在默默地替他们祈祷。但是，也恰恰是这封信，让他和漪纹之间愈发有了一种难以走近的距离，当谁都认为他们应该是在一起的时候，在一起本身就没有什么意义了。经过了香港离乱，经过了朋友徐勐之死和妻子的早逝，都让世恩对人生开始产生了疑惑。

世恩想，人，实际上是一个最可怜的物质，因为他既有思想却又没有可选择的生活方式，或者说可选择的余地太小。如果是其他的生灵，起码是处在一种混沌的状态，就是一种生命现象而已。可是对于有自己思想和感情的人来说，这个有别于其他生灵的思想和感情才是最能使人变为非人的元素。比如说他自己，在最喜欢漪纹的时候却不能与她走近，在与她能走近的时候，他们的之间又增加了许多的东西，这些东西使得他们的距离有一和玻璃状的隔膜，不是感情的，而是经验的。现在，他和漪纹的感情，成了他们认识的朋友中的公开的秘密，这并不是他们自己说出去的。可是，冬儿，紫薇，徐勐，他们都能识别出来。而且，每个人都以牺牲自己来成全他们的走近。有了这些，已经让世恩非常感恩了，他已经学会在生活中不产生奢望。而且，因为徐勐的深藏着的情感让世恩却步。何况，他也不知道，漪纹是否也与他一样有同感。

在冬儿去世半年后，紫薇从新加坡回来了。

此时的紫薇，已经是穷愁潦倒，她的一生积蓄在新加坡全部被吞噬。说起她在新加坡的经商经历，紫薇说，一句话就够了，一个单身女人是不能出来做大事的。简单地说，就是紫薇虽然有足够的资本在新加坡重新做起了箱包的生意，但因为身边没有男人做后盾，在仍旧是封建传统观念占主导地位的新加坡来说就很难被同行接受，就是接受了也寻找一切机会欺负紫薇，占紫薇的便宜。为了生意和生存，紫薇也找到了一个当地年轻的侍卫官做她的男朋友。这就是紫薇，即使是妥协，她也是按照她的喜好来妥协。结果这种男比女小的结合更加惹怒了当地的商会，他们拒绝向紫薇发定单，尽管紫薇的"薇薇牌"箱包在当地很受欢迎。紫薇只得零售，零售到后来市场也很快被当地的商户抢走，他们把紫薇设计的箱包稍微改装一下，就立刻布满了本来就不大的新加坡。紫薇最终还是走上了绝路，她把箱包公司卖掉，想先去香港，看一下徐勘留下来的别墅。但在临上飞机的时候，才发现她的全部家产已经被她的新加坡男朋友席卷一空。除了一张去香港的机票，她几乎是分文没有。好容易打通一个知情人的电话，人家告诉她，那个侍卫官早就被那些她竞争对手买通了，现在他已经飞到美国了。

一个与漪纹相差无几的破产的经历。

紫薇是靠变卖手中母亲留给她的首饰才回到上海的。

当她知道冬儿已经过世后，半天没有说话。只是不断地吸烟。

紫薇人已经瘦得像一张美女画皮，本来就高条的身材，因为消瘦，就更显得单薄，她的脸虽然经过修饰还是很标致，但里面渗透着的沧桑却是一览无余。皮肤虽然很白，却白的没有生气，没有弹性，给人一种病态的感觉。尤其是她的眼睛，因为瘦，使本来就深凹的双眼看上去就像一对黑洞，里面充满了人生的艰辛。她和漪纹都是经历过事情的人，但漪纹的脸上有一种沧桑过后的平静，是静水流深般的深厚。而在紫薇的脸上，除了沧桑，就是风尘，原来上海大小姐的高傲已经所剩无几了。

在漪纹的赫德公寓的房子里，世恩和漪纹听完紫薇的一路风尘，都不由得长喘了一口气。世恩走到紫薇身边，对紫薇拍拍肩，说："紫薇，我们已经经不起再有损失了。以后就在上海住下，和漪纹一起，和大家在一起。"

紫薇却摇了摇头。她有她自己的理由。

她接下来告诉大家的是一件让他们更加吃惊的事情。紫薇问他们是否知道徐勘在最后的几年到底是做什么事情的。大家当然摇头，世恩说："我对他的财富积累速度过快有过疑问。但是，"当然要有但是，因为当世恩知道了徐勘的情感秘密后，无论如何他都不想对徐勘再说"不"字了。作为一个一起在国外留学的朋友，自己都不知道朋友的感情世界，这件事情给了世恩很大的挫折感，也从心理觉得对不住徐勘。

紫薇苦笑了一下，告诉他们，经过这些年的从商，她有一个体会，所谓的做生意，实际上就是要把钱一分一分的积累起来。上海的民族资本家中有"火柴大王"，有"针线大王"，那最能代表资本家的起家的，就是靠一根火柴，一根缝衣针积累起来的。所以，任何在生意上轻易就能获胜的交易都是靠不住的。

徐勘的资本来源于买卖鸦片。一开始，确实是紫薇让徐勘为她在香港购买一些盘尼西林等珍贵的药品转手到新加坡去卖。但有一次，在徐勘捎来的包裹中，有一大包东西是徐勘让紫薇送到新加坡一个大的药材商手上。紫薇知道这个药材商是做鸦片生意的，但一时也无法证实徐勘带来的东西是否就是鸦片。紫薇不愿意与这些背景复杂的药材商交往，也怕徐勘不小心被卷进去，便停止让徐勘往新加坡寄药品。

可是，有一天，紫薇正在自己的商号中打点已经积压很多的箱包，从外面闪进来一个低戴着帽子的人。凭直觉紫薇就知道这是一个做不正当生意的人，他的衣服有一种绝望的华丽，帽子压的很低说明不敢见人。等这个人走到身边时，这才发现，原来这个人就是徐勘。

"徐勘到过新加坡？"

世恩很吃惊地问，他和徐勘在香港期间，从来没有听说过徐勘到过新加坡。可见徐勘的神秘。

"岂止是到过，那几年，他经常到新加坡。"紫薇说。自从紫薇停止要药品以后，徐勘就自己到新加坡为药材商送鸦片。但他这期间只去见过紫薇一次。

他们已经是许久没有见面了，自然少不了亲热。紫薇就是在这次新加坡见面的时候，知道徐勘已经不是原来的徐勘了。以前两人肌肤相亲的时候，紫薇说，徐勖把女人当成了瓷器。即使在最激情的时候，徐勖也是一个艺术家的激情。可是这次来新加坡，紫薇觉得徐勖就像一个莽撞的下等人，毫无温情，有一种今朝有酒今朝醉的堕落之感。这种感觉仅凭一个女人的直感就能品味出来。徐勖肯定是有了其他的女人，而且不是一个好的女人，因为徐勖已经不疼爱身下的女人了。紫薇说，也就是在这一次，紫薇觉得她与徐勖之间是不可能在一起了，徐勖走后不久，她就与一个侍卫官住到了一起。

紫薇问徐勖到新加坡做什么，徐勖说，当然是做生意。徐勖说，紫薇不做的生意他拣起来再做。紫薇知道他说的不是真话，只是问他，因为什么需要这样多的钱。说到这个话题时，徐勖才回到了从前的样子。他沉默了许久，告诉紫薇，他只要赚到能够恢复到以前的生活的样子，他就回上海，紫薇也必须与他一起回上海，当然，还有世恩一家。

紫薇笑了。说就是你把整个世界买下来，你也不可能决定人家的去留，也许是世恩和冬儿并不喜欢回到上海呢？徐勖说，他已经上了贼船，现在收回也来不及了。紫薇问上什么贼船，也没有拿什么东西，回上海不就行了。紫薇还说，如果徐勖决定回上海，她就把新加坡的商号卖掉，与他一起回去。

徐勖没有说话，只是说了一句，以后不管他出了什么事情，都不要追问。如果有东西给她，她就悄悄接着，但最好要等一段时间。

紫薇就更怀疑了，是什么事情让徐勖产生这样大的不安全感。那一天，徐勖就像要与紫薇永别一样，和紫薇缠绵了一夜。可是这一夜，紫薇觉得他的心并不在这里。

　　其实，紫薇早就知道徐勖的心思。她只是从来没有点破，徐勖也从来就没有把她当成知己一样地谈自己的感情。但她也喜欢徐勖，从在英国一见到徐勖，她就喜欢上了徐勖，徐勖身上有一种她的父辈和兄长们身上所没有的朝气。她知道，徐勖也喜欢她，当然也喜欢漪纹。开始的时候，她以为徐勖的喜欢不过是因为他对这些城市小姐的喜欢，后来，紫薇才发现，他是喜欢她们身上的贵族气。尤其是漪纹的气质，是徐勖在最早就与紫薇说过的。

　　紫薇并没有在意，包括连徐勖在没有漪纹做模特的情况下，给漪纹画出了传神的油画，紫薇也没有觉得徐勖的感情有什么特殊的地方。要知道，其实，她在认识了徐勖不到一个星期后，两人就有了肌肤之亲。徐勖欣赏她的身体，给她画了很多裸体素描，其中最得意的一张徐勖后来画成了油画，被伦敦的一个艺术博物馆收藏。他们看好徐勖，以为他日后的绘画艺术会有出息。徐勖回到上海后，紫薇曾经让徐勖再画一张卖给伦敦博物馆的紫薇的裸体画，但徐勖画了很多张，却没有一张让紫薇满意的，勉强挑出了一张挂在紫薇的卧室，怎么看都没有漪纹的那一张传神。漪纹的那一张油画完全是徐勖凭着漪纹给他的印象画出来的，却是如此的传神。紫薇曾经开徐勖的玩笑，说徐勖的心里其实只有漪纹，可惜漪纹不喜欢徐勖这一类型的人，漪纹喜欢的是像世恩那样有英国绅士气质的人。

徐勖听了很生气，说："漪纹告诉你的？"。

紫薇说，这还用说，我最了解我的这个小姑的。

也就是在这个时候，紫薇知道了徐勖的心思。

紫薇也是一个乖巧的人，当她知道徐勖的心思后，她就再也没有谈过徐勖和漪纹的感情上的事情。自然，这就是两个人在最适合结婚的时候却没有结婚的原因了。至于以后徐勖与紫薇去新加坡、去香港，都是两人觉得在上海实在没有出路，而两个人又都是最喜欢冒险的缘故。

新加坡一夜，紫薇知道，徐勖已经不是原来的徐勖了。在早晨告别的时候，徐勖给了紫薇一摞钱，说，希望她能尽早回到上海，他会提供她一生的花销。他没有说的那句话紫薇也知道，那就是回到上海去陪漪纹。

以后，就是传来了徐勖的死讯。紫薇说，徐勖的死，是新加坡的黑社会老大派人去做的鬼。因为徐勖为了挣更多的钱，又在他们的组织外发展了另一个组织，这个组织因为人手精干，竟抢去了新加坡的大半个鸦片市场。那个所谓的歌女实际上就是新加坡这边派过去的眼线，当徐勖将财产基本都转移到歌女那里时，黑社会就向徐勖下了毒手。

听上去像一部传奇，但漪纹和世恩听了都没有吃惊。在这样一个动乱的社会环境里，出现什么样离奇的事情都不足为奇，更何况是在新加坡这个小国际舞台的地方。但他们吃惊的是徐勖对钱的热衷。世恩说，以前在英国留学的时候，知道徐勖在留学的时候就开始卖画，但那是为了能够不再从岳父那里讨钱。回国后，他一直是他们那一批留学生中比较富裕的人，不仅是他自己经营有方，也是他的岳父不断地资助他，相信他一直是没有钱的亏缺的。

但是不管怎么说，徐勔留下来的房产应该有个交代。现在，两个房子的主人已经都在面前，怎么处置这栋房子也是一个急需解决的问题。从三个人的目前状况来看，漪纹可以自食其力，还能养活一个何妈。而冬儿将那年离开上海时的金条又给漪纹保存了下来，这在金银券漫天飞涨的情况下，是不小的一笔财富。世恩已经成为一家进出口公司的总工程师，虽然离世恩的建筑本行已经相去甚远，但世恩在公司也做熟了，继续做下去也应该没有大的问题。倒是一直在漂泊的紫薇，留在上海确实是一个问题。紫薇的兄长们都跑得四分五裂，还有一个有联系的哥哥现在也已经到了美国。紫薇的丈夫也就是漪纹的哥哥，早在上海成为孤岛前就去世了，紫薇目前也只能是住在漪纹这里。

问紫薇以后的打算，紫薇说当然是要离开上海的。既然她的命运决定了就是要终生漂泊，那还是让她继续漂泊下去吧。再说，她已经习惯了在一个没有人认识她的地方生活，只有在那样的地方，她才能感觉到自由的乐趣。世恩听到这里忍不住说她，那我们这些整日为你担心的朋友怎么说呢？紫薇笑了笑，说，我也想着朋友的。但与其整天厮守在一起，不如天涯海角，还有重逢的念想和激动。漪纹听了也没有表示什么，她是了解紫薇的，经历了这么多的变故，你就是想让她留下来，也是不可能的事情。毕竟，紫薇是一个感情脆弱的人，让她每天看到的都是物是人非，当然会触及她的伤感的。

话是这样说着，大家最后冷静地分析，紫薇也只能暂时先离开上海。因为现在这样的时局，也不适合紫薇的安定，紫薇需要的是一种相对安定中的漂泊。这样，香港自然是紫薇的首选。本来紫薇就是想去香港把那套别墅处理完了再回来，现在看，正好这套别墅为紫薇的再创业打下了基础。但漪纹比较担心，因为她觉得这套别墅的来路毕竟蹊跷，害怕紫薇去了会有闪失。紫薇说，她正是想跟漪纹商量一下，房子肯定是他们的财产，毕竟徐勖是为此搭上了自己的命，所以，这个财产应该是他们的。但是，这个别墅肯定又不能要，因为显然的是这不是一套吉利的房产，应该尽快出手。出手后的财产就是她和漪纹两个人分了。紫薇的意思是，既然徐勖把她们连在了一起，就是有让她们永远成为一家人的意思。现在，她们的亲人也都分散了，就是走的再远，他们也是一家人的。

说到这里，紫薇和漪纹两个都有些控制不住，两个人不由得抱头哭起来。

世恩听明白了紫薇的意思，她的意思是由她出面去香港把房子处理了，然后再由她继续用这笔钱去创业。这也是惟一的选择了。对于房产，漪纹从来就没有想过，她本来就是一个极其清洁的人，不管徐勖用什么方式买来的房子，她都不会要。而且徐勖的情况又是这样，她更是不会接受，就是把房产变成钱她也不会要，也只能让紫薇把这笔钱投资一个实业，从紫薇这里帮助漪纹，一切就顺理成章了。

这样谈妥了后，紫薇就计划动身去香港，她的计划是不住房子，请人从外围打听一下有没有风险，然后低价出售房子。房子出售以后就离开香港，到美国去找她的哥哥，她准备在那里做服装业，从香港走的时候，她要进一批丝绸，这些在美国是见不到的。

但是，紫薇一个人去香港当然是不安全的。再说，如果她也出了事情，连个通风报信的人也没有，而身边能够靠得住的人也就是这几个，谁能陪紫薇呢？

　　世恩让紫薇不用担心，他说，他会给紫薇找一个既让她满意也让漪纹放心的守护者。紫薇倒也不在意，她自己说，这么多年在新加坡一个人也过下来了，有什么可怕的。漪纹就不信，说，是自己一个人回来了，但是干干净净地回来的。漪纹把金条拿到银行给紫薇换了一些钱，要紫薇带到香港去用。紫薇说，她会让他们全体都过上以前的日子的，这也是徐勖的愿望。漪纹却说，以后是什么谁也不敢预料，但今天的生活，有一半是要感谢冬儿的。漪纹这样一说，大家也就不敢再多讲了。

　　世恩负责定船票，取票的那天，世恩没有时间，是漪纹去取的票。漪纹来到船务公司取票的时候才知道，陪同紫薇去香港的不是别人，而是世恩自己。

　　世恩的这个决定并没有对任何人说，但他认为陪同紫薇去处理徐勖的房产是责无旁贷的。徐勖是他们的朋友，也是他们一起在香港居住的。他与徐勖居住在一起，却不知道徐勖的身边发生了这样大的事情，包括感情的事情，他一直就觉得心中有愧。如果，如果紫薇去香港的时候出一些差错，他觉得他才一辈子对不起自己的朋友。无论如何，紫薇是徐勖的女友，他也爱过她，他有为朋友保护女友的责任。

　　他这样对漪纹说的时候，漪纹也是能够理解的。当然，漪纹更担心的是世恩的安全。世恩让漪纹放心，他在香港十年了，毕竟还有一些朋友，再加上是处理房产的事情，就更能替紫薇出点主意了。这样，在世恩陪紫薇去香港的期间，怀温就住在漪纹这里。还是像十几年前漪纹送世恩和冬儿去香港一样，漪纹又送紫薇和世恩去香港。这一次送行，大家觉得比任何一次都有一种苍凉之感，不知道这一别，会发生些什么事情，也不知再见面的时间是什么时候。

紫薇的神情更是落寞，她一直飞扬着的神采，在岁月的磨砺下已经所剩无几了。以前，她与漪纹站在一起，她总是比漪纹要抢眼，不仅仅是她的着装艳丽奇特，主要是她飞扬着的神采。而漪纹，总是需要一颗心才能感受出她的温玉一样的光泽。现在，紫薇的整个神情都很疲倦，反倒显得漪纹看上去平静得很，有一种使人安心的定力。而且，漪纹尽管与紫薇的年纪相仿，但由于神情的恬淡，使得漪纹看上去要年轻了许多。两个人的变化都看在世恩的眼里，心中自然升起许多感叹。他现在只想在今后的岁月里好好照顾好这两位女性。他走过去，像老朋友一样拥抱了漪纹，在漪纹的耳边对她说："等着我回来。"

放开漪纹后，他没有再回头，他害怕看见漪纹温柔的目光，怕这目光拖住他越来越沉重的脚步。

经过了几天海上的风浪，到达香港的时候已经是接近傍晚。他和紫薇仍旧回到了他们最初来到香港的"西区"住地，那里毕竟还留着许多从内地移民过来的艺术家。以前的艺术家已经很少有在这里的，现在这里多半是已经生活得比较安稳的大学讲师、教授等知识分子。所以，一直到很晚，也没有找到住处。虽然他们带的行李并不多，但经过几天的海上航行，人已经疲倦到极点。

紫薇说，不如就去别墅住，自己的房子，还能有什么差错。

世恩当然不同意。已经几年没有到这里，先不说房子的来路很让人不安，就是自己的房子，几年不住，一下贸然住进去，也难说不出什么意外。他叫了一辆出租，把他们拉到油麻地，那里的饭店比较便宜，在一家"富华饭店"租了一个套间，让紫薇住在里间，自己睡在沙发上。

紫薇不明白为什么要租套间，租一间小一点的房间不一样吗？世恩说，也许还要在这里接待一些人呢？

第二天，世恩就去找以前公和洋行的香港分行，这家以建筑为主业的洋行还在中环，看上去事业也发展的不错，世恩想起十多年前自己为了发展事业，离开漪纹来到香港给公司打天下，实在如隔世之遥。公司里的老人已经没有了，新来的经理是英国人理查德，他对世恩的名字倒是熟悉的，也很客气地让世恩在他的接待室里喝了咖啡。世恩不能贸然说明自己的来意，只是说陪自己的亲戚来处理一些家务事情。他了解了香港此时房产的情况，知道现在正是香港大兴土木的时候。

经过一段时间的创业，香港的有钱人都开始建筑有自己特点的楼房，因此，别墅尤其是位置比较好的半山地区，别墅的价格是很贵的。理查德对世恩说，如果他想在香港买别墅的话，恐怕是没有好的别墅的。但如果是出手别墅，他可以介绍几个朋友，他们这里有不少客户来设计别墅，但真正完成的却很少，因为地皮太贵。

世恩说，只是替亲戚了解一下。

回到饭店后，世恩带上紫薇，雇了一辆出租车，两人便来到半山区。他们并没有贸然进到别墅里去，而是在周围像一对旅游者一样，这里看看，那里照照。应该说，徐勘很会选房址，这个别墅的周围虽然也有不少别墅和小型的公寓，但它的位置确是最理想的。它在一个不起眼的转弯处，旁边也有较大的别墅。在别的别墅的衬托下，别墅给人的整体印象是小巧玲珑，所以，很容易被忽略掉。因为是个阴天，在半山的行人不多，但看得出别墅是没有人来的。因为通往房子的石阶上都是草。世恩说，最好还是在人多的时候进来。

经过几天的了解，知道这栋房子是没有人进来过，但谁也不知房子的主人是谁，只是传说主人和情人可能是去海外了，兵荒马乱的，一时出了意外，便留下了这栋别墅。

世恩再次去找理查德的时候，是带着紫薇的。紫薇已经在香港临时购置了几身行头，穿戴起来仍旧是大户人家的太太。世恩告诉理查德，说徐太太因为一直在新加坡，父亲留下来的产业没有人料理，这次回来准备把香港的几处房产都做了结。其他的房子都已经办完了手续，因为这栋别墅就没有来住过，所以希望能有一个好的价格。想请理查德帮助先估测一下，当然是有佣金的。

理查德见了紫薇的华丽，已经转不动眼睛了，听说还有可以效劳的地方，当然是欣然同意。于是，第二天，理查德也带上了公司里的助手，与世恩和紫薇一起，来到别墅。

为怕出意外，世恩事先做了各种准备，甚至，他让紫薇在衣服里面夹上了一层护身，他说，还是要预防为主。

来到半山的别墅时，还在下着零星的小雨，给整个气氛渲染上一种肃杀。世恩头一天就将钥匙放在机油里浸泡了半天，所以，当浑身充满了机油的钥匙伸进已经铁锈斑斑的门锁时，一切都很顺利。

上一次香港轰炸的时候，冬儿和世恩曾经来过一次，他们把房间里不多的家具都用白色的人造棉布蒙上。香港灰尘少，地面上甚至没有灰尘，只是在靠窗的地板上已经生出斑斑点点的霉斑。漪纹的挂像也在那里端庄地立着，还有紫薇的，面对理查德等外人的视线，紫薇看见自己十几年前几乎半裸的油画，竟然有些脸红。世恩见状，马上对与理查德同来的助手说："把这两幅画摘下来。"

理查德见了紫薇的油画，只说："Wonderful"（好极了）。他马上就凑近了紫薇，问，"黄小姐是否能卖这张油画。"紫薇看了看理查德的急不可待的模样，便一本正经地说："如果是一个懂画的人，可以考虑。"理查德连忙说，"我懂，我懂，我在英国的时候就收藏油画。"

紫薇这才笑了，说："可以考虑。"

世恩带理查德上了别墅的二楼，二楼几乎没有家具，因为当年徐勖买下这栋房子时也并没有时间来装饰，他大概是想等紫薇回来后再装饰的。

世恩问理查德的观感，理查德连说："是个好房子，是个好房子。"

但世恩并不这么看。以他作为一个建筑师的美学观点，这座别墅最大的缺点就是没有主脉。它的所有位置都是不正的。当然，在香港半山的地势条件下，不可能建造一切都很规范的房子。可一般的建筑师都会懂得因势利导，借助山势，依山傍水，都能成就出有建筑美感的建筑来。这栋建筑完全是生硬地在有限的空地处还要尽可能地建造出相当面积的别墅，反倒更加突出了地方的狭促。在这样小的空间里盖房子，减就是加，加就是减。这样的设计观念一般的建筑师都是懂得的，可见负责设计的人是听了主人的偏言。房间里到处都是违反这样的建筑理念的东西，比如建筑师加了很多不必要的装饰，在很小的庭院里，还要再立起不伦不类的石雕建筑。世恩心想，但愿这不是徐勖的主意。可是，从整个的建筑风格上看，这就是徐勖的主意，是徐勖的一个英国情节，他和世恩一样，是把在英国第一次见漪纹和紫薇的地方，作为了自己的精神家园。

徐勖不懂建筑。可理查德是懂建筑的，如果他这样说房子好，肯定有他的道理。以世恩的观点，只要有人肯买这座房子，一般的价格就可以了。他之所以让理查德来看一下房子，也是想从侧面摸一下对这栋房子的看法。现在看来，紫薇是可以在这里暂时再住一段了，因为按现在的这种情况，房子很快就会出手。

除了两幅油画，他们什么也没带走房间的东西，临走时，紫薇把手中的钥匙交给了理查德，她正式委托理查德代理她的房子。

理查德把钥匙交给了助理，虽然公和洋行没有代理房子这个业务项目，但在一个非常时期，什么都是可以变通的。何况，理查德知道，因为大陆的战乱情况，许多有钱的人都逃到香港移民。香港的地盘本来就紧张，现在又大兴住宅建筑. 对位于半山这种富人区的地方，地皮早就给分光了。这栋四不像的建筑虽然没有卖点，但它所占据的地盘也是很有投资潜质的。碰上富家豪客，推倒了重来都还值得。当然这是可以接手的事项，完全可以交给助理来办这件事情。何况，这个房子的主人又是这样的风姿绰约，还有那幅很有韵味的油画，都对这个出身于乡村教师家庭的建筑商有吸引力。当下两人就商定了具体的售楼价位及其代理费用。

世恩当然知道理查德的心思。他仅是一笑，别说他知道紫薇已经再也不是十年前在英国见到时的充满了浪漫气质的上海女人了，就是还是从前的紫薇，他也只能是暗暗祈祷紫薇好运而已。他都不能决定自己的命运，又安能干预他人的命运。

房子出手的很顺利，一个来自北平的京剧名优马上就看好了这栋房子。据说名优在北平雅宝路的房子就是一栋英式小楼房，名优住得很舒服，在香港他最住不惯的就是住房的拥挤，正在想办法在半山买房子。

世恩觉得这栋无名别墅最适合的莫过于名优来住，真是适得其所了。

签署卖房合同的那一天，紫薇和世恩都没有出面。有代理人和律师出面，一切就可以了，他们是不想让名优知道房子的真正主人，免得节外生枝。

卖房子的美元世恩让紫薇都带到美国去。紫薇坚持要给漪纹带回去一些钱，但世恩对她说："你又不是不知道漪纹的脾气，别说你现在是最需要钱的，就是不要，漪纹对钱的态度本来就是视为阿堵物的。"

紫薇把漪纹在上海给她的金条又拿了出来，为了购买船票，已经换了一些金条，还有部分金条，紫薇要世恩帮她托管着，一旦漪纹有什么需要，可以用这钱救急。世恩想了想，便把金条收下了。他觉得这金条好像有些保护的作用，一直护送着他们一家。他让紫薇也随身带上一条，留做纪念，不管到了天涯海角，都不要忘记上海还有惦念她的人。

世恩在把紫薇送上开往旧金山的邮轮后，也离开了香港。从此后，他再也没有回到过香港。

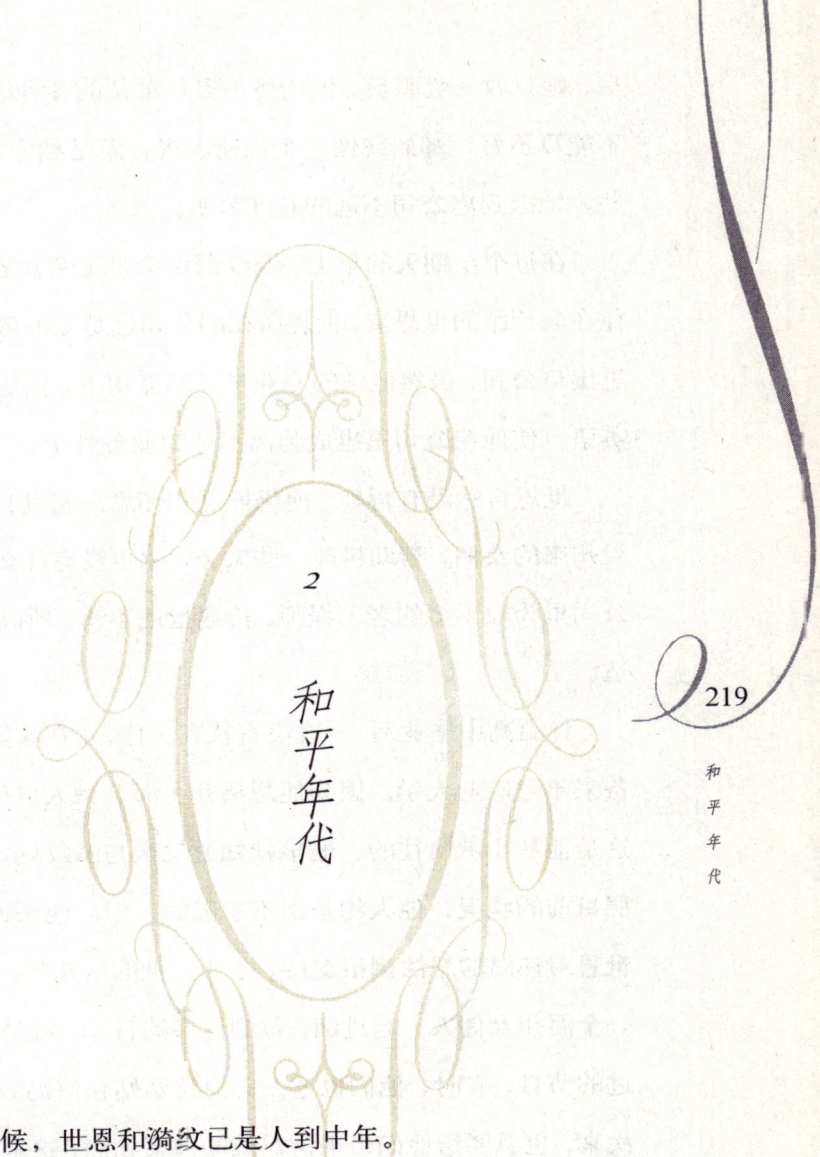

2

和平年代

上海解放的时候，世恩和漪纹已是人到中年。

这本是一个多事之秋的年龄，但因为两人的秉性向来平和、淡泊，虽然一个是豪门之女，一个是留洋建筑师，在解放初期不稳定的政治气候中，倒能平静地居家过日。

漪纹在上海解放后，先是在一家影业公司做英文翻译。公私合营后，她只做一般职员。但始终不参与单位的各种活动，与同事们相处不能算不好，却始终像一个被遗忘者，总是独守着一隅 。为上班近些，她搬到离公司不远的长江公寓。

在每个星期天的早上，漪纹照例会带上两盒冠生园的糕点，去仍住在赫德路的世恩家。世恩所在的公司已是上海最大的一家国营外贸进出口公司，虽然他学的专业早已不能用上，但他那一口流利的伦敦英语，使他在公司里也成为离不开的业务骨干。

世恩自然没有再娶。他仍旧是和怀温一起过日子，家里还有一个温州来的女佣，帮助料理一些家务，倒也没有什么麻烦。因为世恩是公司里为数不多的老工程师，待遇也还不错，所以日子过的也比较舒适。

怀温高中毕业后，一直没有找到工作，正在家紧张地温习功课，准备来年考矿业大学。因为他想离开上海，到人口稀少的野外去勘探，这是他从小就向往的。他早就知道父亲与漪纹姑姑都到英国留过学，照目前的状况，他大约是出不了国的。但对他来说，能出上海也行。世恩对怀温的想法倒很支持。冬儿去世的这几年，一直是他们爷俩加一个温州女佣人一起过活。每到过节的日子，就是漪纹姑姑过来一起过的节日，有时，他们也过去与漪纹姑姑和何妈一起过。漪纹姑姑每次来，也总要给他们带来何妈做的梅菜扣肉，这是何妈最拿手的绍兴菜，也是世恩父子俩最爱吃的一道菜。

有一天，漪纹来到赫德公寓的时候 ，爷俩正在走廊的通风处埋头下围棋。

德国的房子就有一个好处，到处都是很讲究的木地板，如果碰上讲卫生的邻里，整个公用的走廊可以用的像公用客厅一样。碰到夏天天气热的时候，大家就会围坐在大的走廊上，就像一个大家庭围坐在客厅里一样。漪纹进去的时候，他们下棋正到关键时刻，世恩嘴里还嘟囔着："善胜者不争，善战者不赢。"

漪纹听了只是笑笑，路过爷俩时摸了一下怀温的头。怀温眼盯着棋子，嘴里应着："姑姑来了，姑姑坐。"漪纹把点心递给女佣阿娘，便自己去拿壶，给弈战正酣的爷儿俩沏了一壶绿茶。

这些年来，几乎每个星期日漪纹都要到世恩这里坐一下。如果下午漪纹没有来，傍晚时分，世恩便一准会出现在漪纹的家里，已经形成了习惯。

世恩觉得漪纹坐在那里有些心神不定，不停地往茶杯里倒茶，以前她从不喝这么多茶。她一直是小碗吃饭、小口喝茶的贵族习惯，今天却是不停地喝，又不是解渴样的喝，喝一口放下杯子，再拿起来又喝一小口。世恩便将手中的棋子往棋罐里一放，说："今天输给你了，温儿，爹爹注意力不集中。"

怀温回头看看姑姑，懂事地"噢"了一声，便收拾好棋盘，回到自己的阁楼上去了。

世恩接过漪纹递过来的茶盏一饮而尽，顺手抄过一把大葵扇扑打起来。他知道漪纹体质一直娇弱，不能吹电扇，每次夏日漪纹到这里，他都是坐在漪纹的一侧，看起来是给自己扇风，实际上都是替漪纹扇，但后来就都是漪纹自己夺过扇子，替他扇着。

漪纹看着他喝完水，便直截了当地说："世恩，我不想去做工了。你看行吗？"

世恩很吃惊，漪纹从来都是平和地接受生活中发生的一切事情。说来也怪，所有带些棱角的风雨扑到漪纹这里时便会马上无声无息。漪纹这里就像是一个避风港，任何风浪到这里都会风平浪静。

当然，这与漪纹的生活观有关。她与紫薇不同，紫薇是一个对生活充满了欲望的女人，她到了美国后又恢复了以前的生活习惯，她在旧金山居然做起了服装生意。生意做的很好，服装也做的有了些名气。前不久还给漪纹和世恩汇来了一些美元。但她马上又要改行做化妆品，还说如果可以的话再回到上海来发展。漪纹说，搞化妆品紫薇是最适合的了，但必须对她说千万别回来。再说，回来她也没有用武之地，现在的上海女人都穿列宁装，梳清汤挂面头，哪里会有人再化妆。而漪纹却一直是个没有任何生活奢望的平静的女性，既不是家庭妇女，也不是职业女性，她就像与这个社会隔着一层玻璃罩的女人，任何社会变化都不能影响到她。自然，再严厉的政治，也不会太注意这个善良的女性。漪纹居然想到了退居在家，到底是出了什么事情？

漪纹笑了笑，对世恩用英语说："Don't worry。"这是平时世恩常爱说的一句英语，经常在大家遇到问题和困难的时候用这句话来安慰大家。今天，这句话由漪纹说出来，便觉得确实有了些"Worry"（担心）

但世恩不会去过多地问漪纹，漪纹如果不想说，问她也不会说。再说，她决定了的事情，一定会有足够的理由。漪纹是什么人，漪纹不是里弄里的妇女，也不是喊喊喳喳的上海女人，她是曾经在上海的证券市场上驰骋风云的女大亨。世恩看见漪纹的神情并不是特别严峻，便不再吭声，只是摇着扇子，准备听漪纹的理由。

果然，漪纹在自己想说的时候，缓缓地说给了世恩听："总觉得有压力。公司经理的太太去世了。他托了我们科里三位同事来做媒。我怕这样下去他会托遍公司里的人。这倒不是主要的，你知道的，我对他们也没有什么话可说。我想，也还是不会在这种环境里应付。有的有时候觉得吃力。再说，也没有几年好做了，真不如在家里清闲些。也少些烦恼。"

漪纹一口气说完了理由，便不再说话。

世恩听了有些内疚，如果他和漪纹早一些就结合在一起，不就没有这些风波了吗？可是，他觉得现在与漪纹提这样的事情，等于亵渎了他和漪纹这几年的感情。这种感情已经不是能用语言来解释的了。人真是奇怪，有的时候，语言可以表达内心的一切，有的时候语言反而成了障碍。这些年来，世恩和漪纹的关系，早已经连为一体了，漪纹就是怀温的姑姑，而世恩就是漪纹的兄长。世恩觉得，他虽然没有和漪纹住在一起，结为夫妻，但他们之间的相互支撑比在一起还要坚固。这种关系，就像一棵百年的芙蓉树一样，根深叶茂，根本就是不可分割的。当年，他是与冬儿住在了一起，结为夫妻。生活的也很美满平静。但在心灵的深处，世恩经常觉得空虚。只是当初觉得有空虚感都是对冬儿的不公平，才每每压下去思念漪纹的情感。现在，漪纹就在身边，他们像一家人一样的生活了几年，再向漪纹提出住在家里，这就好像把一棵已经很结实的大树再捆绑上一层绳索一样的唐突和没有意义。

世恩对漪纹的决定无法提出反对的意见。而且，不知为什么，他的心里反而有了一种轻松感，以后，漪纹的一切，他肯定是要承担的。

想了想，世恩还是问了一句："生活费能行吗？你还要养一个何妈。当然，这也不是问题，我们可以一起住。"

说到这里，世恩也觉出了一些不妥。

漪纹笑了笑，要过世恩的扇子，无语地扇着。

世恩看着她，心里暗自惊诧，人的适应性真是无法估量。谁能想象得出，面前这位神色安详，衣着素朴的普通上海女人，竟曾经是一个挥金如土的豪门之女。然而，更令人惊叹的是，这个女人可以在各种环境下镇静若定，不是逆来顺受，而是超然于一切尘世的变故之上。无论她身处于哪一种环境，变的是流动的时间，不变的是她处惊不乱的气度。无论她是过去的女王，现今的平民百姓，世恩看着她就有一种温润的柔情弥漫在胸间，敬她，爱她，到永远。

漪纹却浑然不觉世恩的心里活动，她甚至有些开玩笑地说："我可以熨衣服，还会绣花，我就与何妈做同事吧。"她说得那么有趣，好像等待她的是一项有趣的游戏。

世恩也忍不住笑了。为了漪纹说话间所流露出的罕见的孩子气。她说得有些道理，何妈虽然自己没有工作，但她也不要漪纹的工钱，跟了漪纹这么多年，就与自己的骨肉一般。在上海，有很多这样来自安徽和温州乡下的女人，几乎是一辈子都在主人家做事，到了最后，也成了主人家的一部分了。当然，这要是有善心的主人家。但像何妈这样在主人破落的时候仍旧没有任何怨悔地跟定了女主人，也是上海滩少见的。她也是近七十岁的人了，却眼也明手也勤。最近还在街道上揽了些加工活，给出口的成衣钉扣子。钉一个扣子才一分钱，但何妈也愿意接受，钱虽少，但可以补贴漪纹比较清淡的生活。用何妈的话来说，小姐的身子是命定的，缺什么也不能缺嘴。以小姐每月五十几元的工资加上她二十几元的补贴，日子居然也能维持在公寓楼里的中上水平。至少，小姐早上一磅牛奶，晚间一碗银耳莲子汤是几十年没有间断过的。

漪纹也就是看到何妈的这种自食其力而受到启发，想要彻底回到家中。她实在不愿意再在一些无聊的人事关系上浪费情感了，她就是不愿意过问一切人事上的麻烦的事情，事情最终也会找到她的头上来的。上海的女人本来就多出生于弄堂，不敞亮的事情过多，心眼儿就像弄堂里的小路一样弯弯曲曲，善于在犄角旮旯里面做文章。而眼下又是一个多事的时代，漪纹面对变幻莫测的人事，经常感觉有些吃力。面对一些世俗的眼光，她倒能担当。但当世俗干脆就挤到身边来了，她便觉得不胜其烦。

漪纹供职的影业公司本是一个业务单位，她的英文翻译历来是公司里的主力。可是主管她的一位领导，恰恰是因为她的业务太好了而排挤她，常常在经理面前说，漪纹是适合到科研单位里云的。他经常把一些最没有意义的商情材料拿给漪纹翻，这些资料性的东西翻完了也就完了，在公司里只起到一种知晓的作用。漪纹开始还觉得这也没有什么，她对单位里面的事情，从来就没有任何企图。但她慢慢地从这里面看出了一种提防和戒备，她从心里觉得不值。不值得在这样的环境里面继续浪费自己的精力，她宁可把她仅剩的一点精力用来关照何妈，用来关心世恩和怀温。她只剩下了一条路，回家。

其实，在漪纹的心里，她还有一条最宁静的路。

当晚上夜深人静的时候，漪纹经常看着窗外的月光问自己，这样的人生还有什么意义。对她来说，"前途如归途"。生活在她面前就是一天又一天的重复。面对这样的重复，她看不到结尾的地方，更看不到来路和去路。她没有看到生活中任何可以继续下去的意义。这一想法其实她早在父亲家破落的时候就有过。只不过那时的这种想法让她心惊，而现在，这种想法让她愈加觉得生活的平淡。如果不是因为还有世恩，还有紫薇，她觉得她将欣然前往那个归途。连前往的路途她都想好了。她可以变卖所有的家产，乘火车到西藏，到雪山找一个干净而又背风的地方，在音乐声中长眠下去。这种归途倒是令她神往的。

但是，她不仅仅是她自己的。她若仅是她自己的，一切就都好办了，只需要行动了。但是，她知道世恩对她的情感，她在他的身边，就是世恩的一个心理依靠。还有紫薇，她和紫薇情同手足，在最困难的时候，她们都相依为命。现在，紫薇还不知道在国外的情况如何，如果她就这样舍下紫薇自己去寻找平静了，对紫薇是一个莫大的打击。紫薇刚强，但紫薇需要漪纹来给她淬火。这是紫薇亲口对她说的，她没有理由就这样为了个人的平静，而将她的这两个至亲至爱撒手不管。她可以不管她的哥哥们，但她不能不管世恩和紫薇。所以，思来想去，回家是她觉得最适合她的一种生活状态。她可以全心全意地关照着世恩，就像何妈一直在关照着她一样。事情就这样很简单地决定下来。

漪纹不再去上班。

等到把所有病退的手续办好的那天晚上，漪纹想到第二天再也无须上班了，心里竟是无法形容的激动。就像被解开枷锁一样的轻松。

她亲自去菜市买了河虾，买了河蟹，还买了一瓶黄酒，她要把这一天当做自己的新生一样来对待。她让何妈去叫世恩父子，她自己亲自到厨房去做油爆河虾和清蒸河蟹，这些都是世恩爱吃的东西。两家人坐在了一起，比过年还要热闹。怀温还不清楚发生了什么，看见姑姑难得的兴奋，便讨好地说："姑姑是不是拿到奖金了。"

漪纹笑着对怀温说："对，不过这是姑姑自己给自己发的奖金。以后，姑姑要经常给自己发奖金，然后就请客招待小怀温。"

世恩看见漪纹这样高兴，一颗心也安顿下来，但他心里也在暗暗盘算着，以后要以什么方式来接济一下漪纹。说起来真是惭愧，这么多年来，自己在经济上实际一直是漪纹在接济的。因为漪纹的工资高，再加上毕竟还有些底子，世恩和怀温的衣服几乎都是漪纹给买的。现在漪纹的收入肯定要比过去少很多，他想应该是他当家的时候了。

漪纹的居家生活很舒适。清晨起床的第一件事情就是打开老式留声机，放上几盘她收藏的柴可夫斯基、巴赫、门德尔松的乐曲，翻看着由何妈赶早市时在人民公园购买的报纸，再也不用在匆匆忙忙赶时间的时候还要及时地把何妈放置在提兜里的小点心拿出来。漪纹实在无法说服何妈单位里的食堂比较好，便总是趁何妈不注意时再把点心放回饼干筒里。何妈最关心的就是大小姐的胃，她的人生哲学就是要把胃伺候好了。现在就不用了。等到何妈将这两居室的房间打扫干净了，两人便坐在客厅里放金鱼的大桌两边，何妈戴着老花镜钉扣子，漪纹便在另一边熨从一家疗养院领回的被单、工作服。

日子就在漪纹的手下像熨衣服一般没有褶皱地平铺过去了。

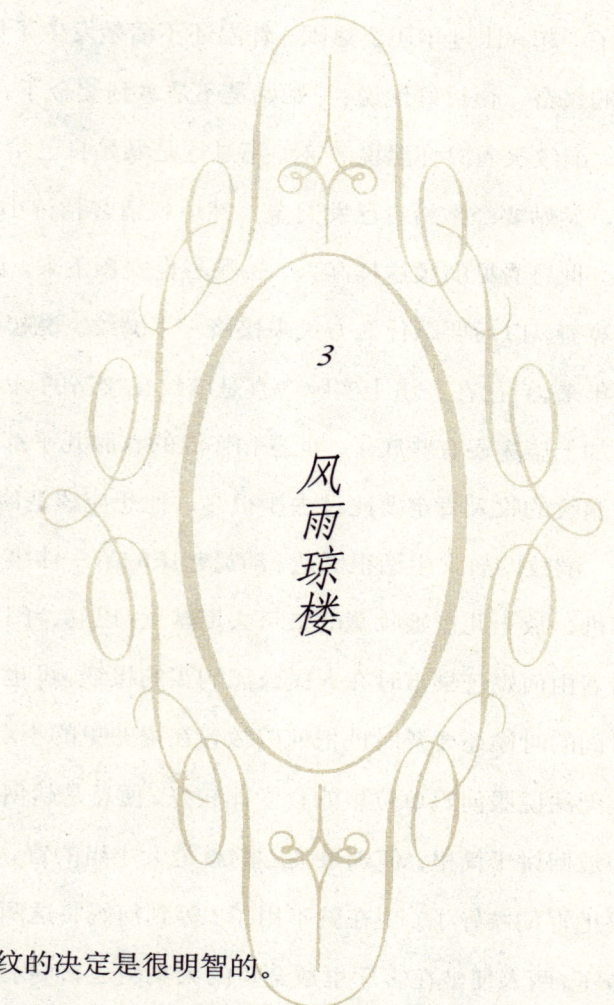

3

风雨琼楼

事实证明，漪纹的决定是很明智的。

漪纹辞职的第二年，史无前例的"文化大革命"开始了。

这是一个以清扫知识和文明为对象的运动。如果漪纹还在原来的影业公司上班，毫无疑问，她是运动的对象。但恰好漪纹刚归划到街道一年，许多人都还不知道她已经是病退在家的人了，好事者的注意力还没有转到她身上。再加上漪纹从搬到这个叫长江公寓里来的时候，就尽量不与周围的人来往，低调的态度，朴素的生活，不知情的人，都以为这是一个生活简单的母女之家。所以，头几年也颇为平静，仿佛居住在一个台风的中心，外面山呼海啸般的震撼着，漪纹的家里倒是一派祥和。只不过比以前多了几张毛主席的画像，这是何妈的主意，她说挂主席像吉利。

不幸的是世恩。

怀温已考上一所冶金大专学校，定下来的毕业去向就是去三线。三线都是在一些深山老林里的兵工厂，虽然不如搞勘探更浪漫些，倒也满足了他要离开上海的宿愿。世恩对此也无异议，只是觉得在这样一个环境下，怀温最好再深造几年。但考虑到目前上海的形势一片混乱，还不如让他早早躲到学校里去，安心念一点书为好。

但世恩自己却夹在一股来势凶猛的狂风中。

他所在的进出口公司早已停止了与"帝国主义"的经济来往，没有事干，便开始把精力瞄准了那些以前在业务上颇有权威的骨干身上。世恩与漪纹一样，做人处世一向严谨自律，不苟言笑，本应很少是非，但他对业务要求太严，为人又清高，不免也成为一帮小市民发难的对象。很顺理成章的，世恩被打成里通外国的"叛徒"、"间谍"、"情报人员"。

世恩被剃成阴阳头的那天，温州女佣吓坏了。她给这个从来不会大声说话的老爷子做好饭，烧好水后，便跑到漪纹那里哭诉去了。漪纹听了，二话没说，从身上掏出刚发的四十几元工钱，让女佣先回乡下去，便带着何妈，赶到了世恩那里。

女佣做的饭菜还在小圆桌上放着，纹丝未动，屋里黑黑的也没开灯。世恩的卧房里，却散发着一股浓浓的烟草味。漪纹打开灯，发现世恩坐在书桌前正埋头吸烟。他从来不吸烟。漪纹走过去，替他把烟掐掉，把他拉到外面的屋子里，让他坐在一把太师椅上，何妈已把一块大大的白布围上了他的肩头。

世恩明白了她们要做什么，仅仅哭一般的笑了一下，便低下头，把眼紧紧闭上了。

漪纹接过何妈手中的剪刀，仔细剪掉世恩的另一半头发，也不说什么。何妈坐到了世恩的对面，忍不住数落起来："我也算活了七十多岁了，见得也不算少。漪纹一家我是从头看到尾的。人活着，是活的人这口气。这口气是自己喘的，别人让你咽，你只管喘你自己的，照样活着自己的身子。可千万别去咽别人给的气，你就是在这里喘着别人的气，他也不会就此认为你好，就会饶过你。何况，你在这里生气的时候，人家早就欢喜干自己的事去了。你又生着别人看不见的气，又在这里毁自己的身子，最不合算了。多大点事?!我早就看出来了，人活在这个世界上，其实很简单，你就想着你只是为了几个人活着的，你就为这几个人负责就行了。只要你生活中的人都安安生生的，其他的东西都是瞎扯。我就喜欢漪纹丫头……"

说到这里，漪纹和世恩都笑了。漪纹已是近六十的人了，在何妈眼里还只是一个丫头，让一晚上凝聚着的紧张气氛不知不觉之间就化开了。何妈一看两个主人都笑了，自己也高兴起来，把手一拍，说得就更痛快了："我看啊，什么都比不上你们两个在一起。只要你们两个身体都好，天大的事情又能怎么样。"

漪纹见何妈说的有些多了，便笑着说了一句："何妈。"何妈马上就知道了漪纹的意思，赶紧拿起扫把扫着剪掉的头发，还是忍不住说着："好了，不说，不说。听大小姐的。"

漪纹把世恩的阴阳头整理成一个平头，站在世恩的面前端详了一下，笑着说："不错。可是，我怎么觉得像一个人。谁呢？对了，挺像李叔同。"

世恩不好意思地笑笑，用手在头顶上摸了一下，居然也有了一种轻松的口气："我倒很想像弘一大师那样寻个清静的地方。只怕是现在走遍全国也没有清静的地方了。"

何妈说："我们姑娘那里清静，过来住吧。"

漪纹和世恩听了都很尴尬。自从冬儿去世以后，他们之间仿佛有个默契，绝口不提两人的感情，似乎这样便是对冬儿最好的怀念。何妈在这个时候提出这个很敏感的话题，他们一时都有些不知该如何应答。

何妈只管自己说着："我年龄大了，日子是一天一天有数的。我就是不放心小姐，年龄也都不小了，住在一起多方便。"

世恩觉得不好再不说话，说："何妈，你放心，我会照顾好漪纹。只是我自己的处境不好，常去你们那里，怕会连累你们。等以后——"

漪纹听了连忙说："不是那样的，我自己的处境还不是一样。我们那里人多一些，我是担心人多嘴杂，反倒不方便。"

漪纹说的是事实。

长江公寓里的人口在呈几何数字变化，以前的老住户大多都因为家庭出身问题或者个人的其他问题而被迁走，新来的住户就更杂了。首先在职业上就有很大的不同。以前住在长江公寓里的人，多半是一些职员或者教师等文职人员。新的一拨住户大都是工厂里的小头目，有的也是街道上的小头目。眼见着公寓里的空气有了火药味。在一进公寓大楼的走廊上，每天都有醒目的大字报贴在那里，不是一楼就是二楼。时不时会有新发现的"资本家"和"特务"被革命群众揪了出来。那些糨糊还没有干，就又被新的覆盖上去。

漪纹走过走廊时，从来都是头一低就过去，她不用看就知道上面都写了些什么。那些耸人听闻的"特务活动"让漪纹感到又好气又好笑。这个民族是彻底疯了，怎么就没有人动脑筋想一下，这个朗朗乾坤，真的要有这么多的特务，还不早就变样了。再说，还有谁会有这样大的心术来安置这样多的特务，她从她的家族演变中已经获知，要统领这个民族，真的不是一件容易的事情。已经垮了台的政权说明了领导不了这个民族，而现在本应该是乾坤清朗的日子，却又平添了这些动乱。

以后的几天，漪纹让何妈先住在世恩这里。她白天在自己家里继续缝衣和熨衣服，傍晚的时候，便过来帮助何妈给世恩做饭，然后世恩再送她回家。世恩已经不再上班，天天在家的事情就是打棋谱。他的围棋技艺已经达到了没有棋子照样可以打谱的水平。他经常要用棋谱上的句子来给漪纹鼓气，用围棋术语来解释身边的世界。什么"金

角银边草包肚子"。什么"善战者不赢，善赢者不争"等等，让漪纹听了，平添了许多的启发。外面的世界是一片风声鹤唳，而在世恩的小屋里却春深似海，不管外面多么紧张，一到了世恩的家旦，漪纹就觉得好像又回到了以前宁静的岁月。即使身边没有音乐，也觉得空气里在流淌着一首岁月的老歌。这首老歌是专属于她和世恩的，只要在空间里有两个人存在，空气里一准会有这首老歌响起。漪纹听到这首老歌，心里就温馨，就踏实。尤其是这段时间，只要在世恩的小屋里见到了世恩，漪纹就觉

得心中悠的一暖。离开世恩，心中便觉得干枯，眼前的世界也如同荒漠。她发现，她在心底深处是越来越依赖世恩了，虽然世恩并没有给予她物质上的支持，世恩在这里就好像是漪纹的家园，在这个家园里，漪纹才能身心得到舒展。

但是，就是这样的平静日子也没有坚持多久。

世恩很快就被造反派勒令在家写检查，检查自己在英国留学的时

候为什么要学建筑，而不是学马列经济。还要让世恩交代在英国期间都接受了哪些间谍机关的培训。为了不引起造反派的注意，世恩便不让何妈和漪纹再来看他，说先躲过这一阵后再去看她们。其实，世恩自己也不愿意让这两个年龄都不小的女人过于惦记他，每天都要往这里跑。

何妈的精力也一天不如一天了。先是两只眼睛突然什么都看不清，医生说是老年青光眼，无法根治；接下来就是耳聋，耳聋声音必高。她过世的前几天，简直像是吵架般的交待她的后事，好像她要理直气壮地去一个别人不让她去的地方。看着何妈在一天一天地老下去，衰弱下去，漪纹的心里很难受。

在漪纹的记忆里，她的母亲只是一个少言寡语的老太太，她永远都不笑的面孔虽然很好看，却不给人亲切感，也许就是因为她过于严肃，才使得父亲在最后的日子里并没有与母亲一起生活。但何妈却不一样，她是具体的生动的。从漪纹记事起，她就在漪纹的身边晃着。她爱唠叨，爱生小气，但她是亲切的，包括连漪纹自己成长的事情都是由何妈来给她解决的。可是，这个世界又一次给漪纹展现出它残酷的一面，就连最亲近的何妈，它也要把她带走了。她紧张地关注着何妈的变化，何妈喊她的声音越高，她的心里就越踏实。因为从声音里，她还能感知到何妈顽强的生命力。她甚至鼓励何妈，不要紧，如果你想叫我，就使劲喊，这样我还觉得屋子里有声音一些。

一天晚上，何妈又大声把正在卧室里悄悄听音乐的漪纹叫出来。这一时期，全上海除了震天惊地的造反歌曲外，就是锣鼓喧天的现代京剧。漪纹想听自己的音乐，只好偷偷躲到卧室里，一天中只有这个时刻她最轻松。听到何妈的叫声，她便笑着出来。几十年了，她待何妈如自己的母亲，从来没有对她大声说过一句话。只见何妈正古怪地望着她，眼睛比平时要亮出好几倍。她让漪纹把衣柜里的饼干筒拿来。

漪纹轻轻问了一句："怎么把饼干筒放衣柜里？"

衣柜里的饼干筒，还是一只解放前的康元饼干筒，上面的图案斑驳不清，隐约可见是一个大胖小子正举着一只圆圆的饼干笑着。饼干筒里沉甸甸的，筒盖上面糊着一个大红的纸封。漪纹把饼干筒拿给何妈，何妈便大声地说："打开！"

漪纹仍是笑着，她越来越觉得何妈可笑又可爱，神神秘秘的，会有什么呢？她是主人，何妈是仆人，她难道不知道仆人有多少家当？

当她打开筒子后，里面的东西却让她惊呆了。许多她面熟又眼生的古玩、手饰、金锭、金条，足有大半筒。何妈在一边捡出一个什物便大声注解一句：

"这是老爷升职那年赏的。"

"这是我来上海时太太送的。"

"这是你交易所生意最红的时候特意给我买的。"

她手里捡着的是一对披金挂彩的小金象，沉甸甸的要有几两重。但漪纹知道只是外面那层泊金是真的，里面是铜心。这是一个印度首饰商送给她的，那是她最红火的年代，从青春到财富。想不到何妈却一一保存着。她握着这对小铜象，伏在何妈身上，轻轻地叫了声："何妈。"

何妈摸着漪纹的头发说："你爹爹好福气，有你这个女儿给他兜着福呢。小姐，什么事情都不要着急，要慢慢等待，慢慢等待什么事情都会有结果的。小时候你爹给你算过一卦，你是贵人卦深，卦谱要到很晚才出，但是上上吉。你听我的话，你是要结婚的，但是很晚，这个人却是你最早认识的人。"

漪纹听到这里忍不住笑了，说："何妈，我知道你的意思，现在这样不是很好吗？"何妈一听就大声嚷了起来："不一样的，漪纹。你可不能像我，总要有一个自己的家。家是要有人气的。没有人气，哪里是个家呢？"

停了一会儿，何妈的声音又有些嘶哑，指着那些金首饰说："这些都是你们黄家的东西。我是看着你长大的，总也放不下你。我知道你这个大小姐的脾气，什么事情都是自己抗着，自己忍着。你把这些东西留着，不到万不得已不要动它，就算是我在黄泉底下对你的保护吧。"

老人说完便有些累，让漪纹把东西收好，她要先休息一会儿。

这一夜，何妈这里倒是一夜宁静，没有什么声音了。而漪纹守着一堆旧物，怔怔地坐到下半夜。有好长时间了，漪纹都没有梳理心中那温馨的一隅。在那里，她完整地保存着她对整个家族的记忆，好的坏的都有，包括她那个吸鸦片、上赌场挥霍的哥哥，想起他的时候竟有一种冬日黄昏时分的温吞吞的亲切感。目睹何妈保存下来的黄家老宅里的旧物，虽有隔世之遥，却使她从这遥远的时间距离中，回味出以往家族的辉煌。都过去了，物是人非，面对着这堆精巧昂贵的旧物，漪纹突然感到人是最脆弱的东西，最经不起时间的打磨。只有这些沐浴着人类智慧结晶而生成的小精品们，才成为人曾活动着的记录和象征。它们被保存着，将来也还会长久地存在下去，将会一幕一幕地看着它们身边上演的人生的悲喜剧，包括她的家族在内的一幕悲喜剧。今天，这些东西经由何妈的手还保存着，明天就不知它们会归属到哪里去。按照时下的形势发展，真是不知道这个社会的轨道会伸向哪里。其实，在她的心里，伸向哪里都没有什么意义，她在社会上的位置仅就是一个符号，可能连符号都不是。她知道她只对世恩有意义。既然这样，她觉得她也确实应该考虑一下她与世恩的关系了。

何妈房间里的自鸣钟敲响了四下，已是黎明时分。漪纹仿佛被惊醒般从回忆中走出。她披了一件宽大的毛巾睡衣，来到何妈房间，却发现何妈正睁大着眼睛望着天花板。漪纹赶紧叫她："何妈！何妈！"何妈仍旧睁着双眼，没有回音。她已经过去了，无声无息，犹如她的整个一生。

何妈的丧事只有世恩和漪纹操办。

她一生没有子女，早已把漪纹当作了她的女儿。在漪纹心里，何妈也比她的母亲的血缘之亲还要亲近。当漪纹捧着何妈的骨灰盒独自走进冰冷的房间里时，她再也抵挡不住内心深处的凄凉之感，跪在何妈的遗像前，失声痛哭起来。

月亮像冬天的空气一样清亮冰冷，冷冷地照着在黑暗中哭泣的漪纹，似乎有些惊诧，这个心如秋水般清冷的女人，应该是什么都已看透的，却还一样为人间的悲欢离合所悲恸。人啊，再超凡脱俗，也仍旧是一个血肉凝成的凡人。

4

百年好合

为了避免使漪纹受牵连，世恩减少了去漪纹家的次数。

他们同在上海，相隔不远，却也采取了通信的方式。信上也多半不讲近况，只是谈天说地，顶多加上几句象征性的诸如"这几天多阴多云"，"前几天有雷阵雨"之类的话。漪纹也都能意会，那意思是说他最近几天仍旧写检查，前几天又挨过一次批斗。

看见信中轻松的语句中夹杂着诙谐的调侃，漪纹也放心了许多。隔一段时间就去看望一次世恩，总是漪纹做了点好吃的东西。比如馄饨、汤团等，这些东西都是何妈在世的时候经常做的，世恩也是吃惯了自家制作的馅类食物，他自己在家，不会做别的，就是顿顿吃阳春面。

这样的日子又过去了几个月。

初春的一天，太阳把压抑了一冬的阳光呼啦啦全部释放出来，使漪纹的心头有了些轻松感。几天没有接到世恩的来信，心中不免就有些担心。昨天一晚上右眼就不停地跳，让漪纹的心里很不踏实。何妈在的时候，她会嘴里念念叨叨的，然后取一小条火柴杆，贴到漪纹的眼皮上。漪纹学着何妈的方式，想要让眼跳缓和一下，但没有用，而是跳得更厉害了。她预感到是世恩那里出了问题，一定是出了问题。

上午，漪纹将家中收拾干净，做好了一切准备。在这样的时局面前，出什么事情都是不稀奇的，漪纹一点也不慌张，这个世界只要有人在，什么事情都是可以抗过去的。她提着塑料网兜，盛上一大饭盒烧笋干，准备去看望一下世恩。赶到世恩那里时，已经微微出了一身细汗。毕竟已是年过花甲的人，走了几百米的路，搭乘几趟车，已有累意。走上那个旋转的楼梯时，却见世恩家的门上挂着一个硕大的门锁。楼里的阿嫂阴阳怪气地说："快去看吧，正在大球场呢！"

"大球场"是世恩这栋公寓附近的运动场。自从"文革"开始以来，运动场成了名副其实的"运动场"。逢到附近的各个单位批斗"牛鬼蛇神"时，便在运动场的主席台前拉上巨大的横幅，上面写着"批斗×××群众大会"。球场的看台上，也贴满了红红绿绿的标语，每次都是一个内容。这些标语口号一张贴，平时供男孩子们踢球、扇烟牌的场所便变得一片肃穆，杀气腾腾，连在里面忙着布置会场的人也好像已佩带好专政的武器，有一种矜持的、气宇轩昂的气派。漪纹家附近的街道也有这样一个球场，只不过比这个要小。每次开批斗会，漪纹总是被人指挥着拿着马扎，坐到一群叽叽咕咕的家庭妇女堆中，她觉得这是一生中最难捱的时刻。有时想起来，就觉得怎么生命在她的手里到处都是触目惊心般的陌生和不快，她已经愈来愈不能适应这种陌生感。

漪纹来到球场时，球场正响起一阵震耳的呼口号声："打倒反动权威×××！""打倒死不改悔的走资派！""打倒……"

漪纹的耳朵里已分辨不出他们到底在"打倒"谁，只听见"打倒"的声浪不绝于耳，似乎比哪一次批斗会都来势汹汹。她慌忙挤进观看的人群，往主席台前靠近。她想看看，主席台前那一排挂着大木牌，戴着高纸帽的一队里，有没有世恩。

越往前挤，看热闹的越多，多半是些停课在家闲逛的孩子。都是最能起哄的年龄，不能独立地去参加什么组织，却有足够的模仿能力在围观中活跃气氛。漪纹在这群孩子中间挤时，心里着实有些紧张，害怕他们瞎起哄。她看他们只顾着呼口号，并没注意到身边这位神色紧张的老年妇女。

她终于挤到了前排，定眼一看，世恩就在挨斗的队列的边上，与她仅有几米之隔。虽说还是春天，但挨斗的人们几乎个个热汗淋漓。因为每人的脖子上都挂着一块至少有十几斤重的黑木板，上面用白石灰粉刷着"打倒×××"的字样，各自的姓名都是被颠倒写着，上面还用红油漆打上几个大"×"。

世恩在这一堆人中似乎是罪行最轻的一个，他没戴纸帽子，只是挂着一块黑木板，上面写着"里通外国的叛徒、内奸林世恩"。"林世恩"三个字写得歪歪扭扭，恰如世恩已被红卫兵小将们丑曲着的身形。

突然，在世恩一次微小的颤动时，漪纹在他的脸上发现了一个令人揪心的伤痕。

在世恩的太阳穴旁有一道很深的伤口，显然是被挂在胸前的黑板上的铁丝划的。伤口没有被人理会，便自然风干成一道深红色的血痕，终端还凝着一粒血珠子。这滴血珠子在阳光的映照下，闪烁着涌动着血光，好似一粒名贵的黑红色玛瑙石。漪纹突然感到一股疼痛钻到了心底深处，她觉得她的呼吸都要弄住了。这疼是那样深深地刺激着她，使她不由"唔"地呻吟了一声。声音很小，但世恩仍旧听到了，并飞快地向漪纹站立的方向瞥了一眼。这一眼让漪纹终生难忘，这是一种多么复杂的眼光，里面包含着善良、羞惭、不安、自嘲、愤懑、冷漠、超脱等等等等。太复杂了，使漪纹没有勇气再在这里迎接世恩的第二次眼光。她抽身从人群中跑了出来，世恩第二眼只来得及看见漪纹那已经灰白了的头发。

晚上，漪纹拎着炖了一下午的鸡汤来到世恩家。

世恩仍旧顶着那抹血痕平仰在床上。那一只腿在床上一只腿在床下的姿势，表明世恩自一进家门就没有动过地方。

漪纹也没有吭声，将鸡汤重新温过，又将包里的药棉及药水拿出。她将世恩扶起，拉过一床棉被放置世恩身后，然后仔细地替世恩擦拭着伤口。

世恩目不转睛地看着漪纹，对伤口的疼痛几乎没有感觉。漪纹轻轻地擦着，轻轻地问："疼吗?疼就哼几下，可以减轻一些。"世恩摇摇头，只是微微一笑。在漪纹给他上药的时候，他就那样目不转睛地看着漪纹，好像害怕漪纹会在转眼间消失。看着看着，他伸出了手，将遮在漪纹额前的一缕头发轻轻地替她向后拂去。他的动作是那么柔，又是那么凝重，就像面对一个珍贵的瓷器。漪纹又一次感觉到了那股心尖上的锐疼，她终于忍不住内心深处那无边无际的伤感和担忧，拥抱着世恩，无声地抽泣着。

世恩亦无言地抚摸着漪纹半白的头发，他是眼见这半年来她的头发日渐花白了。他感觉胸间有巨大的气团被阻隔着，使他窒息，几乎不能喘气，一种欲说还休的天地苍茫之感充盈在他心中。人生真是一场苦难，天灾还不可怕，最怕这人灾。由人的愚昧而人为制造的社会灾害使你有一种自己瞧不起自己人类的灭顶之感。惟一使他能感到充实的，就是这个身边的女人，可这更使世恩有一种针刺般的疼痛。都是人，有人使你痛苦，让你感觉到成为人之可悲；但也有人能使你感觉到一种伤感般的幸福，幸福得使你感到心尖的战栗，让你又觉得人性是多么高贵。人真有为了另一个人而在所不惜的大舍之心。唉!世恩在心里深深地叹息，这真是一个悲喜人生。

漪纹好像听到了他的叹息，抬起头来，经过泪水洗过的眼睛显得格外明亮、年轻。多么像他们第一次在曼彻斯特相遇的那天。是的，世恩惊喜地看着漪纹,这不是那个第一次出现在他眼中的女神吗?眼睛仍旧是这样亮，这样坦荡，却又有一种人世间难以见到的刚毅。世恩忍不住低下头，轻轻地吻了这一双眼睛。他已经想吻它们想了几十年了，从在曼彻斯特他们第一次相见时就想。

漪纹闭着眼，品尝着这巨大的欢乐。世界在周围渐渐退去。过往的一切也在短暂的瞬间显得那么遥远。她匆匆走过了六十多年，六十多年的路程好像就是为了在今天驻一下脚，享受这生命中的欢娱。无论过去繁华的时代，以往萧条的境况和刚刚发生在身边的种种不堪，比起两颗相知相敬相爱相随的心的融合，简直就像过眼烟云，丝毫不能遮挡住两颗心的碰撞。

世恩将漪纹拥进怀里，悄悄地说："等到形势稍微宽松些，我们就结婚吧。"

漪纹点点头，突然又用有些开玩笑的口吻道："现在也可以啊！"

世恩又轻轻地拂开掉到漪纹额前的头发，轻轻地摇摇头。其实他不摇头，漪纹心里也清楚，当然是不可以的。那个时候谁都可以充当一个法律代表来宣布一件事物的死亡。无法就是法。

这一夜，他们一直相拥，坐至天亮。

5

海外飞鸿

　　本来，漪纹和世恩计划形势有所好转后就结婚的。尽管两个人都是进入古稀之年的老人，但如果认真算起来，这却都是他们俩的初恋。无论如何，他们也还是想把结婚仪式搞得正规一些。但是，后来紫薇的出现，却使事情又有了变化。

　　漪纹的亲属在"文革"之前就没有了来往，她的哥哥也就是紫薇

244

的前夫，自从再次结婚后，也就没有与漪纹有任何来往。这主要是漪纹在哥哥与紫薇离婚后还继续和紫薇来往，便得罪了那个从来就没有见过漪纹的嫂嫂。何妈曾经代表漪纹去送过礼金，回来说以后让漪纹还是不要与这个后嫂打交道，一看就不是一个善茬。

后来陆陆续续的也听说了哥哥的一些情况，但都没有更直接的来往，只是知道这个后来娶的嫂子与哥哥一起吸大烟，把父亲留下来的一条街的家产全部吸光了。"文革"的前一年，漪纹接到了哥哥去世的讣告，何妈陪着漪纹在哥哥的骨灰前站了半天。就是在这半天里，也没有见过这位厉害的嫂子。据说这个嫂子也已经快不久于人世了，但她还是不能原谅她小姑子曾经和丈夫的前妻过往密切的经历。其实，岂止是过往亲密。漪纹与紫薇的关系，情同手足。以漪纹和她哥哥的关系来论，比手足还亲。

在世恩挨斗的那个阶段，实际上每天晚上漪纹都是和世恩在商量两人婚事，不是商量如何举行仪式，而是商量如何能够通知到紫薇。这也是世恩的坚持，他坚持要让紫薇先知道这个消息。

紫薇刚刚去美国的时候，还经常来信。逢年过节还会给漪纹和世恩寄一些中国稀有的巧克力、罐头等东西。还有钱。用紫薇寄来的钱，漪纹可以换一些外汇券，至少在友谊商店可以买到一些稀有的商品。但这些外汇券给漪纹带来了很多麻烦，每次去兑换的时候总是要被询问所有的亲属关系。于是，漪纹很快就给紫薇写信，让她不要再寄了。这些东西对漪纹和世恩来说，已经不是什么必须的东西。他们已经适应在普通的生活中坚持一些自己的生活习惯，而紫薇带给他们的恰恰是不习惯和麻烦。先是领取这些东西时的麻烦，再是购买东西时别人羡慕的眼光的不习惯。毕竟，漪纹和世恩都是生活中很低调的人。只有何妈对这些东西很兴奋。这些东西让她回忆起在漪纹的小洋楼里生活的日子。

"文革"后，漪纹和紫薇就再也没有联系。在这之前，已经知道紫薇经营的化妆品成为一个国际品牌，生意做的很大。但紫薇好像也没有再结婚。按照她的性格，她就是再结婚也会通知漪纹和世恩的。现在想要再和紫薇联系，也不太可能。听说往国外寄一封信都是要经过海关的检查的。还没有人往这方面想，再让别人知道她们在国外还有这样的大资本家亲属，那不是惹火烧身吗？想也别想了。

这样计划着，越来越觉得还是不要在这个时候结婚为好。本来世恩的罪名就不小，如果再与出身复杂的漪纹结婚，那些造反派就更要抓小辫子了。这样便拖了下来。好在慢慢地单位斗争的对象已从世恩的出身上转移到了当权派的身上，世恩被遣送到浙江的乡下，反倒等于把他给护养了起来。

世恩在乡下，早已没有亲戚。就是原来寄身的黄家，也早就没有了联系。黄家的大院，早已经成为镇里的卫生所，世恩跟一个五保户黄太爷住在一起。黄太爷对世恩的身世比他自己还清楚，连连劝着世恩，这个世道，一忍就过去了。凡是闹的轰轰烈烈的事情，没有一个是长久的。倒是不声不响地做事情的，能够坚持下来。他说，你看，那些个大家，对不住了，太爷用手向黄家大院的方向指了一下说：他们多么火热，最后留下了什么。倒是你这个伢子，还活出个人样来。叫回来就回来吧，就住在太爷这里，不用多久就回去了。就是不回去也没关系，你不就是这里出去的吗，又回来了就是。

太爷说的话果然不错。

世恩在乡下没有住上半年，就被落实政策，回到上海的机械进出口公司，继续做翻译业务。因为公司里又开始"抓革命、促生产"了，而公司里的翻译人才实在奇缺。所以，虽然世恩已经到退休的年龄，却还不让他退休，还要让他继续再干业务。

漪纹在世恩回到乡下的时候也去看过他，她很喜欢桐庐这个地方。她对世恩说，如果再过几年上海还是这么闹腾的话，他们就干脆把户口都迁回来，也不用住在镇上，就到严子陵钓台的那片山里盖一间小房子，每天早晨看着浩淼的江水，看着远山的黛色，应该比在上海要舒心的多。

就在世恩刚回上海没有几天，美国大使馆就派人到漪纹住的公寓里找到漪纹，要漪纹到美国使馆去签收一样东西。

漪纹心里明白大概是紫薇的事情，便让世恩请假，陪她去了上海的美国领事馆。

到了领事馆，才知道事情原来十分复杂。鉴于目前中国的情况，美国领事馆要求漪纹出具能证明个人身份的有效证明。当然，也提到可以让一个叫林世恩的人来证明漪纹的身份。幸亏世恩就在身边，否则漪纹真的会再也不理会这些讲美式英语的美国人。世恩说，他就是林世恩，这个举止端庄的女士就是黄漪纹小姐，两个人可以互相证明。如果户口本、工作证等有关证明还是无法证明他们的身份的话，那他们就回去了。他们并没有主动要来，不是领事馆要他们来，恐怕这一辈子也不会到美国领事馆来。除非是在美国的吴紫薇要他们来。

不知是因为世恩提到了紫薇还是因为世恩刚刚讲的话说服了领事

馆的美国人，他们马上就放缓了态度，给漪纹看一个英文文件。这个文件需要漪纹签很多的字，漪纹仔细一看，就知道是一份接受遗产的通知书。

漪纹不由得问："出了什么事情，是紫薇吗？她怎么了，为什么没有信。"

世恩连忙扶漪纹坐好，从美国人的严肃的态度上，他大致已经能猜出三分。

果然，美国人用外交辞令说："很遗憾，不得不告诉你们一个不幸的消息，你们的朋友、亲属吴紫薇小姐在美国旧金山去世了。因为吴小姐死后很多天才被发现，使得她的遗嘱的执行工作就变得格外困难。"

漪纹听了，呆呆地坐着。尽管平时没有多少时间去想紫薇，而紫薇也不是一个容易让别人惦记的人，因为她自己太能干了，都相信她会折腾的很好。至少不会比漪纹和世恩差。但漪纹没有想到紫薇竟然在他们前面去了，而且去的这样凄惨，竟然死后身边都没有人。这样想着，漪纹的眼泪便忍不住流下来。

这一生，漪纹可以说经历很多，多少生死存亡的变故她都经历过，漪纹的反应都是沉稳冷静。但这一次，漪纹却是实在控制不住了。当她听完紫薇的噩耗时，已经泪流满面，等到世恩来安慰她时，她已经泣不成声。紫薇啊，是她一生中最好的姐妹。

世恩也觉得这个消息真的是太惨烈了，尤其是对刚刚从运动中挣扎过来的他们来说。他把漪纹揽到怀里，也没有说话，只是不停地叹息着。

领事馆的美国人看见这样的情感流露，也被深深感动了。他用生硬的中国话劝说着："黄小姐，不要太伤心，吴女士毕竟是一个成功的中国女人。据说，她的这种离世的方式是她自己选择的，也符合她的行为方式。"

接下来领事先生告诉他们的关于紫薇的故事，任他们如何猜想也是想象不到的。

原来十年来没有通信的紫薇在事业上获得了巨大的成功，她经营的一个化妆品牌成为美国新一代年轻人追崇的产品，一时间经营规模扩大了好几倍。但紫薇却在事业如日方生的时候，把企业全部卖给了美国一家新兴品牌的化妆品。后来的事实证明，紫薇的判断是准确的，化妆品行业在美国必须是大的品牌才能坚持到最后。美国人只承认大的品牌，而对一些小的品牌即使是质量十分完美，他们也不承认。没有办法，这是一个在认知上很有儿童化倾向的国度。

紫薇卖掉企业后并没有就此闲居下来，她在旧金山投资开办了一所华人养老所。在这个养老所里，所有的华侨都是可以以低廉的价格入住进来。说白了，其实就是一个廉租公寓，但以老人为主，还免费提供一顿晚餐，中式晚餐。紫薇并不在养老所里任职，她只是拥有一间带套房的公寓。她入住公寓后，深居简出，除了给她打扫房间的工人，谁都不知道这个衣着非常讲究的中国女人在房间里都干些什么。她既不开火，也不去餐厅吃免费晚餐。后来才知道，她基本上吃的都是微波炉食品。说到这一点漪纹和世恩都觉得合乎紫薇的性情，在上海的时候，她就是酷爱吃西餐，没有可口的宁波菜她宁可选择西餐。

紫薇去世后，她的律师在整理遗物的时候才知道，紫薇是患了乳腺癌。但据她的医生讲，她拒绝做任何手术。医生说，这个中国女人有一种惊人的魅力，这个魅力就是不怕死。她曾经对医生讲过一段话，使医生在很长的时间里都在回味这段话，但等他品出味道来的时候，紫薇也病死在自己的房间里。

这段话的大意是，生命的使命就是要完整的结束，不完整的生命即使是活着的也是没有意义的。女人之所以不同于男人，就是因为她有美丽的女性特征，如果为了残喘生命而破坏女人的完整，那是对上帝的不敬，也是对女性的不敬。她不会以破坏女性的完整而去追求本来就要终结的生命。紫薇的医生说，紫薇不像一个做商业的女老板，她更像一个女诗人。她居然很冷静地和医生一起商量如何控制她的病情，不是从病理上控制，因为除了手术，还没有发现有什么药能够控制住癌细胞的发展。她主张从神经上控制，就是说尽可能地减少患病的痛苦。好在乳腺癌的痛苦并不是很严重，如果经济条件来得及的话，注射吗啡等镇定药剂，会使人在有限的生命中保持一定程度的完整。这就是紫薇深居简出的主要原因。

领事说完紫薇的主要经历后，漪纹和世恩都长喘了一口气，紫薇还是那个他们的紫薇，她在任何时候都是能够自己应付天下的。就连她处理自己病情的方式，也是纯粹的紫薇式的。那个医生说的对，紫薇是有魅力的，不仅仅是她不怕死，而是她对生命是大肆张扬的，生命在她那里是要百分之百的张扬的。

但是，美国领事馆找到漪纹和世恩的意义不仅在此吧。

领事看懂了世恩和漪纹疑问的眼光。他从文件夹里拿出了厚厚的文件袋，让漪纹在一个文件上签署了名字后，便把文件包递给了漪纹。

说，你们看了吴女士的这些文书，你们会了解得更清楚一些。吴女士还有一些遗产指定要交给黄小姐，你们可以选择更方便的方式来办理相关的手续。随后，吴女士的律师也会到上海来和你们面谈的。

漪纹和世恩接过紫薇的一包文件回到漪纹的家中。

相对于世恩的家，漪纹的家当然更舒适一些。即使是在一个贫困和乏味的年代，漪纹也能在她的房间里保持着她的固定的漪纹情调。

比如说，在一个最不靠街面的房间的角落里，漪纹仍旧保持着以往的习惯，放置了一把舒适的沙发，和一个脚凳。上面都用米色的毛巾被全部覆盖着，在一只带有大灯罩的落地灯的照顾下，传递出了一种静谧、安详的情调。每次世恩来到这里，漪纹总是让他坐在这里稍做休息，然后她会给他端上一碗莲子汤。刹那间，世恩恍惚回到了从前漪纹的房间里。

这一次，漪纹和世恩一起回到了漪纹的家里，他们从外面买了一包生煎馒头，漪纹很快做了一点鸡蛋汤，简单吃完饭，就开始读紫薇留下来的信件。

其实，紫薇的文件只有两种，一个是一本笔记本，里面有不记日子的日记，断断续续的，多半是紫薇的一些经验和体会，也包括一些数据和计算。看来，这是紫薇惟一一个用笔记录生活的本子，因为记的东西太杂，没法理清头绪，他们便先看漪纹分别留给漪纹和世恩的信。既然紫薇要求两个人一起到场继承遗产，他们也没有必要分开看信，两封信两人是一起看的。

紫薇给漪纹的信写的比较长，也是断断续续的，用不同的笔，甚至不同的纸，大约有五六张。

紫薇一来就告诉了漪纹她的病情：

漪纹：

很想叫你嫂嫂，可是觉得滑稽，称呼滑稽，意义也滑稽。但这一生，对我影响最大，我又最思念的，就是你了。虽然我没有表达过，但我知道我不表达你也会知道，就因为这，我就更喜欢你，尊敬你。

我患上了绝症。不要害怕，这信到你手里时，不知要经过多长的时间，我预计是十年。但愿十年后中国能有所改变，那时，我会回去看望你和你的至爱世恩大哥。你不要脸红，我早就知道这个你已经藏了半个世纪的公开的秘密。尽管我对你的处理自己情感的方式不会同意，但我很敬重你的克制和隐忍。我不知道当你看这封信的时候，你是否还是和世恩大哥在一起，可我知道，如果没有世恩大哥在你身边，也不会有别的人在你的身边。你就是这样的公主，一生只是为了一个人。

这是很幸福的事情。一生只有一个人可以思念。我的一生，现在想起来，实在是没有什么可以值得留恋的。留恋也没有用。按照以前的想法，我应该十分满足，即使我患上了癌症，也应该是一个基本上顺利的人，所有的不顺都是我自己造成的。来到美国后，知道了一个事实，这就是性格即是命运。

我的命运完全是我自己的性格造成的。我完全可以和你们一起做一个平凡但是顺利的人，完全可以在上海重新过上以前的风光的日子。可是，这些我都厌倦了。连做一个普通的人的愿望都厌倦了。

252

人活着就是为了经历的。我的经历，我的经历不说也罢。那些在新加坡没有一个亲人的日子都过来了，现在的岁月，活着就是为了回忆。我惟一值得庆幸的事情就是我有很多的经历值得回忆。

我不想治我的病是想活得有点尊严，就像漪纹公主你一样的有尊严。你的尊严使你抵挡了一生的风风雨雨，而我为了赢得那些转而即逝的财富却输出了自己的尊严。我现在就要自己维护自己的尊严，尽管这一切已经没有了什么意义。我把所有的财富都换成了这座养老所，就是为了让一些有生活经历的人在这里回忆自己的一生，找回自己的尊严。我在这里已经把你们的床位早已准备好了，如果有缘分，我们就在这里集合。如果没有，那也没有关系，就算是我们的灵魂在这里相聚吧。

你的紫薇

九月气爽

另一封信：

漪纹姐：

请允许我这样叫你，虽然在年龄上咱们相差无几，但在心理上，我是愿意这样叫你的。本来我们就是姐妹的关系，而不是姑嫂之间的关系。你不觉得这个世界上，血缘的关系是最愚昧的关系吗？

我这一段在医院里进行康复治疗，实际上就是一种调理。美国人的治疗，就是这样，许多的花架子，只能是一种心理安慰罢了。

但是这样反倒让我集中精力回忆了我们共同走过的路。

我想，婚姻是什么。我是从婚姻走过来的人，我对婚姻实在是没有良好的印象。对我来说，它只是一个壳子而已。我在婚姻中所获得的，除了把已经有过的友情变成敌意外，没有任何实际的意义。当然，我是一个比较个别的人。可是，你和世恩都是非常出色的人，我看婚姻也并没有给你们带来什么希望，反而成为你们感情交流的屏障。我在想，其实我所奉行的，就是最好的婚姻的形式。当年我与徐勖在一起时，我知道就有很多的人看不入眼，不说是在国内看不入眼，就是在新加坡也是被人当成不正常的。幸运的是我与徐勖都有共识，我们都是被婚姻的绳索捆绑得不舒服的人。我与你的哥哥实际上是很相似的人，如果没有婚姻，就可能是很好的朋友，也可能产生真爱。他的贵族气已经腐朽得要发霉了，但婚姻把这一切可能的因素转变成决不可能的因素，婚姻是化学剂。

徐勖的事情比较复杂，如果不是我已经知道你的内心世界，和世恩大哥的心事，我是不会再选择与徐勖住在一起的。但这也并不影响我继续和徐勖住在一起，因为我们俩的婚姻观是一致的。徐勖知道他是不可能与你成为婚姻关系，他就不寄予希望，他与我能够坚持在一起的主要原因是因为这样能够可以名正言顺地经常见到你。现在，这个秘密和事实已经不需要遮盖了。

你能知道我总是坚持在国外居住的重要原因吗？一开始就是想躲避你，我不希望因为感情的缘故影响我们之间的朋友关系，后来我才发现，其实徐勖这样做对我们四个人都没有伤害。他用他的方式来爱怜他心中的女神，同时又能与我在一起有世俗的需求。他对我说过，其实都是婚姻这种形式阻碍了人类情感的进一步升华，婚姻这种形式就规定了人的感情必须是自私的。婚姻再经过一百年一定会有一个新的形式，也许，就是我和徐勘所选择的形式。但是，他说我和他都已经超越了婚姻的形式，情感上应该是一种升华的情感。所以，我们之间也始终有真实的情感存在着。就像世恩对冬儿一样，像冬儿这样一个冰雪聪明的女孩，怎么能不知道世恩对你的感情，她只是不知道该怎么样处理你们之间的关系罢了。冬儿早夭，应该是她的福气，因为谁都不能肯定将来的变化。

但是，我只是觉得你们就不对了。尽管这是你和世恩的修养所定，但当身边没有别的因素制约的时候，你们应该更敢地走到一起。我不知道你们在犹豫什么，我从国内过来的人那里知道你还是自己一个人居住。为什么不走到一起，你知道人生实际上是很短的吗？我总是觉得自己在为一个生存不停地积累，总是想等到有钱的时候如何如何，直到有一天我发现我可能已经不能再像一个正常的人那样享受人生的时候，我发现我挣的钱已经花不完了。我想，我为什么没有早些算计好自己的生命时间，我现在的时间已经是向生命偷来的时间了，已经算不得是我的时间了。所以，我才义无返顾地把公司卖掉，全面享受我喜欢的生活。但我发现，我已经对享受这两个字没有什么兴致了。

我是一个懒于思索的人，但现在我有大把的时间让我来思索匆匆忙忙走过的人生。

我想了很久，知道了一个事实，即使重新活一次，我还是要这样行走。所谓的性格即命运。

我把部分财产留给你和世恩，不算是我年轻的时候不停地给你们找麻烦的回报，是因为我更依赖和信任你，这就说明血缘在社会的发展上是要逐渐被淘汰的。这些钱，是让你和世恩到美国时用的，如果有一天你们能够自由地到美国，能够为你们提供一些盘缠。当然，如果身体允许，最好是再到英国的曼彻斯特去重游一下，我在那里的感觉最好，那里也是碰到我们生命中最重要的人的地方。

紫薇

旧金山冬天

又一封信，是在一张广告纸的背后写的，字也很潦草，看上去就有些心神不宁的样子。

漪纹：

我可能坚持不到能够去看你了。中国还在乱，我实在没有精力去办那样复杂的签证，去了也怕带给你们麻烦。可我的身体已经空洞了，我已经感觉到病灶在全身都安营扎寨了。我仍旧坚持吃药，但不坚持治疗。我想除了在梦中和你们会面，我也不想见到任何一个人。在这个世界上，人是最亲近的人，也是最生疏的人，我宁愿选择一个人安静地告别这个世界，我想这应该是最尊严的离开世界的方式。所以，我会逐渐远离人群，直到我永远地告别他们。

漪纹，越是一个人独居，越容易坚定自己的信念。我终于明白，你一直是那么有定性，有主意，大约也源自你的独处，即使你是在人群中的，你的心灵也是独处的。我现在除了和我的律师和医生联系外，几乎与外界没有联系。每次我外出的时候，我都能感受到背后射来的人们的眼光。正是这些好奇的眼光占据了他们主人的视野，使他们没有机会来注视自己的心灵。我注视自己的心灵，才发现它们被忽略了很久很久。那是哪个名人说的，高贵永远是和贫穷联结在一起的。我因为害怕贫穷，才与高贵的品质失之交臂。这种追求真是背道而驰，我越富有，就越平庸。你的高贵的气质是我所望尘莫及的，也是我暗自妒忌的，可我恰恰就是在追求财富的时候离它越来越远。所以，徐勖说我是聪明反被聪明误。徐勖很聪明，我还是很喜欢他。

不过，也好。我们之间有落差才能有鉴别。而且，这样的人生经历，才能使我在如今的独处中并不感到寂寞。漪纹，你知道吗？我现在的脑子可忙了，每天都在上演我们过去的故事，过去的故事真是精彩，远远胜过今天的平庸的时代。这个时代是一个物质的时代，也是我曾经追求过的时代。我要告别这个时代，回到我们共同度过的时代。奇怪的是，最近以来，我经常梦见与你和世恩大哥在一起，还有徐勖。我知道这意味着什么，我可能要先去徐勖那里报到去了。

紫薇

病疼中

这张写在广告单上的信之后，是一张简易的留言纸，上面匆匆忙忙写了几笔：

漪纹：一切都交给律师了，见到我的信，你只需按照律师吩咐的办理就行。我不勉强你，但香港房子的留款你一定要留下，想办法把房子也买回来。如果方便，就把我带到那个花园里去吧。

紫薇绝字

这些信显然是在一个很长的时间里断断续续写成的。可以想见，紫薇在写这些信的时候是忍受着精神和身体的折磨的。这使漪纹更加伤心，她对世恩说，我不想看了，你的信你自己看吧。

世恩知道，漪纹一方面确实是心情太悲伤了，不愿意再去读紫薇伤感的文字，一方面在给世恩的信里，紫薇一定是写了关于他和漪纹的婚姻的事情，她不愿意再看这样的字眼，以免更伤心。

世恩在沙发前坐下，借着灯光，继续读着紫薇写给他的信，只有一封：

世恩大哥：

请允许我这样称呼你，要知道，我自己的哥哥我都不称呼的，对你我也一直是直呼其名，但在心里，我早就这样称呼你了。而且，这也是我最后一次称呼你了。

在你的心里，世恩，你一定是责怪命运对你太无常了吧，明明有自己的心爱的人（请原谅我这样直白），可是命运偏要给你安排了另一个，而这另一个也是你不愿意伤害的，这就更增加了你和漪纹姐之间的距离了。其实不然。其实，你是我们四个人中最幸福的人。我和徐勖是浪人，浪人是谈不上幸福的。漪纹是一个超人，一般的幸福对她而言也是没有吸引力的。你是一个善良而平凡的人，但却有一个优秀的女人愿意永远守在你的身旁，还有一个温顺的妻子随时抚慰你的寂寞。相比较于我们三人的追求，你是实在的多。我们都好比是水中捞月，是没有期待的。漪纹的幸福在于她的执着，一个人有了自己的信仰和追求，她的生活即使是贫穷的，精神上也是高贵的。

　　说到这里，我要批评你了。世恩大哥，我所以说你是平凡的，就是说你没有勇气来承担漪纹给予你的深沉的爱。冬儿在世的时候，这还是一个很充足的理由。可是，在这个世界上只剩下你们两个相亲相爱的人的时候，为什么你不能承担漪纹的感情呢？我相信，就是读我的信时，你们还是相敬如宾一对至友。为什么？我承认我是一个庸人，庸人自扰。我没有别的愿望，就是想让你们这两个实心眼的人快快结合。人生苦短，那是因为有幸福的事情。像我这样每日都是最后的一日的人，度日如年，我觉得时间实在是太慢了。为什么不把身边的幸福牢牢抓住呢？

　　世恩大哥，我还是觉得漪纹的幸福是要由你来安排的。徐勖和我才是真正的冤家，我想我很快就会找他去了。

　　紫薇给世恩的信没有落款，但很明显是写给世恩的。

这一个晚上，漪纹和世恩读完了紫薇的信，真是感觉已经没有什么话可说了。许多他们本来应该说的话，似乎都让紫薇给说完了，在他们眼里非常莫测的人生也一下子变得简单了。

　　人生，说短很短。他们还没有觉察到，只是在瞬间的时间里，他们已经是老人了。而紫薇，也已经先他们而去。可是，他们又觉得人生是这样的漫长，好像走了一辈子，总是没有看到尽头。现在，让紫薇的几封信，给全部点活了。

　　一个晚上，世恩都在灯光下看着漪纹。漪纹也没有催促世恩回去，他们好像忘记了时间，忘记了周围的环境，只是互相望着，望着，好像又回到了几十年前的那栋小楼一样的恬静、安适。他们都从心里希望，希望时间就在这里永远停留，不再继续。

第五章

温润如玉

Life

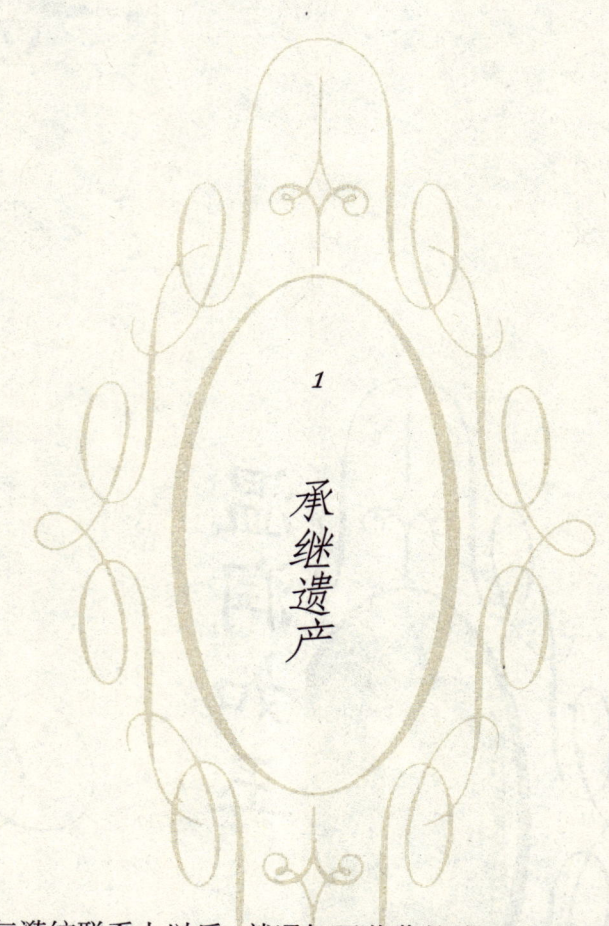

1

承继遗产

　　美国领事馆在与漪纹联系上以后，就通知了紫薇的遗嘱执行律师
到上海交涉有关遗产的手续问题。

　　问题非常复杂。首先是漪纹与紫薇之间没有血缘关系，要证明他
们之间的关系反而要美国方面提供相关的证明。其次，漪纹要去美国
一个人肯定是不行的。尽管早年漪纹去国的时候没有任何问题。现在，

她毕竟是年愈古稀的老人，没有人陪伴，是不可能成行的。而世恩如果陪伴她，又需要证明。当然，这也是可以做到的，无非是他们两人到街道办事处去登记结婚。但问题不在这里，而是漪纹对前去美国继承遗产毫无兴趣。

人在这个岁月中生存下来已经很不容易了，谁还会再去自己惹一身的麻烦。在那个时代，财产就是麻烦。就是再愚钝的人，也能清楚这里面的厉害关系。于是，漪纹和世恩都有了不想接受遗产的想法。但两人一商量，这样也不行，因为毕竟是紫薇的最后的交代，不去接受，本身无法面对紫薇的遗愿。但如果接受，分明又是增加了两人的负担。没有想到，等到紫薇的律师来到上海找到漪纹和世恩时，两人就是不想接受也不行了。

律师告诉他们，紫薇还有一个私生子在上海。这些遗产有一些是要通过漪纹和世恩转交给她的儿子的。

这个消息使两个人都有一些吃惊。他们只知道，紫薇是和徐勖一起同居过，但从来就没有听说过两个人竟然还有一个私生子。而且，竟然在给两个人的信中丝毫都没有提过。这是怎么回事。

莱瑞律师是一个年过半百的美籍以色列人，以以色列民族的聪明才智来处理像紫薇这样几经周折的遗产案当然不在话下。但在漪纹和世恩的眼里，他当然还是个孩子。但就是这个像孩子一样的中年的美国人，居然知道漪纹和世恩都不知道的紫薇的秘密。

莱瑞律师说，其实不用惊奇，他一直是与紫薇小姐书信联系。她从来就不愿意让律师到她的门上来，有些避免不了的签字的事情，也是先递到邮箱里，等到她签完以后，再交到邮箱里。莱瑞律师专门代理亚裔人的私人事务，他所接触的亚裔人都是很传统的有板有眼的规矩人，但像紫薇这样快到生命结束的时候才交代重要的继承人的事情，他还是第一次见到。

医院通知莱瑞去见紫薇的时候，以为紫薇是病危了。但见到紫薇的时候，她却显得比以前更年轻了。据莱瑞介绍，紫薇在旧金山是一个出名的不愿意见人的名人。人们传说她的财富，可以捐助一个奖学金，但却不愿意给自己买舒服的住房，只是住到条件简陋的养老所里。只有莱瑞律师知道紫薇到底有多少财产。可是，紫薇的生活方式几近怪癖，她除了每年要莱瑞到她那里核算她的财产以外，再也不肯与任何人见面。这一次见到了紫薇，却是在她神情很好的时候。就是在这一次，紫薇当面口述，说她的遗产除了已经授权的以外，剩下的全部遗产的二分之一要留给她在上海的儿子，要莱瑞找上海的前嫂子漪纹和朋友世恩去执行。至于能不能找到，就要看漪纹和世恩的能力了。不过，紫薇说，她的儿子有一个很好记的记号，那就是儿子的眉中心有一颗痣。当年能够在新加坡生下她后就送到了上海，就是想以后儿子是好认的，将来不怕找不到他。现在算起来，儿子也要40多岁了。

漪纹和世恩听了这样的留言后觉得又好气又好笑又震惊。

这个紫薇，一生折腾，到最后还是留给了他们一个巨大的难题。国内经过了这么多年的风风雨雨，谁都不知道能够发生什么事情，发生了什么事情都是可能的。再说，既然有自己的儿子，怎么能够拖到最后让别人来给自己认呢？

莱瑞看出了漪纹的疑问，他给予了解答。他也将同样的疑问提问给紫薇，紫薇说，她没有养育这个儿子，知道去找儿子只能是自己找麻烦。她对自己的亲生母亲都缺少思念，主要就是因为她从小就是被奶妈带大的。只是不过自己在这个世界上还有自己的骨血，有这样的条件，总要给自己的骨血做点什么。所以，找儿子并不是去索取，而只是表达一个母亲的爱意和歉意，这就足够了。难道还要让她在经历了人生磨难将要休息的时候，再去自己寻找烦恼吗？

他说，莱瑞强调的说，她说她自己从很小的时候就知道自己是不能与正常人一样生活的，她并不强求。就是最后漪纹不能找到儿子，也没有什么。一切就都捐给养老所。

这样一来，漪纹就是不想过问紫薇的遗产也不可能了。可是现在就是过问也不是现实，谁能说明她和紫薇的关系，而且还要去美国办理所有的手续，简直就像是天方夜谭。

讨论的结果是，一切先放下来，等到能够寻找到紫薇的儿子再说。

但漪纹和世恩的事情也要有个了断了。恰好世恩这一段时间外贸公司要他到技工学校去带学生。这是一帮子弟学生，需要较好的师资，但经过"文革"的一段时间后，学校里有能力的老师已经都走光了。只有先让世恩去带一段时间。漪纹便和世恩商量，等世恩过了这一段时间后，再办两个人的事情。

2

吴家有女

　　虽然世恩以后逢人便说："毛主席是我的媒人"，但认真说起来，除了他与漪纹是前生有缘，也有冥冥中的命运的安排。谁也不会想到，他们就是在世恩锻炼的地方找到了紫薇的儿子。

　　世恩到了学校后，还没有上几天课，就碰上了所谓的"反击右倾翻案风"的运动。公司里肯定是不能回去的，一回去世恩就是运动的焦点。只有留在学校的校办工厂里带学生。

这个学校的工厂有一个散热器车间，世恩就在车间里干铣工。对这项危险性较高的工作，世恩倒是从心眼里喜欢。看着那一个个粗糙的刚从模子里倒出的散热器，在他的手下铣成闪烁着银光的器件，就像做出了一件件工艺品般令他赏心悦目。他每天都要超出定额铣出几百件散热器，车间里的工人师傅也因此对他十分友善。

车间还有一个任务，供外贸子弟学校的学生学工锻炼。每一个月换一批学生，不知搞出了多少残次品。反正那年月注重的是"抓革命、促生产"，革命在前，生产是次要的，也没有人在乎次品是否太多。世恩却仍是一样认真、严谨的工作作风。每天下班，便将白天红卫兵小将们的残次品收集起来，第二天再做处理，也能补救一些成品。

这一批学工的学生中，有一个圆头圆脸的女学生，叫吴小阳，是世恩车间学生的小组长。小组长也仅是十四岁左右的样子，却十分活泼好学。不知从哪里听说世恩是留过洋的建筑师，便缠着世恩要他教她画图。世恩起先不肯，小丫头更跷着脚趴到世恩的耳边说："我爸爸告诉我，快要恢复高考啦。他要我偷偷温习功课，好准备考大学。"世恩忙问她父亲是做什么的，才知她父亲原来是搞核工业的军人，转业后在上海市文委任职。吴小阳说，因为她的妈妈特别喜欢有知识有文化的人，整天就是让小阳在家温习功课，搞得吴小阳的父亲也把读书的希望寄托在吴小阳的身上。

世恩有些将信将疑，回来就去找漪纹，漪纹说："你给她把基本功练好就行，先看看是不是那块材料。"

于是，世恩每逢下班时，便给吴小阳布置画一百条直线啦，出几道趣味数学题等等。第二天吴小阳也总是完成得很好，不见得有多么聪明的头脑，但肯用功，就是性子急，本应一周完成的作业，她总是第二天就交上，答案自然令世恩啼笑皆非。但世恩看出，小姑娘脑子还灵活，主要是粗心，小数点一错，答案也对不了。于是世恩就劝吴小阳不要学建筑。小阳不服气地问："为什么？"世恩从眼镜上方瞅着她道："你这样马虎，将来设计图纸时，忘了设计地下管道，市政局还得负责再在公寓楼的外面设计公共厕所。"小阳咬着嘴不吭气，以后的作业，倒也细心了不少。

有一天，像往常一样，中间休息的时候世恩仍旧去擦拭铣刀。正在把一具新换的金刚钻牌铣刀往机器上换，吴小阳兴冲冲地拿着她的作业本跑进来。"林师傅快看！林师傅快看！"一边叫着一边向世恩旁边挤去，说时迟那时快，只听"轰"的一声，小姑娘挤歪了世恩腿边的开关，车床旋转，带走了世恩的一截食指。

世恩刹那间坐在地上，脸色苍白，鲜血从捂着的右手间流下来，把个吴小阳吓呆了，只是站着看，一时想不起该做什么。等到工人们将世恩扶到医院后，吴小阳才大声痛哭起来。

她奔到医院时，世恩已进了手术室。小阳给父亲打了电话，那位亲自送过原子弹上天的前国防军事工程师吴思源匆匆来到医院，请了最好的外科医生替世恩断指再植。他深知一个建筑工程师失去右食指意味着什么。

手术进行了四个小时。"还算及时"。外科大夫走出手术室对小阳父亲说。他们对病人的身份都不关心，因为有一个市文委主任关心，就足够说明什么了。

事后漪纹常在世恩面前讲小阳找她的情景：那丫头一扑进门，漪纹就知道世恩出事了。她从来没有见过吴小阳，吴小阳也没有来过漪纹家，但一看见吴小阳的圆圆的脸蛋，笔挺的鼻梁，还有一双格外有神的杏眼，就觉得心中"咯噔"响了一下，这个长相简直就是紫薇少女时代的缩影。按照年龄来推断，如果紫薇的儿子已经结婚了话，她的孙女也应该是这个年龄了。漪纹没有对小阳说什么，因为小阳一见她就张着大嘴边哭边说："林……呜……林……呜……断……断"漪纹不用问，已明白是怎么回事，她一面哄着小阳说"不要紧"，一面跟她一起来到医院。

来到医院时，世恩已经在手术室里，因为吴小阳父亲的关系，医院正在全力抢救世恩的手指，进行断指再植手术。这个手术的难度相当大，吴主任便从军队调来了最好的外科医生，一起给世恩进行手术。漪纹进来的时候，见到吴主任，没有人介绍，就礼貌地对黄主任点了头，说："谢谢首长的关心"。小阳的父亲很是吃惊，便好奇地问小阳："你向奶奶介绍过我？"

小阳也很吃惊，说："没有啊，奶奶怎么一眼就认出你来了。"

漪纹笑了笑，心里说，不仅能认出你是小阳的爸爸，也能认出你是吴家的子孙，只有吴家才能有那种很有欧洲血统的鼻子和眼睛。而且，吴主任的额头上有一颗很明显的黑痣。一切都不用问了，吴主任与紫薇的模样真是像极了，都说基因好的孩子是儿子像母亲，紫薇啊，总是与幸运擦肩而过。

但是，漪纹什么都没有说。有些事情，光靠说是没有用的，只能靠冥冥之中上苍的安排了。上苍安排了紫薇要留一个儿子在这个世界上，那是光靠说是说不出来的。她就是现在告诉了吴小阳父亲所发生的一切，谁又能来证明她说的一切的真实性呢？再说，如果吴主任突然有了一个美国的亲生母亲，那对他的政治前途包括吴小阳的政治前途都是一个不好的因素。

既然已经找到了，就说明缘分正在寻找着他们。而现在还没有机会说清楚这件事情，一切就等以后的机缘了。机缘会有的，漪纹相信这一点。漪纹决定什么都不说。

事实证明漪纹的想法是对的，漪纹对形势的分析也是成熟的。不久后，吴小阳的父亲就被从文委调离到上海郊区的县里工作，理由是有自由化的言论。所谓的自由化的言论，无非是在文委做主任的吴思源对恢复大学考试制度提了一些建设性的意见。其实，这也并不是吴思源一个人的想法，那时中央就有这种风声，说要恢复大学考试制度。但这种议论刚刚开始，就又来了一个运动，把这些言论统统称之为自由言论。

于是，吴小阳的母亲与父亲都到了上海的郊区工作，留下小阳自己在上海生活。因为小阳的父亲是在孤儿院长大的，上海没有亲属，而母亲又是父亲在大漠里的核实验基地结识的，小阳的父亲吴思源就把小阳寄放在漪纹奶奶这里。

吴思源对漪纹说，一见到漪纹就感觉好像是见到了自家的长辈，虽然他从来就没有见过自家的长辈。吴思源说自己是孤儿，在上海也没有亲戚，为了小阳的学习，便只好把小阳寄放在漪纹这里。

这就对了。当吴思源这样对漪纹说的时候，漪纹在心里悄悄地说着。她想，这是命运之手在悄悄地把紫薇的东西交还回来了。漪纹当

然愿意收下这个冥冥之中上苍送来宝贝。她觉得别说她和吴小阳吴思源之间还有一种冥冥之中的联系，就是没有这种联系，她也愿意接受这个聪明的小孙女。人到了老年，还是喜欢有个年轻的生命在身边晃着。晃着晃着，人还觉得时间是能够看得见的。她觉得她这一生过得实在是太漫长了。

吴思源每个星期天可来看望一下女儿，也看望漪纹和世恩两位老人，走动得就像是一家人一样。

世恩多次要向吴思源提到仳的身世问题，都被漪纹拦住了。漪纹总是说，时候还不到，不要太性急，还是水到渠成为好，但陆陆续续的，也知道了吴思源的来历。

据吴思源自己的回忆，说是自己从小在上海的育婴堂长大。那是一个德国人办的慈善机构，专门收养被遗弃的残疾儿童。解放后被改名为孤儿院。这个孤儿院里的孩子大都是残疾儿童，像他这样健康的男孩子很少。一般健康的男婴都在很小的时候就被人领养走了。剩下的大都是有残疾的孩子，他之所以一直待在孤儿院里就是因为他额上的这颗痣。孤儿院的老师们说，来领养孩子的人一看到他的这颗痣就说这个孩子的命太好了，他的母亲肯定还会来找他的。因为他太好认了，害怕带回去住不长。所以，他反而成了孤儿院惟一没有人认养的健康的孩子。

吴思源笑着说，大概就是我的命太好了吧，从小就在学校里受到重点培养。国家对孤儿的培养是很重视的，尤其是在军队里，一切都是组织上给操心和考虑的。因为是孤儿，在部队里更是受到组织的照顾，组织就是他的家长，一切都排在别人的前面。这样，他在部队还上了工科大学。后来，分到了大漠里的核实验基地。核实验基地撤掉后，部队裁员，他就转业回到了故乡上海。因为他在部队受到的教育，吴思源特别尊重知识分子。他说他听孤儿院的老院长说过，他的父母可能就是知识分子。因为送来的人说，是从国外带回来的孩子。但就是因为他比较偏向知识分子，在单位里就有人向上反映，说他立场不坚定。于是，吴思源便被调到郊区的教育局工作。

吴思源到漪纹这里的时候，总是全家团聚的时候。漪纹不会包水饺，只是会做油爆虾和炒年糕这两样典型的上海菜。小阳的妈妈是个贤惠的女人，考虑到漪纹奶奶不会做水饺，便会自己带来肉馅，包一顿水饺。郊区的副食要好过城里，这样，过的真的像是一家人了。不知道的人，有的真以为吴思源就是漪纹的儿子，而小阳也是漪纹的孙女。就是世恩不住在这里便显得有些奇怪。

过了一年后，吴思源又从郊区调回到城里，就在漪纹和世恩居住的徐家汇区委工作。这样，小阳就又回到自己家去住，但经常会在星期天到漪纹奶奶这里吃她爱吃的油爆虾。当然，世恩也是在这一天要来的。

世恩已经开始教小阳学习英语了。碰到世恩有事情不能来的时候，漪纹就会让小阳去世恩那里看看，小阳便成了两人的通讯员。尤其是放暑假的时候，吴小阳常常先去漪纹家里，问问有没有什么事，或者自己，或者与漪纹一起到林师傅家中做作业。小姑娘虽然年纪很小，却很懂事，从来不问使世恩和漪纹难以回答的事情。以至后来漪纹与世恩结婚时，吴思源来参加婚礼时，就对漪纹夫妇俩说："你们收买了一个高水平的谍报员。要知道，她在我面前是从来也藏不住话的。但你们的事，不是你们来请我，我压根就不知道。"这当然已是后话了。

一九七七年，全国正式恢复了高考制度，吴小阳以优异的成绩考入了北大中文系。这不但使一直动员女儿搞理工的父亲吃惊，也使待她比亲生祖母还要亲的漪纹大吃一惊。世恩倒是说了一句："她的善良与敏感倒是适合于当作家"。

临行前，世恩与漪纹设宴欢送小阳。但小阳并没有按时来吃饭，等到很晚，才见小阳抱着一只脏兮兮的花猫进来，说是在复兴公园一带拣的，天冷，怕冻死，便抱来委托漪纹奶奶代她收养。

世恩笑着看了漪纹一眼，说："小阳走了，又留下一个小小通讯员来替她呢。"

小阳却有些大惊小怪地说："还要通讯员呀?我的小约翰可要有双亲照顾它啊!"

漪纹忙引开话题,笑问:"为什么叫它约翰而不是安娜或者朱莉之类呢?"

"我看这小猫的气质是很优雅的,冻得那样,也不掉架也不野蛮,好像一个很懂礼貌的绅士 , 就像一个叫约翰的英国青年一样。"

世恩听了哈哈大笑,问:"你见过那个叫约翰的英国青年吗?"

吴小阳用手指着世恩,一字一句地说:"这不就在眼前,难道不是林爷爷你吗?"

于是,吴小阳送来的花猫理所当然地被称做了约翰。

吴小阳走的时候,用很含蓄的话给漪纹和世恩提出了一个要求,这就是要给约翰找双亲。她说,要真正意义上的,而不是像现在林爷爷和黄奶奶这样的。而是,要住在一起的。

吴小阳这样说的时候,世恩就假装生气地说,这个孙女不要了,敢给爷爷奶奶提要求。但是,第二年开春,世恩与漪纹这对相敬相爱了半个多世纪的老人便在上海结婚了。

终于结婚了。

事实经常是这样,本来以为非常隆重的事情,当真正来临的时候,却是异常的平静。你等待一件事情太久,当它真的来临的时候,它却显得那么的平凡,平凡到让当事人觉得恍如隔世。甚至要问一下自己,这,是不是真的。

拿到结婚证书的当天晚上,世恩就一遍又一遍地问漪纹:"这,是不是真的"。

漪纹笑着说："真的，是真的。"

世恩看着已经白发苍苍的漪纹，还是不敢相信自己的眼睛，这个在他心中珍藏了一生的女神，难道真的要落入人间嫁给也了。他们相识于六十年前的英国曼彻斯特，在年近八十岁的时候，完成了他们的世纪之恋。

一切来的太漫长了，然而当一切真的跨越千山万水、穿越时光隧道来到他们的跟前时，一切又太快了。

一场持续了半个多世纪的恋情，终于在一个平凡的日子里划上了句号。

3

上海绝唱

世恩与漪纹的婚姻自然引起了人们的注意。

两个退休多年的老人，近八十岁的年龄，突然会想到了结婚。

当知情人了解到他们相识了半个多世纪，又一起在英国留过学，便都有些唏嘘感叹了。世恩的儿子怀温特意带着儿子从广州乘飞机赶来，让儿子叫漪纹亲奶奶。怀温像上海的孩子们一样，称呼漪纹为姆

妈。从结婚的那天起，漪纹的发式又改梳成后面挽髻的发式，就像当年她在头后面盘起发髻一样。

结婚的那天，是吴思源主持的婚礼。只见漪纹白晰的面容，沉静的神态，一如当年那个在上海滩金融界充满魅力的女王。在世恩的眼里，虽然漪纹她已经七十六岁了，可看上去仍然是那个富有魅力的女神，让世恩丝毫不减当年对她的崇敬。是的，他从心底里佩服漪纹的沉静，那是一种静水流深般的沉静，有着一种大地之母一样的凝重。世恩始终认为，漪纹的风范，采自她那个家庭，来自她血液里的贵族血统。不知为什么，世恩总有些宿命感，不然，为什么他们林家总是几代单传呢?

世恩与漪纹成为夫妻的那个晚上,当房间里只剩下了漪纹和世恩的时候,漪纹和世恩拉起了手,由衷地笑了。

从内心深处来说,他们实际上早已在了一起。可是就是一张纸,却让他们毕竟不能够真正的走在一起。人类其实是很奇怪的,规定是人自己制定的,却又反过来制约着人们的行为方式。但如果没有这些制约,人们就没有一种对感情依恋的渴望感。

那天晚上,漪纹告诉了世恩一件往事。她说,她很小的时候父亲在天津请过一个道行很深的大师替她算过命。大师说,漪纹要在很晚才能结婚,而结婚的对象又是她最早认识的一个人。是一个钻石之恋。听了大师的话后,爱女情深的父亲下决心要为自己女儿的前半生制造一个良好的生活环境,于是便花重金建造了那幢带花园的洋楼,并留给了她许多财产,想使女儿的命运能有改善。毕竟,在老一代人的眼光中,女人很晚结婚总算不上一件幸事,虽然是命运决定的事情。漪纹却在七十六岁结婚的当天晚上对她的丈夫说:"我觉得我最大的幸福是结了一次我自己想结的婚。虽然推迟了几十年,但内容没有丝毫的改变。"

世恩拥着身边已是白发苍苍的妻子,百感交集,一时不能言语。

秋来春去,生命轮回总有一个宿命的安排。是命运把漪纹如愿给了他,这是他对此生最大的满足,也是活至今日最大的幸福。为了今天的获得,那弹指而过的半个世纪的风风雨雨又算得了什么?而那些走过来的岁月,好像都是为了等待着与漪纹结婚的这一天所必须付出的,为此,世恩觉得值得。

剩下的问题还有一个，那就是关于紫薇的儿子的事情。

漪纹想等小阳毕业的时候再对吴思源说，但世恩认为那样就太晚了。因为小阳毕业的时候，如果没有对未来有一个安排，是无法实现去美国的想法的。再说，就算是能够认证吴思源是紫薇的儿子，可是，用什么来证明呢？美国方面对这样的继承遗产的证明是很严格的。当然，漪纹和世恩已经有了婚姻的关系，他们可以去美国。那么，如果能够顺利地让小阳也就是（假定）紫薇的后代能够到美国去继承那笔遗产，那只能是把吴思源当成是漪纹的孩子了。

这个主意一提出来后，漪纹和世恩就觉得这真是一个绝好的主意，似乎比把真相告诉思源还要好些。而且，思源当然不会拒绝给漪纹和世恩做晚辈的。

说完了此事，漪纹就和世恩便行动起来。

此时的吴思源已经是区委里分管文教的干部，每天忙着抓区里的教学质量，很少有时间到漪纹和世恩这里。再说，没有小阳的联络，似乎两家也没有理由再继续来往。

事有凑巧，那天，吴思源突然接待了一个美国教育代表团，参观了区里最好的中学后，便提出要与学校建立友好往来的关系，两校互派学生。美国代表团的团长说，他们在旧金山的中学得到了一笔捐赠，据说是一位华人的捐赠，这位华人还是当年上海有名的商界大亨的女儿，因为只身在美国，就把身后的遗产分别捐给了几个教育和养老机构。所以，他们才能够专门到上海来进行业务交流，同时他们也希望能把这笔钱也用在为上海的中学做些事情上。

吴思源当时的第一个念头就是要把这件事情告诉漪纹奶奶和林世

恩先生，在他的记忆里，似乎漪纹奶奶也是当年上海滩上的名媛闺秀。于是，当吴思源来找漪纹奶奶的时候，他们的想法便很快就实现了。

话题提的很容易，但深入说下去就比较困难。

漪纹直接地说，那位旧金山的华人就是他们的姊妹和亲戚。她讲述了一个很短却很有内容的故事。这个故事的女主角自然是紫薇了。

吴思源听了这个故事很是感动，但他也提出了疑问，难道这个紫薇女士没有后代吗？

世恩便接过话题说："这正是这几年一直困扰我们的问题。她有一个儿子，与你一样的年龄，最重要的是，与你一样也有一颗明显的胎记。"

吴思源听了大吃一惊。漪纹便从影集里拿出一张当年她与紫薇在曼彻斯特的合影，还有那幅她保存了很久的由徐勖画的紫薇的油画像。从照片上看紫薇，很明显的，思源在轮廓上很像紫薇，但除了这些相貌上和年龄上的巧合，没有一点其他的物证可以证实思源就是紫薇的儿子。

思源说，他可以去福利院查找一下资料，但时间已经这么久远，又经过了"文革"，谁能保证还会留下什么资料。这个紫薇，当年的心真是决绝，不然怎么不给自己留下任何的痕迹。这也说明，紫薇对她和徐勖的感情看的很透。

这可是难为了思源。尽管他是一个孤儿，但他也不能没有任何来由地认自己的生母。从照片上看，紫薇确实像他的生母，但他的生母是谁谁也不敢肯定，何况，还是一个很有背景的生母。思源只有沉默。

世恩便对思源讲了他们的想法，一方面，可以到福利院查找当年的线索，另一方面，干脆就办公证手续，他们没有这件事情，也想认思源为干儿子，因为漪纹没有儿子，漪纹又非常喜欢小阳，他们不想让紫薇的遗产没有任何意义地放置着，而他们又的确不需要这笔钱。世恩的儿子也早已经从英国留学回国，在广州中山大学任教，社会地位很高，不需要这些钱。

思源认真想了一下，也觉得这种方法最好。就是他到福利院找到了线索，又不是去认母亲，也就少了很多的意义。

这样定下来，大家便都松了一口气，对思源来说，他一直是一个孤儿，有了一个自己可以侍奉的长辈，当然是一个很好的归宿。他在心里对漪纹也确实有一种自己长辈的感觉。现在，从法律上认可了漪纹作为自己的长辈，他从心里感到高兴。尽管他也有顾虑，毕竟，他们的这种做法大多是出自对小阳的考虑，而且，还有一层为自己的友人尽义务的做法。但只要是老人们高兴，思源认为自己不应该考虑太多。

漪纹和世恩自然更是高兴了。贸然去给紫薇找回儿子，谁也不敢肯定，但自己的儿子，不也就是紫薇的孩子吗？相信就是紫薇在世她也会这样想的。这样，他们就可以在适当的时候，一起去美国去办理那些复杂的手续了。

漪纹的那幢小洋楼很快经有关部门给落实下来，这倒是他们不曾想过的。婚后他们仍住在漪纹居住的上海公寓里，出门即是黄浦公园，不远处又是外滩，他们便不想再动了。

漪纹建议让世恩的儿子从广州调回来住进小楼，但世恩却不同意。这是漪纹和世恩婚后惟一的一次不同意见，又都是双方出自为对方的考虑。漪纹想让世恩能常看到孙子，世恩却想让漪纹仍旧保持安静惯了的生活。争执的结果是谁也没有说服谁，最后仍旧是世恩暂时让了一步。儿子是不让调回了，他希望儿子在异地能有一番作为，有作为的人都不是守着家门口的。漪纹的那幢小楼，先暂时无代价租借给外贸部门新成立的桥牌协会和围棋协会。世恩是桥牌协会的副秘书长。有一帮从外贸单位退下来的职员，大脑思维异常活跃，又有老上海人喜欢消闲的雅兴，便天天聚在一起打牌下棋，以此来消磨退休时间。这幢楼房便派上了用场。

世恩与漪纹依旧住在漪纹那套两间的公寓里。

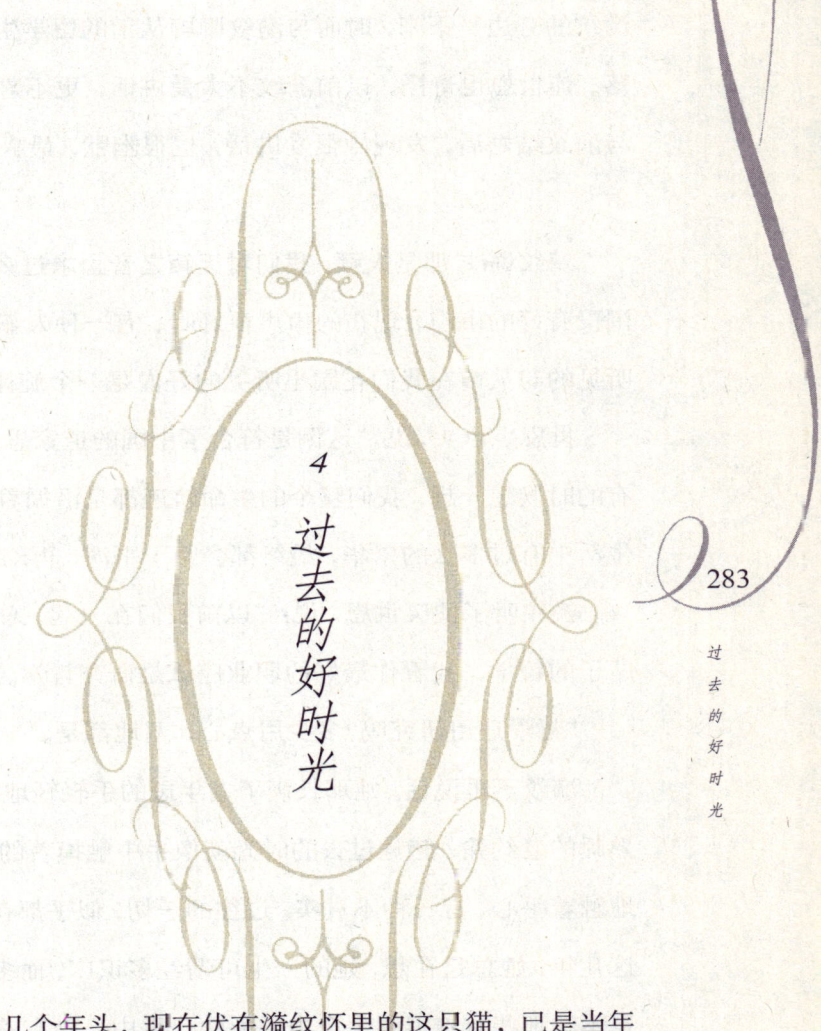

4

过去的好时光

　　时光又过去了几个年头，现在伏在漪纹怀里的这只猫，已是当年吴小阳送来的约翰的孩子，漪纹仍旧沿袭了以前的称呼，称这只猫为老约翰。每逢世恩去牌协打牌的时候，漪纹便与老约翰坐在家中。

　　常常是漪纹搬一把藤椅到阳台上，阳台的不远处是上海最繁华的地段南京路，每天熙熙攘攘的市声形成一股声浪传到阳台上，漪纹就

在这声浪中抚摸着老约翰，想着从前的时光。世恩不打牌的时候也在漪纹的旁边坐下来，时而与漪纹聊聊从前的留学生活，上海的沉浮起落。连世恩也奇怪，以前漪纹不太爱讲话，更不喜欢热闹，但自从他与漪纹结婚后，发现她很爱讲话，也很幽默，最喜欢坐在阳台上听市声。

漪纹说："那是人籁。我们对天籁之音企求过多，就说明我们的周围没有好的市声。现在的市声很好听，有一种人籁之音，我在这里面听见的与从前在我们花园里听见的好像是一个旋律。"

世恩点点头，说："这倒是符合了中国的道家思想，'天人合一'啊！有的时候想一想，我们整个的生命轨迹都是沿循着这个哲理的。不管生活中有过多么的繁华，最终都会归于平淡，再幻化成宇宙的尘埃。"

漪纹听了便笑世恩，说："以前我们在一起，总是听你讲，讲了一辈子的哲学，我看你最好的职业应该是研究哲学。"

"哲学还用研究吗？多少用点心，遍地都是。"

漪纹不再说话。她那长满了老年斑的手轻轻地抚摸着蜷在她怀里熟睡的老约翰，感觉过去的时光就像手中触摸着的温暖的猫皮，软软地触着手心，有一种不真实。过往的一切，似乎都在手底下一一掠过。这几年，她总是在想，她的一生可谓经多识广，而多半还是被动接受。真不知那些有着很强生命力的人的一生中，会有着怎样的起伏人生。

前几天，已经毕业分配在北京社科院搞文学研究的吴小阳曾经来看她，对她说，一定要把她和世恩的事情写成一部小说，当时听了，她没说什么。对小阳这孩子说的话，她总是听了笑笑而已。但这一次过后她竟有些惊诧，不晓得她又从她们身上总结出了什么惊世骇俗的

道理。每个人都有自己的生活方式，她不认为她自己的一生有多么可取，只是她习惯了，习惯了生活在由旧家庭形成的习惯中。但她看出，小阳似乎在无意中重复她的过去。这不，好端端地搞着文学，又突然要去印度去学什么史前艺术，不是和当年自己非要去英国学什么艺术一样吗？

她已经跟思源谈了小阳的留学问题，没有想到的是，小阳对去美国没有任何兴趣，她说她要去就去古老的国度，因为越是有历史的国家，就越有文化。当年她和紫薇去英国留学的时候，最向往的就是能够有朝一日去意大利的弗罗伦萨学美术，她们的这一夙愿都没能实现，今生恐怕也实现不了了。可是，人的一生中，能真正实现的理想又能有多少呢？

想来想去，她的一生，能够最终和世恩走到一起，真是她的圆满造化。她满意这样的结局，她满怀喜悦地想，这大概算的上一种人生绝唱吧。她想她能够坚持下来，恐怕与自己内心深处的这个大愿有关，因为她知道关于她的命相的说法,她最终是要和她心中的人走到一起。

漪纹已经愈来愈感到那未可知的人生大限离她不远了。这日子将姗姗而来,她对此已有充分准备。令她放心而高兴的是,世恩的精神状态似乎越来越年轻,他的记忆力常常令人吃惊,有时候他们一起去人民公园散步,他会在昏黄的夕阳下用标准的伦敦英语背诵莎翁诗句,她却早已记不得了。常常是她记错单词的意思。世恩有些骄傲地说,这应该归功于他的桥牌训练。

那一次,吴小阳来说要去印度留学,老先生竟很少地开起玩笑,说:"若不是我放心不下你奶奶和老约翰,也可以跟你去留学。去印度应该去学哲学和诗歌,没听说过印度连法律都是用诗歌写成的吗?!"小阳还很认真地替他想:"我可以打工,自己养自己,你能干活吗?"世恩听了连声大笑,老头的笑声比起年轻的时候不知洪亮了多少倍,他指着小阳说:"你这丫头好没良心,你去印度用的英语还不是从我这里启蒙的? 告诉你,我年龄大了不错,但这里还很灵光,可以教英文嘛!"世恩用手指使劲地戳着脑袋,以此来证明他脑子的健康。

晚年的时光在世恩与漪纹中间,变得像年轻人般快乐,轻松。世恩与漪纹有时相视一笑,便觉得有一种满足弥漫心间。世恩有时更像个小孩子,在两人坐在阳台上晒太阳的时候会凑近漪纹问:"这是真的吗?我们坐在一起?"漪纹便开心地笑着:"假的,密司特林,我们不过是一对平平常常的老爷爷老奶奶。"世恩听了连连摇头:"NO,NO,我们是前世注定后世有缘,不然,你我相识六十多年,怎么就没有过什么意外事情发生呢?"

漪纹瞅着世恩,想说什么,又咽了回去。她想说的是:终有一天会有意外发生的，你我也会化做一把尘土，消失在人世间。她没有说，她知道世恩听了会说一些傻话，尽管他也是一个很达观的人。漪纹心里有种感觉，他们分别的日子，已不会太晚了。

事情的征兆竟先出自老约翰身上。

一个冬天了，老约翰不吃不喝，只是偎在漪纹的怀里睡。最初以为是病了，带它去看了几次病，都没有见效。最后一次带它去，遇到的是一个白发苍苍的退休老大夫。她问漪纹，猫有几岁了，漪纹算了半天没有算出，老医生从眼镜上方看着漪纹说："你的这只约翰没有什么病，只是老了，无疾而终，这不仅是猫的最好结局，人若都能这样，不就是善终吗？"

世恩从医院出门后就跟漪纹商咕，说："我看这大夫说话怪里怪气的，像个老妖婆，咱们约翰年轻着呢。"漪纹听了仍没说话，她本来就怀疑约翰是否太老了。就像它的主人，都快九十岁的人了，她已经很满足了，似乎就专等这姗姗来迟的结局了。只是她奇怪，约翰自从病后，就总是腻在她身上，有时世恩把它接过去，它虽然已经虚弱得叫不出声来，却仍旧在嗓子眼里发出一些嘶哑的声音，头坚持着向着漪纹的方向，表示它只愿待在漪纹的怀里。

约翰病了三个月后，漪纹也住进了医院。最初的原因是感冒转成肺炎，肺炎治好后又转心肌炎，然后即周而复始地在身体各处产生并发症。漪纹在医院住着，老约翰在家里原来漪纹睡觉的地方久卧不起。漪纹吃不进饭，还可以输液，世恩大部分时间在医院陪着漪纹，老约翰就只有自己在家里了。

阳光照在寂静的病房里，使病房生发出一种温馨的气韵，简直不像是病房，而是一间暖房。这还得归功于吴小阳的吴思源，他的战友也就是当年替世恩断指再植成功的外科医生已成为该院院长，这位院长对世恩的英语口语崇拜有加，便与世恩夫妇结成忘年交。用院长的话来讲："现如今，像这样地道出身的老科学家还有几个？保存你们，就像保存了有价值的文物一样。"于是，漪纹和世恩这一对耄耋老人，便如贵宾住在一间特护房，不能不说是院长的一种特惠政策。

在一起共同度过了六十五个春秋的漪纹夫妇，经过了她们的繁华时代，就要走向永恒的灵地。

春天的阳光温暖起来，有些像卧在肩头酣睡的老猫的体温，温吞吞中一点一点加热，催人入睡，却又漫不经心地提醒着你这是一种享受。上海的春天这种日子并不多，便愈发使人珍重这罕有的时光隧道的停滞。

往年春天里的这种时光，世恩与漪纹老夫妻会把藤椅搬到阳台上，在阳光下晒着太阳，他们之间谈话并不很多，有时半天才聊上一句，但在空气里，却流动着一种只有他们自己才能读得懂的语言。他们彼此相知太久了，这是他们夫妻间从一认识起就形成的习惯，多半是世恩提起话头，漪纹或者应一声，或者笑一笑，也算做应答。家里养了十几年的老猫约翰照例会偎在世恩的肩头。真是怪，养宠物的多是女人，但漪纹却不太喜欢宠物，尽管实际上对约翰的照顾也只是漪纹一人。但最庞爱约翰的还是世恩。每当世恩来到阳台上与漪纹坐在一起的时候，约翰就会很识趣地到世恩身上讨宠。

今年的春天阳光如旧，漪纹却躺在上海瑞金医院的病床上了。

阳光似旧时的情人一样轻轻地爱抚着漪纹洁白的脸，洁白如玉的

面容令世恩每看都生惊讶，当年在英国曼彻斯特初识漪纹时，她的如象牙般细润的面容就像雕像般矗立在这个建筑系留学生的心里，直至今天。这是多么长的一段时间，二十世纪初的时候，现在已经是二十世纪末期了。半个多世纪的历史，岁月流逝得却这般匆忙，全然不在乎它那匆匆忙忙的脚步带去了多少人的痴迷和梦想。真是无情时光，如梦人生，人们却全然不能左右。

林世恩就这样抱臂坐在妻子的床前，沉静地思索着。

算起来，他与漪纹同岁，可他总感到自己在妻子面前像个永远长不大的顽童。他自己有时也不相信自己，居然九十岁了，应该是个老叟了，可思维却总是那么活跃。他承认，这与他打几十年的桥牌有关，但更主要的，还是漪纹给予他的一湾宁静，使他与尘世永远有隔世之遥，使他如天堂之子般全无受红尘的浸染。但漪纹呢?她将丢他而去这是毫无疑问的，世恩想，可是，她那些不为人知的辉煌往事也要随她而逝吗？一个多么丰富而睿智的人生，能感知和经历那样绚烂的生命之旅，不是每个人都能有的。也许上帝不让他与爱妻同往，就是要将他留下来，记录下他们所共同经历过的繁华世代，和他们所拥有过的超越时空的爱情绝唱，虽不能彪炳于后世，却能将这动人的旋律环绕在苍茫寰宇中……

世恩望着病床上安详地躺着的爱妻漪纹，觉着心中有一种深刻的感动。他原本不相信命运，但到今天他反而有些感激自己的命运，感谢在自己的一生中，有这样一个优美的女神守护着他。不是身体守护，而是精神的守护。人的一生，精神有了寄托，才能身处红尘欲海而能心清眼洁。九十多年，他见过多少人生风雨。就是"文化大革命"期间批斗甚烈之时，他只要一想起漪纹，就觉得一切对于他真如过眼烟云。他不知道漪纹对他是如何看，他也并不十分介意漪纹对他的情感问题，他只是将漪纹小心地守护在自己最深层的精神领域，就连当年与冬儿结婚也没有动摇过这块领域。

世恩想，漪纹也许很快就要走了。他很庆幸能走在漪纹后面，不是因为要多活几天，而是为了能让漪纹在他抚爱的眼光下，无所牵挂地走。早在漪纹的神志还很清醒时，他就对漪纹说："你放心好了，亲爱的，你在哪里，我便在哪里跟随着你，只是我们下一辈子时，你可要早早做我的妻子，我们还要生一个像你一样漂亮的公主。"漪纹听了这话，把手从床单下伸出，紧紧握着世恩的手，一颗大滴的泪珠重重地落到世恩的手背上，世恩的心在这瞬间涨得很满很满。

阳光继续温暖地照在病房里，因院长的特批，病房每隔几天便会换上一束黄灿灿的郁金香或深红色的玫瑰，使病房始终处在生机盎然的气氛中。漪纹像一幅油画中的女主角般，始终安详地睡在浓艳的花丛下，不论氧气袋和输液瓶多么零乱而紧张地摆在身旁，从住院的那一天起，漪纹就始终是这样安洋自如地卧在病床上，从早到晚，从日出到日落，从世恩坐下到世恩离去。

一个九十岁老人的故事已将结束。这是一个普通人的传奇故事，也是一个传奇般的上海绝唱。不知九十年以后的上海的繁华世代中，还会不会有这样一对相敬相爱的朋友夫妻。只是，在目前这对行走了九十余年的两位老人身上，或许还应保留一下他们走过的身影。包括他们已经经历过的繁华世代。

过去的好时光

尾　声

　　写完以上的文字，我有一种彻底的失败感。那样一个美丽的故事，在我笔下会这样单调冗长　，不耐的读者也许早已疲乏，而我，却仍旧感到言不达意，意犹未尽。

　　是的，就在我彻夜不眠而写下以上的文字时，故事的女主角漪纹已经去世，只剩下世恩老人一人。

　　上海的绝唱已经成为绝响。

　　漪纹奶奶去世的那一天，是我陪世恩老人回家（我就是读者早已熟悉的那个粗心的女孩吴小阳）。不知何故，老约翰抬起头来，向我们张了张嘴，像是打招呼，又像是在喘气，等我把它抱到怀里时，它挣扎着像要抓什么。就在挣扎中，约翰也咽了气。离漪纹老人去世的时间相距10个小时。世恩老人就这样捧着约翰还带着余温的身体，无语而坐至半夜。

这也许不是一个令人感到惊艳的故事，但却是一个在我心头缭绕不已、不吐不快的真实的故事。我接触过的故事中的主角，总是活跃在我的川流不息的思维中，在那种喧嚣世俗的生活帷幕下总能透出他们的身影。使我多少为自己的浑浑噩噩感到自惭形秽。

当我匆匆提起笔时，便有了一种欲要描绘他们平凡却又具有传奇色彩的故事的惊喜。我说是惊喜绝非夸张，像现在这样春日暖煦的阳光下，当我走入他们的境界时，也不由得不为之感动，虽然我身着二十一世纪最为新潮的丝麻长裙，我的头上戴着一个滑稽的博士的桂冠，但一旦进入了他们的精神境地，却明显地感到周身尘谷的沉滞，使我久久站在门边，看着我心中的故事中的两个主角：黄漪纹和林世恩。他们的周身似有一轮看不见的圣洁之光，阻隔着尘嚣喧哗的声浪。女主角躺在洁白的病床上，使人难以想象如此净丽的脸庞怎会在红尘里经受过九十年的浸淫；而坐在她身旁的那位同样泛着圣光的男主角，又是那样深情到冷峻地紧紧注视着床上的女人，神情却俨然已飘向很远的地方。

我觉得有一种力量似要把我掀起，灵魂摇摇晃晃地走了，走到了男主人公身上，又贪恋地回跃到女主角身上，来回跳荡中，我看见了我心中故事的先先后后……

他们的故事结束了。

我也要走了，到漪纹、世恩老人们去过的地方，去印度、去巴西、去新西兰，去寻找最原始的艺术形式。我希望在我未来的旅途中，也能有一段我所曾见过的最美丽的传奇故事。宇宙浩渺，人海茫茫，相同的人与相同的人生使人厌烦生存。惟有有一段属于自己的传奇故事，才能使这漫漫人生有着一个美丽的踪迹。如漪纹与世恩老人一样。

我还要去一下旧金山，陪着父亲，既然命运的指向说父亲就是紫薇奶奶的后代，我倒是很想去看望一下我的美国奶奶的灵地，让她的在天之灵，有所慰籍。我还要考察紫薇奶奶的所有事业，写出奶奶们所经历的那个繁华世代。

再见，我的读者，我已开始了我的旅程。

一稿于 2003 年 11 月 10 日

二稿于 2003 年 12 月 31 日

三稿于 2004 年 3 月 9 日